जिहाद इन दा नेम ओफ लव

महेन्द्र बाथम

ISBN 979-8-88783-571-6

आभार

साधना बलवटे, डॉ.देवेश बाथम, लोकेन्द्र सिंह, शालिनी, प्रतीक, गजेन्द्र, दीपिका मालवीय।

'एक्सक्यूज़ मी अंकलजी, यह रामलीला ड्रेसिंग वालो की शॉप कहाँ है?' मैंने चौक बाजार में मौजूद बहुत ही मशहूर और पुरानी दुकान का एड्रेस एक व्यक्ति से पूछा। मैं और स्नेहा इस दुकान को ढूँढते हुए अपने रूम से लगभग 7 कि.मी. दूर पहुँच गए थे। मैं स्कूटी चला रही थी और स्नेहा पीछे बैठी हुई थी। मैं और स्नेहा करीबी दोस्त थे।

'यहाँ से आगे तीसरी गली में पहली दुकान है,' अंकलजी ने हमें रामलीला ड्रेसिंग का फुल एड्रेस बताया।

'थैंक्यू अंकलजी,' मैंने कहा। और अंकलजी मुस्कुराते हुए अपने रास्ते पर चले गए।

'तीसरी गली देखते हुए चलना,' मैंने स्नेहा से कहा और स्कूटी को आगे बड़ा दिया।

मेरा ध्यान किसी से टकराए बिना स्कूटी चलाने पर था और स्नेहा का ध्यान तीसरी गली पर।

'दो गली निकल गईं। अगली गली में होगी शॉप,' स्नेहा ने मेरे कान में अपना मुँह घुसाते हुए कहा। क्योंकि शोर शराबे में हम एक-दूसरे की बात ठीक से नहीं सुन पा रहे थे। जब मुझे पता चला कि दो गलियाँ गुज़र चुकि हैं तो मैंने स्कूटी की स्पीड कम कर दी।

'रुक-रुक! रामलीला ड्रेसिंग आ गई,' स्नेहा ने मुझे रोक कर शॉप का नाम पढ़ते हुए कहा। मैंने ठीक उस शॉप के सामने स्कूटी रोक दी।

'ओह हो, अब स्कूटी कहाँ पार्क करूँ,' मैंने मन ही मन दोहराया।

हमें दुकान तो मिल गई थी लेकिन स्कूटी पार्क करने की जगह नहीं दिख रही थी। उस दुकान के सामने पहले से 5-6 गाड़ियाँ खड़ी हुईं थीं, बेतरतीब तरीके से। स्नेहा स्कूटी से उतर गई और पार्किंग की जगह ढूँढने लगी। दो बाइक्स के बीच में थोड़ी जगह थी। अगर उन्हें थोड़ा सा और एडजस्ट करा जाए तो हमारी स्कूटी वहाँ पार्क हो सकती थी। लेकिन स्नेहा जैसी साइज जीरो फिगर वाली लड़की से बाइक को खिसकाना आसान काम नहीं था। स्नेहा ने हेल्पलेस एक्सप्रेशन के साथ उस दुकान को देखा या यूं कहें कि दुकान को घूरा तो एक लड़का हमारे पास आया, उसे शायद एहसास हो गया था कि हम उनके ग्राहक हैं उस लड़के ने हमसे बिना कुछ पूछे उन दोनों बाइक्स को थोड़ा-थोड़ा खिसका दिया जिससे वहाँ इतनी जगह हो गयी थी कि स्कूटी पार्क हो जाए।

'यहाँ लगा दीजिए,' उस लड़के ने कहा।

मैंने मन ही मन उसे थैंक्स कहते हुऐ उसी जगह पर अपनी स्कूटी को पार्क कर दिया।

'थैंक्यू,' स्नेहा ने स्माईल करते हुए उससे कहा। स्नेहा कि इतनी खूबसूरत स्माईल के साथ थैंक्यू शब्द सुनकर वो लड़का अपने लगभग 32 दांत दिखाते हुऐ हंसा और बोला-

'इसकी कोई जरूरत नहीं है।'

'नहीं भैय्या आपने हमारी हेल्प की है,' स्नेहा ने थोड़ा हंसकर कहा। अब वह लड़का बिल्कुल नहीं हंसा क्योंकि स्नेहा ने भैय्या शब्द को बहुत जोर देकर कहा था। जिससे उस लड़के के अरमान ठण्डे पड़ गए।

'बैठिए,' दुकान के अंदर पहुँचने के बाद एक अंकलजी ने हमसे कहा।

मैंने उस दुकान पर चारो तरफ नजरें घुमाई। उस दुकान को देखने पर ऐसा लग रहा था कि 3-4 दुकानों को मिलाकर एक दुकान बनाई गई हो वहाँ 7-8 वर्कर काम कर रहे थे। हमारे अलावा वहाँ 6 लोग और बैठे थे जो खरीददारी करने आए थे।

'हाँ मेडम अब बताइए क्या दिखाना है?' उन्हीं अंकलजी ने हमसे पूछा जिन्होंने हमें बैठने के लिए कहा था।

'अंकलजी हमें गरबा खेलने जाना हैं। तो आप हमें बढ़िया सी गुजराती ड्रेसेज दिखा दीजिए,' मैंने उनसे कहा।

'आप यहाँ आकर बैठिए,' उन्होंने हम से कहा और हम दोनों चुपचाप उठकर उस जगह पर बैठ गए। अंकलजी ने अलमारी की अलग-अलग रेक में से अलग-अलग डिजाइन की गुजराती ड्रेसेज निकालकर हमारे सामने रख दी। उन सभी ड्रेसेज में लाल और पीले रंग की अधिकता थी। उन पर हाथ की कढ़ाई से तरह-तरह की डिजाइन जैसे फूल-पत्ती, चाँद-सूरज बने हुऐ थे। उस चनिया और चोली में छोटे-छोटे गोल और चौकोर इतने काँच लगे हुए थे कि उन्हें इकट्ठा करके 1x1 वर्गफुट का मिरर बनाया जा सकता था।

'क्या कर रही है?' मैंने स्नेहा से पूछा।

'कुछ नहीं बस थोड़ा काजल देख रही थी कि कहीं बिगड़ तो नहीं गया,' स्नेहा ने कहा। वो चोली में लगे हुए एक छोटे से काँच में अपनी आँख में लगे हुए काजल को देख रही थी।

हम लड़कियाँ आईना देखने की इतनी आदी होती हैं कि बस जरा सा मौका मिल जाए तो हम उस मौके का फायदा उठाकर अपने हुस्न का दीदार करने से जरा भी नहीं चूकतीं हैं। हम स्कूटी में दोनों साइड गिलास भी इसलिए लगाते हैं कि दोनों तरफ से अपने आप को निहार सकें। और लोग समझते हैं कि हम ड्राइविंग रूल्स को बहुत सिंसयरली फॉलो करते हैं।

'क्या यह वाली चनिया चोली अच्छी लग रही है?' मैंने उनमें से एक ड्रेस को पसंद करने के बाद स्नेहा से पूछा।

'हाँ अच्छी लग रही है,' स्नेहा ने कहा।

'ओह हो। लेकिन इस चोली का बेक कुछ ज्यादा ही ओपन है,' मैंने उस चोली को पलटकर देखने के बाद कहा।

'तो दूसरी चोली देख ले।'

'हाँ देख रही हूँ।'

'यह मेरे ऊपर कैसी लगेगी,' स्नेहा ने एक ड्रेस पर मेरी राय माँगी।

'एक नम्बर।'

'अंकलजी मेरे लिए ये वाली निकाल दीजिए,' स्नेहा ने कहा। और अंकलजी ने उस ड्रेस को बाकी ड्रेसेज से अलग रख दिया।

'यह वाली चोली ठीक है? क्यूँ इस चोली के साथ इस चनिया का कॉम्बीनेशन कैसा लगेगा?' मैंने स्नेहा से पूछा।

'ठीक है अच्छा लगेगा।'

'अंकलजी मेरे लिए यह निकाल दीजिए,' मैंने कहा और उन्होंने उस चनिया चोली को अलग रख दिया और बाकी ड्रेसेज को साइड में खिसका दिया।

'हम दोनों ने चनिया चोली पसंद कर ली थी। अब उस पसंद की कीमत चुकाने का समय आ गया था। स्नेहा ने अंकलजी को देखकर कहा-

'अंकलजी पैसे ठीक ठाक ही बताना।'

'बेफिक्र रहिए रेट एक दम रीजनेवल है,' उन्होंने कहा और टोटल करने लगे।

'दोनों का टोटल हुआ 4000 रुपये।'

रेट सुनने के बाद मैंने और स्नेहा ने एक-दूसरे को देखा।

'अंकलजी लेने वाले रेट बताइए,' स्नेहा ने कहा।

'मेडम रेट एक दम सही है चीज की क्वालिटी भी तो देखिए,' अंकलजी ने कहा।

'हाँ वो तो ठीक है लेकिन रेट आप बहुत ज्यादा लगा रहें हैं,' मैंने कहा।

'यहाँ पर रेट फिक्स है मोल भाव की कोई गुंजाइश ही नहीं है,' अंकलजी ने एक स्टीकर की और इशारा करते हुए कहा। उस स्टीकर पर लाल रंग के केपिटल लेटर में लिखा था- 'फिक्स रेट।'

'अब वो लिखा हुआ हमें आप मत बताइये, आपको थोड़ा तो रेट कम करना ही पढ़ेगा। वैसे भी हमें यह ड्रेस सिर्फ एक ही दिन पहनना है। इसलिए हमें रेट ज्यादा लग रहा है,' स्नेहा ने कहा।

'माफ कीजिए इससे कम रेट नहीं होगा,' अंकलजी ने उन दोनों ड्रेस को अपने हाथों में उठाकर कहा। शायद वो हमें बताना चाह रहे थे कि हमें या तो दूसरी दुकान पर चले जाना चाहिए या फिर 4000 रुपये उन्हें दे देने चाहिए।

'मैंने स्नेहा की तरफ देखा उसने मुँह सड़ा रखा था। लेकिन मुझे अब ज्यादा बहस करना ठीक नहीं लगा। इसलिए मैंने स्नेहा से कहा-

'ले लेते हैं यार। अब कहाँ दूसरी दुकान ढूँढेंगे।'

'मेडम आप पूरा मार्केट घूम लीजिए लेकिन यह चीज़ आपको सिर्फ इसी दुकान पर मिलेगी। हम इन चीजों का आज से नहीं पिछले पच्चीस सालों से व्यापार कर रहे हैं,' अंकल जी ने अपनी दुकान की खासियत और इतिहास बताते हुए कहा। इसीलिए हम भी दुकान को ढूँढते हुए यहाँ तक आये थे।

'ठीक है अंकलजी दे दीजिए,' मैंने कहा।

'तेरे पास कितने पैसे हैं?' स्नेहा ने अपने पर्स को चेक करने के बाद मुझसे पूछा।

'2500 रुपये।'

'2000 मेरे पास पड़े हैं।'

'ये लीजिए,' स्नेहा ने 4000 रूपये अंकलजी को देते हुए कहा। हम दोनों ने दो-दो हजार रूपये कलेक्ट करके पेमेण्ट कर दिया था।

'ये लीजिए,' अंकलजी ने दो कैरी बेग में दोनों ड्रेसेज रखकर हमें थमा दी। और हमारे उठने से पहले कहा-

'और आइयेगा।'

'आएंगे अगर आप अपनी फिक्स रेट वाली स्कीम को चेंज कर दें तो,' स्नेहा ने हँसते हुए कहा। अंकलजी उसकी इस बात का कोई जवाब नहीं दे पाए। और खुद भी हँसकर बात टालने लगे।

हम दोनों दुकान से बाहर आ गए। मैंने आसानी से अपनी स्कूटी पार्किंग में से निकाल ली।

❁ ❁ ❁

'मेरी लिपिस्टिक ठीक है ना?' स्नेहा ने अपने होंठों को स्कूटी के साइड ग्लास में देखने के बाद मुझसे पूछा। मैंने कहा था न कि हम लड़कियां अपना चेहरा देखने का कोई मौका नहीं छोड़ती हैं।

'हाँ मेरी जान तू तो आज बिजलियाँ गिरा रही है, बस अब तो खुश,' मैंने उससे कहा।

'ओह सच में।'

'हाँ सच में, अब क्या स्टाम्प पेपर पर लिखकर दूँ। अपने बाकी के पंटर लोग कहाँ मिलेंगे?' मैंने पूछा।

'वो सब गेट नम्बर 2 पर हैं।'

'चलो वहीं चलें,' मैंने कहा। और हम दोनों चार कदम आगे चले गए। तभी मुझे याद आया कि मेरे पास एन्ट्री पास नहीं है। मैंने तुरंत स्नेहा से पूछा-

'एन्ट्री पास कहाँ हैं?'

'ओह हो! वो तो स्कूटी में ही छूट गया।'

'भुलक्कड़ कहीं की,' मैंने उससे कहा। फिर हम दोनों स्कूटी के तरफ जाने के लिए वापस चार कदम पीछे आ गए, मैंने स्कूटी की डिक्की खोली और स्नेहा ने उसमें से एन्ट्री पास निकाल लिया। घर से निकलते समय स्नेहा ने ही डिक्की में एन्ट्री पास रख दिया था। और यहाँ उन्हें निकालना भूल गई। एक एन्ट्री पास पर दो लोग एन्ट्री कर सकते थे। हमारा टोटल आठ लोगों कर ग्रुप था हमारे बाकी के 6 फ्रेंड्स हमारा इंतजार कर रहे थे। उनके एन्ट्री पास उन्हीं के पास थे।

पार्किंग से निकलकर गेट नम्बर 2 तक जाने में हमें काफी मशक्कत करनी पड़ी। हालांकि पार्किंग बहुत सिस्टमेटिक तरीके से करवाई जा रही थी। लेकिन वहाँ गाड़ियों का समुद्र जैसा नजारा था दूर-दूर तक सिर्फ गाड़ियाँ ही गाड़ियाँ दिखाई दे रहीं थीं। लेकिन जैसे-तैसे हम उस पार्किंग के जाल से निकलकर बाहर आ गए।

यहाँ भोपाल का सबसे बड़ा गरबा महोत्सव होता है। जिसे राज एक्सप्रेस ग्रुप ऑर्गनाइस करवाता है। मैं और स्नेहा पिछले तीन साल से यहाँ गरबा खेलने आ रहे हैं। हमारे बाकी दोस्त बदलते रहते हैं। लेकिन हम दोनों ने गरबा को एक

साल भी बंक नहीं किया यह हमारा तीसरा साल था। लेकिन हम हर साल कॉलेज की कई क्लासेस बंक कर देते थे।

अब हम उस रोड पर आ गए जो गरबा पण्डाल के चारों और बना हुआ था। यह एक टेम्पररि रोड था। उस रोड पर कुछ कदम चलने के बाद हम गेट नम्बर दो पर पहुंच गए। उस गेट के सामने जमा भीड़ देखकर हम थोड़ा परेशान हो गए, वहाँ सेकड़ों की संख्या में लोग लाइन में लगे थे।

'कॉल करके पूछ कहाँ हैं सब लोग,' मैंने स्नेहा से कहा।

'हूं..... इसे पकड़,' स्नेहा ने चारों डॉंडिया मुझे थमाते हुए कहा। जब मैंने उन चारो डॉंडिया को अपने हाथ में पकड़ लिया तब स्नेहा ने अपने पर्स को खोलकर मोबाइल निकाला। उसका यह पर्स एक विशेष डिजाइन का था जिसकी डोरी को वह अपने शोल्डर पर क्रास करके टांगे हुई थी और उसका पर्स उसकी कमर पर लटका हुआ था जिस पर रंगबिरंगी एम्ब्राइडरी थी। वो पर्स उसके कपड़ों से मेच हो रहा था।

'कहाँ हो तुम लोग?' स्नेहा ने कॉल करके पूछा।

'हम वहाँ खड़े हैं जहाँ से लोग एन्ट्री कर रहे हैं,' स्नेहा ने अपनी मौजूदा लोकेशन बताई और फिर कॉल कट कर दिया।

'कहाँ हैं वो लोग?' मैंने उससे पूछा।

'यहीं आ रहे हैं। वो थोड़ा आगे चले गए हैं,' स्नेहा ने अपने मोबाइल को पर्स में रखते हुए कहा।

लगभग पाँच मिनिट तक हम दोनों वहीं खड़े रहे। हमारी गर्दन 180 डिग्री तक घूमते हुए अपने दोस्तों को ढूँढ रही थी।

'वो रहे,' मैंने कहा। मुझे अपने दोस्तों का झुण्ड दिख गया था। स्नेहा ने भी अपनी आंखे उसी तरफ घुमाकर उन्हें देख लिया था, जब उन्होंने भी हमें देख लिया तब शुभम, प्राची और नुपुर ने वहीं से अपने हाथ उठाकर हिला दिये।

'हाय गाईज़,' जब वह हमसे दो फीट की दूरी पर आ गए तब मैंने कहा। फिर हम सब ने आपस में हाय हैलो कहा।

'यू लुकिंग सो गॉर्जियस,' शुभम ने स्नेहा को ऊपर से नीचे तक निहारने के बाद कहा।

'थैंक यू,' स्नेहा ने हँसते हुए कहा। और अपने आप को देखने लगी।

'और मैं?' मैंने शुभम से पूछा।

'तुम तो गॉर्जियस हो ही, लगने का सवाल ही नहीं है।'

'मतलब तुम यह कहना चाहते हो कि मैं गॉर्जियस दिख रही हूँ लेकिन असल में हूँ नहीं,' स्नेहा ने शुभम को घूरते हुए कहा।

'नहीं मेरा मतलब वो नहीं है।'

'फिर क्या मतलब है बताओ जरा,' स्नेहा ने शुभम से कहा। और वह हकलाते हुए कहने लगा-

'मेरा मतलब है कि, कि...,'

'बेटा जब एक साथ दो-दो लड़कियों को फ्लर्ट करेगा तो ऐसे ही उलझेगा,' नुपुर ने मजाक करते हुए शुभम से कहा। उसकी बात सुनकर वह भी धीरे-धीरे हँसने लगा।

'अब अंदर चलें या यहीं गरबा खेलना है,' प्राची ने कहा।

'हाँ चलो फटाफट लाइन में लगते है,' मैंने कहा।

वहाँ तीन लाइन लगी हुई थीं। पहली लाइन वी.आई.पी. पास वालों के लिए थी। दूसरी लाइन जरनल पास वालों की थी और तीसरी लाइन उनके लिए थी जिनके पास एन्ट्री पास नहीं थे। वह लोग अभी पास खरीद रहे थे। वहाँ उस लाइन में ही सबसे ज्यादा भीड़ थी। और हम जिस लाइन में खड़े थे उसमें कम भीड़ थी, लेकिन वी.आई.पी. लाइन से ज्यादा। लाइन में सबसे आगे मैं थी मेरे पीछे स्नेहा, प्राची, शुभम, नुपुर, सोना, प्रियेस और सबसे पीछे राहुल था। दस मिनिट बाद हम वहाँ पहुँच गए जहाँ पर एन्ट्री पास चेक किए जा रहे थे, हम एक-एक पास दिखाकर दो-दो लोग गेट के अंदर चले गए। चार एन्ट्री पास दिखाकर हम आठ लोग गरबा पण्डाल में एन्ट्री कर गए थे।

तीनों एन्ट्री गेट से लगातर लोग गेट के अंदर एन्ट्री कर रहे थे। पण्डाल के अंदर पहले से ही लबालब भीड़ थी और अभी भी सैकड़ों की संख्या में लंबी-लंबी लाइन गेट के बाहर लगी हुई थी। ज्यादातर लोग ट्रेडिशनल कपड़ों में ही दिखाई दे रहे थे। उनमें भी गुजराती कपड़ों की भरमार थी। ऐसा लग रहा था कि यह भोपाल नहीं गुजरात ही है। गरबा पण्डाल बहुत ही भव्य था जैसा हर साल होता है। हमारे राइट साइट में झूले लगे हुए थे और वहीं पर खाने के स्टॉल्स भी थे। लेकिन हम सब रूम से पेट पूजा करके आये थे इसलिए उन स्टॉल्स पर जाने की फिलहाल हमें जरूरत नहीं थी।

हम धीरे-धीरे आगे बढ़कर उस जगह पर पहुँच गए जहाँ हमें मुख्य गरबा पण्डाल में एन्ट्री करनी थी। एन्ट्री करने के बाद हम सभी ने अपनी पोजीशन ले ली और जो गाना बज रहा था उसके हिसाब से अपने कदम थिरकाने लगे। एक गाना खत्म होन के बाद हम सब रिदम में आ गए और मस्ती से भरकर गरबा खेलने लगे। दूसरे गाने के बाद हमारा ग्रुप बिखरने लगा। हम दूसरे अंजान लोगों के साथ और वो हमारे साथ डांडिया से डांडिया टकराने लगे। कई मूव्स के बाद कुछ अंजान लोगों के साथ बार-बार डांडिया टकराना पड़ता था।

मेरे साथ भी ऐसा ही हुआ। दूसरी बार मेरा एक लड़के से आमना-सामना हुआ वो पसीने में भीगा हुआ था। उसके माथे पर लगा हुआ तिलक पसीने के कारण बहता हुआ उसकी नाक पर आ गया था।

'हाय आई एम पुनीत,' उसने मुझसे कहा। कुछ देर हम दोनों की नजरें मिलीं इससे पहले की मैं उसे अपना नाम बता पाती वो एक स्टेप लेता हुआ दूसरी तरफ मुड़ गया और जो गाना बज रहा था वह भी बंद हो गया। कोई नया सिंगर स्टेज पर आया, वह अपना इन्ट्रोडक्शन दे रहा था। हम सब जहाँ खड़े थे वहीं खड़े हो गए।

'बोलो अम्बे मात की,' उसने जोर से कहा।

'जय...,' मेरे साथ सभी लोग हाथ ऊठाते हुए चिल्लाए।

'सो गाईज़ आर यू-रेडी?'

'यस,' सब ने कहा।

उसने गाना गाना शुरू कर दिया, और हम सब ने गरबा खेलना शुरू कर दिया।

'आपने अपना नाम नहीं बताया,' उसी लड़के ने मुझसे मुस्कुराते हुए पूछा। वो संयोग से तीसरी बार मेरे सामने आया था।

'सौम्या,' मैंने अपने डांडिया उसके डांडिया से टकराते हुए कहा।

'नाईस नेम,' उसने मुझे घूरते हुए कहा।

'आपका तिलक बहकर आपकी नाक तक आ गया है,' मैंने कहा। हम हर बार डांडिया टकराने के बाद ही एक-दूसरे की बात का जवाब दे रहे थे।

'अभी मैं सिर्फ गरबा एन्जॉय कर रहा हूँ। बाकी किसी चीज पर मेरा ध्यान नही है।'

'मुझ पर भी नहीं?' मैंने सोचा कि उससे यह पूछूं। लेकिन मैंने उससे यह पूछा नहीं। मुझे उसकी यह बात पसंद आई कि वह जिस चीज के लिए यहाँ आया था उसे पूरी तरह से एन्जॉय कर रहा था।

5-6 बार डांडिया टकराने के बाद हम दोनों फिर एक-दूसरे से अलग हो गए, मैं डांडिया खेलते हुए स्नेहा के पास चली गई। शुभम और प्राची भी हमारे साथ आ गए। हम चारों ग्रुप बनाकर गरबा खेलने लगे। 3-4 गानों के बाद मैं और स्नेहा सर्कल से बाहर आ गए। हमने 5 मिनिट का ब्रेक ले लिया। हमें गरबा करते हुए लगभग आधे घंटे से ज्यादा हो चुका था। हर गाना लगभग 8-10 मिनिट तक प्ले हो रहा था।

थोड़ी देर रेस्ट करने के बाद हम दोनों वापस सर्कल के अंदर आ गए। और वापस गरबा करते हुए गाने की बीट पर अपने कदम थिरकाने लगे। 2 घण्टे बाद हम सभी आठ दोस्त सर्किल से बाहर आ गए।

'अब एण्ड करते हैं,' प्राची ने हमारी तरफ देखकर कहा।

'हाँ मैं भी अब थक गई हूँ,' नुपुर ने कहा। उसके बाद मैंने, स्नेहा, शुभम और सोना ने भी प्राची और नुपुर की बात पर अपनी सहमती जताई। प्रियेस और राहुल का भी वही मूड था जो हम बाकी छ: लोगो का था।

गरबा खत्म करने के बाद फोटो सेशन चालू हुआ। हम सभी ने एक-दूसरे की कई दर्जन फोटोज़ और सेल्फीज़ क्लिक की।

सेल्फी में लकवाग्रस्त पोज़ बहुतायात में थे जैसे- नाक तेड़ी करना, भौंहें ऊपर उठाना, जीभ बाहर निकालना वगैरह-वगैरह......।

'सो व्हाट नेक्स्ट?' सोना ने पूछा।

'इसमें पूछने वाली क्या बात है, खाएंगे पीएंगे ऐश करेंगे और क्या,' मैंने कहा।

हम लोग वहाँ से निकलकर उस जगह पहुँच गए जहाँ पर खाने के स्टॉल्स लगे हुए थे। जो कि गेट नम्बर दो के पास थे। वहाँ पहुँचकर सब ने अपनी-अपनी पसंद की चीजे आर्डर कर दी, मेरी और स्नेहा की पसंद काफी मिलती थी हम दोनों ने खाने के लिए दो बर्गर आर्डर कर दिए।

'सागर गैरे जैसा स्वाद नहीं है यहाँ पर,' स्नेहा ने बर्गर का एक निवाला अच्छी तरह चखने के बाद कहा।

'अब जैसा है ठीक है। वैसे इतना बुरा भी नहीं है,' जब मैंने उस बर्गर का स्वाद चख लिया तब मैंने कहा।

'ओए। शायद वो लड़का तुझे तिरछी निगाहों से देख रहा है,' स्नेहा ने मुझसे कहा।

'कौन सा लड़का?' मैंने पूछा।

'वहाँ देख,' स्नेहा ने अपनी आँखों से इशारा करते हुए कहा। मैंने उस जगह पर अपनी आँखें घुमाई। वहाँ वही लड़का खड़ा था जो गरबा खेलते समय मुझसे मिला था।

'वो सिर्फ खड़ा है मुझे देख नहीं रहा है,' मैंने वापस स्नेहा की तरफ देखकर कहा।

'अबे नजरें चुराकर देख रहा है। रुकजा अभी फिर देखेगा।'

'तू बर्गर पर ध्यान दे, बगल में जो खड़ा है उस पर नहीं।'

'देख वो फिर तुझे देख रहा है,' स्नेहा ने कहा। मैंने धीरे से अपनी गर्दन उस और घुमाई। वह सच में मुझे देख रहा था। जब मैं लगातार उसे देखती रही तो उसने अपनी नज़रें फेर लीं और ऊपर की तरफ देखने लगा। मैंने स्नेहा को बता दिया था कि उसने मेरा नाम पूछा था।

'लगता है वो अब तेरे घर का पता भी जानना चाहता है,' स्नेहा ने हंसते हुए कहा।

'तुझे बढ़ा मालूम है कि उसके मन में क्या चल रहा है,' मैंने कहा।

'सिंपल सी बात है यार उसने अपना नाम तुझे बता दिया। तेरा नाम पूछ लिया। अब वह तुझे छुप-छुप कर देख रहा है तो वह बात आगे बढ़ाना चाहता है,' स्नेहा ने कहा।

'अब तू मेरी उससे शादी मत करवा देना। चुपचाप बर्गर खा ले।'

'लेकिन बन्दा स्मार्ट तो लग रहा है।'

'तो तू जाकर उसके गले लग जा, ठीक है,' मैंने कहा। और बर्गर की प्लेट डस्टबीन में फेंक दी।

'अरे यार मैं उसे गले लगाकर शुभम का दिल नहीं तोड़ना चाहती। तुझे तो मालूम है कि वह मुझे पसंद करता है,' स्नेहा ने शुभम की तरफ देखते हुये कहा।

'हम्म, तो अब चुपचाप पानी पीने चल,' मैंने उससे कहा और हम वहाँ से चले गए।

❀ ❀ ❀

मैं अभी अपने लाइक्स गिनने में इतनी खोई हुई थी कि किसी फ्रेंड रिक्वेस्ट पर मेरा ध्यान ही नहीं गया। मुझे एक फ्रेंड रिक्वेस्ट आई थी। वो जाना पहचाना नाम था। यह वही लड़का था जो मुझे गरबे में मिला था जिसने अपना नाम पुनीत बताया था। उसने कल गरबे में खींची एक पिक डाली थी।

अब मुझे स्नेहा की वह बात सही लग रही थी जिसमें उसने कहा था कि वह लड़का तेरे नाम के अलावा भी बहुत कुछ जानना चाहता है। कुछ देर सोचने के बाद मैंने उसकी

फ्रेंड रिक्वेस्ट एक्सेप्ट कर ली। वो अभी ऑनलाइन ही था। उसने तुरन्त मुझे मैसेज किया-

'हाय।'

'हेलो,' मैंने भी उसे रिप्लाय कर दिया।

'आप बहुत अच्छा गरबा करतीं हैं।'

'आई नो।'

'मेरे गरबे के स्टेप्स ठीक थे ना?' उसने पूछा।

'मैंने आप पर इतना ध्यान नहीं दिया,' मैंने उससे कहा।

'ओह!,' उसने मैसेज किया और एक सेडी इमोजी भेज दिया। उसके बाद मैंने उसके मैसेज का कोई रिप्लाय नहीं किया और वापस अपने नोटिफिकेशन चेक करने लगी। लाइक्स और कमेंट्स की बढ़ती संख्या को देखकर मेरी खुशी भी बढ़ती जा रही थी।

'सौम्या जी बाय,' पाँच मिनिट बाद उसने मैसज किया।

'बाय,' मैंने उसे रिप्लाय कर दिया और ऑफ लाइन हो गई।

'ओए तुझे कितने लाइक्स मिले?' मैंने स्नेहा से पूछा।

'सिर्फ 210 और तेरे कितने लाइक्स हो गए?' स्नेहा ने मुझसे पूछा।

'190 हो गए।'

'मतलब मुझसे 20 कम।'

'लेकिन मेरी पिक पर कमेंट्स ज्यादा हैं,' मैं स्नेहा को यह जताना चाह रही थी कि तू अपने लाइक्स पर ज्यादा इतरा मत, तुझे लाइक्स ज्यादा मिलें हैं तो मुझे कमेंट्स ज्यादा मिले हैं। मैं और स्नेहा कॉलेज के गेट पर खड़े थे। सभी क्लासेस खत्म हो चुकी थी और हम रूम जाने की तैयारी में थे। लेकिन इस तैयारी में हमें लगभग आधा घण्टा लग जाता था। कॉलेज का शायद ही ऐसा कोई दिन होगा जब हम क्लासेस खत्म होने के तुरन्त बाद रूम के लिए निकल गए हों। इस आधे घण्टे में बहुत सारी बातें करते थे जैसे- कौन सी क्लास आज इंट्रेसटिंग लगी और कौन सी बोरियत। कौन सी लड़की आज आईब्रो बनाकर आई थी, किसका वेट लॉस हो रहा है और किसका बढ़ रहा है। किसका किससे पेचअप हुआ और किसका ब्रेकअप हुआ।

'गीता-बबीता आज रूम नहीं जाना क्या?' शुभम ने हमारे सामने अपनी बाइक रोकते हुए कहा। वो मुझे और स्नेहा को गीता-बबीता कहता था। लेकिन दिखने में हम दोनों कहीं से भी गीत-बबीता नहीं लगते थे। मेरा फिगर जीरो और स्नेहा का फिगर माइनस जीरो।

'नहीं यार हम रूम नहीं जा सकते,' स्नेहा ने कहा।

'क्यूँ?'

'वो क्या है कि हमने पैसे नहीं दिए इसलिए हमें हॉस्टल से निकाल दिया गया है।'

'ओह हो, यह तो बुरा हुआ खैर कोई बात नहीं तुम मेरे घर चल सकती हो,' शुभम ने हँसते हुए कहा। उसे मालूम था कि हम मजाक कर रहे है।

'तुमने गरबा की पिक अपडेट क्यों नहीं की?' मैंने शुभम से पूछा। उसने अपनी बाइक को स्टेण्ड पर लगाया और उस पर बैठ गया हमारी तरफ मुँह करके।

'मेरी पुरानी पिक ही ठीक है। लेकिन मैंने तुम दोनों की पिक को लाइक किया है। और स्नेहा मैंने तुम्हारी पिक पर कमेंट भी किया है तुमने पढ़ा?' शुभम ने कहा।

'मैंने अभी उस पर ध्यान नहीं दिया,' स्नेहा ने कहा। शुभम को स्नेहा की यह बात बुरी लगी और वो हमसे नजरें चुराकर अपना मोबाईल देखने लगा। स्नेहा मुझे देखकर हँसने लगी। दरअसल वो शुभम को चिढ़ा रही थी। उसे मालूम है कि वो उसे लाइक करता है लेकिन स्नेहा उसके मजे ले रही थी।

'अच्छा ठीक है मैं जा रहा हूँ,' शुभम ने कहा।

'बाय,' मैंने कहा और मेरे बाद स्नेहा ने भी शुभम को बाय कह दिया।

'बाय,' शुभम ने हमसे नजरें मिलाए बिना कहा और बाइक स्टार्ट करके वहाँ से चला गया। उसके जाने के बाद मैंने स्नेहा से कहा-

'क्या यार तू क्यूँ बेचारे को सताती रहती है।'

'मजा आता है बे।'

'तू जानती है कि वो तुझे लाइक करता है और तुझसे बात करने का मौका ढूँढ़ता रहता है,' मैंने स्नेहा को शुभम की फीलिंग्स बताई।

'मैं जानती हूँ, लेकिन एक बात तू नहीं जानती।'

'क्या?'

'मैं भी उसे थोड़ा-थोड़ा पसंद करती हूँ।'

'सच्ची।'

'मुच्ची।'

'फिर जब आग दोनों तरफ लगी है तो खिचड़ी बन ही जाने दे,' मैंने कहा।

'मैं सोच रही हूँ कि खिचड़ी में अभी थोड़ी और आँच देना चाहिए ताकि खाने में मजा आए।'

'देखना कहीं जल न जाए।'

'नहीं जलने दूँगी। अब स्कूटी स्टार्ट कर और फटाक से रूम की तरफ भगा। खिचड़ी का नाम सुनकर सच में भूख लगने लगी,' स्नेहा ने कहा और मैंने स्कूटी में चाबी लगाकर घुमा दी।

'मैं तुझे एक बात बताना तो भूल ही गई,' मैंन कहा।

'कौन सी बात?' स्नेहा ने पूछा।

'वो लड़का था ना जो हमें गरबे में मिला था।'

'तू उससे प्यार करने लगी है और उससे शादी-वादी का प्लान बना रही है,' स्नेहा ने कहा।

'कुछ भी बोलती रहती है। सोच समझकर तो बोला कर।'

'मजाक कर रही हूँ मेरी जान, अच्छा चल बता क्या बताना चाहती है उसके बारे में।'

'यार उसने मुझे फ्रेंड रिक्वेस्ट भेजी थी।'

'सच में?'

'हाँ यार सच में।'

'फिर तुने क्या किया?'

'वो फ्रेंडशिप करने लायक तो था इसलिए मैंने उसकी रिक्वेस्ट एक्सेप्ट कर ली,' मैंने स्कूटी को पार्किंग से निकालते हुए कहा।

'ओ तेरी की,' स्नेहा ने सामान्य से थोड़ी तेज आवाज में कहा।

'क्या हुआ?'

'अबे वहाँ देख।'

'कहाँ?'

'वहाँ,' स्नेहा ने अपने हाथों से मेरी गर्दन उस दिशा में मोड़ते हुए कहा जहाँ पर वो मुझे कुछ दिखाना चाह रही थी।

'यह यहाँ क्या कर रहा है,' मैंने अचंभित होकर कहा।

मैं और स्नेहा जिसे देखकर चौंक गए थे वो वही लड़का था जो गरबे में मिला था। जिसने मुझे फ्रेंड रिक्वेस्ट भेजी थी।

'सौम्या यह तो तुझे ढूँढते हुए कॉलेज तक आ गया। बहुत फास्ट फारवर्ड लग रहा है यह तो,' स्नेहा ने कहा। मैं

उसकी बात सुन रही थी लेकिन उसकी तरफ देख नहीं रही थी। मेरी नजरें उसी लड़के पर जम गईं थीं।

'यार यह तो यहीं आ रहा है। तूने कौन सा जादू कर दिया इस पर।'

'मैंने तो कुछ भी नहीं किया यार,' मैंने उससे कहा। अब वो हम से लगभग दस कदम की दूरी पर था। उसने हमें देख लिया था। वो हमें देखकर मुस्कुराने लगा।

'हाय,' उसने हम दोनों के सामने हाथ हिलाते हुए कहा।

'हाय,' कुछ देर बाद मैंने उससे कहा और मेरे बाद स्नेहा ने भी उसे हाय बोला।

'आप इसी कॉलेज में है क्या?' उसने पूछा।

'हम तो इसी कॉलेज में है लेकिन आज से पहले आप को यहाँ नहीं देखा,' स्नेहा ने उसे देखते हुए कहा।

'आपने पहले मुझे यहाँ नहीं देखा उसकी एक वजह है,' उसने हम दोनों को देखते हुए कहा।

'क्या वजह है?'

'क्योंकि मैं आज पहली बार ही इस कॉलेज में आया हूँ,' उसने कहा और खिलखिलाकर हँसने लगा। जब हम उसके इस बेकार से जोक पर नहीं हँसे तो वह अपनी हँसी को समेटते हुए बोला-

'वैसे मैं यहाँ एक जरूरी काम से आया हूँ।'

उसकी यह बात सुनकर मैं और स्नेहा एक-दूसरे को देखने लगे।

'कौन सा जरूरी काम आ गया आपको हमारे कॉलेज में,' स्नेहा ने थोड़ा सीरियस होकर अपने दोनों हाथ बांधते हुए कहा।

'मुझे ऐसा क्यूँ लग रहा है कि आप मेरे यहाँ आने से नाराज है,' उसने स्नेहा को देखकर कहा।

'आपको गलत लग रहा है। बताइए आप यहाँ क्यूँ आए हैं,' मैंने पूछा।

'मैं यहाँ आई.टी. सेक्शन के एच.ओ.डी. से मिलने आया था।'

'क्यूँ?'

'यहाँ कुछ कम्प्यूटर पार्ट्स की रिक्वायरमेंट है। और हमारी कम्प्यूटर की शॉप है इसलिए मैं एच.ओ.डी. से बात करने आया था लेकिन उनसे बात नहीं हो पायी,' उसने यहाँ आने की वजह बताई।

'क्या नाम है एच.ओ.डी. का?' स्नेहा ने उससे पूछा। उसे अभी भी शक था कि वह सच बोल रहा है।

'ओह हो। आप तो वकील की तरह मेरी बात को झूठ साबित करने पर तुली हुई हैं। ये लीजिए आपको कोई रिक्वायरमेंट हो तो बता दीजिएगा,' उसने एक विजिटिंग कार्ड स्नेहा को देते हुए कहा। जिसमें बाइनरी कम्प्यूटर्स लिखा हुआ था। स्नेहा ने उस कार्ड को देखने के बाद उसे वापस कर दिया।

'अब तो आपके शक की सुई मेरे ऊपर नहीं हैं ना,' उसने कार्ड वापस अपने जेब में रखने के बाद कहा।

'हूं...,'

'वैसे एच.ओ.डी. का नाम मिस्टर अविनाश गुप्ता है,' उसने कहा।

'नाम जानते थे तो पहले क्यूँ नहीं बताया?' स्नेहा ने पूछा।

'आप मेरी इन्वेस्टीगेशन करना तभी बंद कर देतीं इसलिए,' उसने कहा और हँसने लगा। उसकी बात सुनकर मैं और स्नेहा भी हँसने लगे। हमें हँसता हुआ छोड़कर वो चार कदम पीछे गया और एक बाइक को पार्किंग से बाहर निकालने लगा। उसने वह बाइक हमारे पास लाकर रोक दी।

'नाइस बाइक,' मैंने उससे कहा। उसकी बाइक बहुत स्पोर्टी लुक की थी।

'बाय,' उसने हम दोनों का देखकर कहा। और अपनी बाइक दौड़ा दी। मैंने अपनी नजरें तब तक उस पर जमाए रखीं जब तक वो मेरी आँखों से ओझल नहीं हो गया। पता नहीं क्यूँ मुझे ऐसा लग रहा था कि वो मुझे मुड़कर देखेगा। लेकिन मेरा सोचना गलत था उसने मुझे पलटकर नहीं देखा।

'बहुत फनी लड़का है, हेना?' मैंने स्नेहा से कहा।

'हूं, लेकिन बहुत स्मार्ट भी बन रहा था। थोड़ा बचकर रहना तू उससे,' स्नेहा ने कहा।

'वो मुझे लाइन मार रहा है तो तुझे जलन हो रही है,' मैंने स्नेहा के गले में हाथ डालकर कहा। मेरी बात सुनकर स्नेहा हँसी और स्कूटी पर बैठ कर बोली-

'चलो स्कूटी चलाओ और जल्दी रूम चलो।'

'जी मेमसाब,' मैंने स्कूटी की रेस बढ़ाते हुए कहा।

❁ ❁ ❁

'आप आज फिर आ गए,' स्नेहा ने पुनीत से कहा। वह अगले दिन भी हमें कॉलेज की पार्किंग में मिल गया था।

'हाँ जी,' उसने अपना चश्मा उतारते हुए कहा और उसे अपनी टी-शर्ट में टांग लिया।

'क्यों आज क्या काम आ गया?'

'आपकी याद आ रही थी,' उसने कहा और हँसने लगा। हम दोनों उसका चेहरा घूरने लगे। उसने हँसना बंद किया और बोला-

'मजाक कर रहा हूँ जी। मैंने बताया था कि मेरी बात कल गुप्ता सर से हो नहीं पाई थी इसलिए आज फिर से आना पड़ा।'

'आज बात हो गई या अभी और चक्कर काटोगे?' मैंने उससे पूछा। 'आपकी दूसरी वाली बात सही,' उसने कहा। वो कहना चाहता था कि वह अभी और चक्कर काटेगा।

'ओके बाय। मुझे थोड़ा काम है,' अपना चश्मा वापस लगाते हुए उसने यह बात कही और वहाँ से चला गया।

आज उसकी बाइक काफी दूर खड़ी थी। उसे थोड़ी दूर तक जाता हुआ देखने के बाद मैं अपनी स्कूटी की तरफ मुड़ गई। स्कूटी की डिक्की खोलकर मैंने अपना और स्नेहा का गॉगल निकाला। स्नेहा को उसका गॉगल देने के बाद मैंने अपना गॉगल पहना और स्कूटी पर बैठ गई।

'पीछे खींच,' मैंने स्नेहा से स्कूटी खींचने के लिए कहा। हाई हील पहनकर स्कूटी खींचने में बहुत प्राब्लम होती है। लेकिन हमें प्राब्लम मंजूर है पर स्टाइल से कम्प्रोमाइस नहीं। मेरी बात सुनकर स्नेहा स्कूटी को पार्किंग से बाहर निकालने में मेरी मदद करने लगी। लेकिन इसका कुछ फायदा नहीं हो रहा था। इसलिए मैंने अपनी गर्दन पीछे घुमाकर स्नेहा से कहा- 'थोड़ी ताकत लगाकर खींच मेरी धन्नो।'

'खींच तो रही हूँ लेकिन खिंचा क्यों नहीं रही है।'

'देखना पिछले पहिए में कोई पत्थर तो नहीं अड़ा।'

'ओह सिट यार,' स्नेहा ने झुककर पिछला पहिया देखने के बाद कहा।

'क्या हुआ?'

'पहिए की हवा निकल गई।'

'ओह नो,' मैंने यह बुरी खबर सुनकर कहा।

उसके बाद स्नेहा और ज्यादा जोर लगाकर स्कूटी को खींचने लगी। ना चाहते हुए भी मैं अपनी हाई हील सैंडिल जमीन पर ठीक से जमाकर स्कूटी को पीछे धकेलने लगी। मैंने और स्नेहा ने मिलकर स्कूटी को पार्किंग से बाहर

निकाल लिया। मैं स्कूटी से उतरी और उसे मैन स्टैण्ड पर लगा दिया। इस काम में भी स्नेहा ने मेरी मदद की। मैंने झुककर पिछले पहिए को देखा वो लगभग जमीन से चिपक गया था। मेरी नजर स्कूटी के अगले पहिए पर पड़ी उसे देखकर मेरी शक्ल पिछले पहिए की तरह सुकड़ गई।

'ओह नो यार,' मैंने उसी सुकड़ी हुई शक्ल के साथ स्नेहा से कहा।

'क्या हुआ?'

'अगले पहिये में भी हवा नहीं हैं।'

'क्या बात कर रही है बे,' स्नेहा ने कहा और खुद झुककर अगला पहिया देखने लगी। उसे मेरी बात पर भरोसा ही नहीं हो रहा था।

अब स्नेहा की शक्ल भी मेरी शक्ल की तरह सुकड़ गई थी।

हम दोनों को कुछ समझ नहीं आ रहा था कि अब क्या करें। स्कूटी में हवा भरवाने कैसे लेकर जाएँ। मैं तो हाई हील्स पहनकर स्कूटी धकाने की जगह पैदल रूम पर जाना पसंद करती। पंचर की दुकान तक स्कूटी कौन लेकर जाएगा? कब स्कूटी में हवा भराएगी और कब हम दोनों रूम पहुँचेंगे? यह सारे सवाल एक साथ मेरे दिमाग में चल रहे थे। हम दोनों स्कूटी से टिककर खड़े हो गए। स्नेहा ने अपना मोबाईल निकालकर शुभम को कॉल किया लेकिन उसने कॉल रिसीव नहीं किया। हम मदद के लिए यहाँ-वहाँ देख रहे थे। तभी एक बाइक धीरे से हमारे करीब से गुजरी।

'हे पुनीत,' मैंने बहुत जोर से आवाज लगाई। पुनीत ने तुरंत अपनी बाइक का ब्रेक लगा दिया। और बाइक रूकने के बाद उसने पीछे मुड़कर देखा। मैंने उसे अपने हाथ के इशारे से अपने पास बुलाया। उसने अपनी बाइक टर्न की और हमारे पास आ गया।

'क्या हुआ?' उसने बाइक पर बैठे हुए ही पूछा।

'तुम हमारी थोड़ी मदद कर सकते हो?' मैंने कहा।

'हाँ क्यों नहीं, बताओ मैं आपके लिए क्या कर सकता हूँ।'

'वो क्या है कि मेरी स्कूटी के दोनों पहियों की हवा निकल गई है और हमें जल्दी रूम जाना है,' मैंने उससे कहा।

'तो आप चाहती हैं कि मैं आपको अपनी बाइक से रूम तक छोड़ दूँ। नो प्राब्लम बैठ जाइए,' उसने अपने मतबल की बात कही।

'नहीं मैं आपको इतनी तकलीफ नहीं दूँगी।'

'तो फिर?'

'यहाँ पास में एक पंचर की दुकान है अगर आप वहाँ से स्कूटी में हवा भरवा देते तो...,' मुझे उससे यह रिक्वेस्ट करते हुए झिझक हो रही थी। इसलिए मैं पूरी बात कहे बिना ही रूक गई।

उसने आश्चर्य भरी नजरों से मुझे देखा और अपनी बाइक से उतर गया। उसके चेहरे के एक्सप्रेशन देखकर मुझे लगा कि वो कहेगा,' आप अपने आपको समझती क्या है। आपके कहने पर मैं इस स्कूटी को धकेलकर पंचर की दुकान तक क्यों ले जाऊँ।'

लेकिन उसने ऐसा नहीं कहा। वो थोड़ा सा हँसा और अपनी बाइक को वहाँ पार्क करने लगा जहाँ पहले मेरी स्कूटी पार्क थी। वह जगह अभी तक खाली थी। बाइक पार्क करने के बाद वह हमारे पास आया और बोला-

'मेरे नए-नए दोस्त ने मुझसे पहली बार मदद माँगी है मैं मना कैसे कर सकता हूँ।'

उसका जवाब सुनकर मैं और स्नेहा एक दूसरे को देखने लगे। मैंने हल्की सी स्माइल के साथ उसे कहा-

'थैंक्यू सो मच।'

'ओह हो! आप या तो मुझे दोस्त कहिए या थैंक्स, दोनों में से एक चीज़ आपको चुनना होगी,' उसने कहा।

मैंने 2-3 सेकेण्ड सोचने के बाद उससे कहा-

'ओके ओनली फ्रेंड।'

'यह हुई ना कोई बात। अब लाइए चाबी दीजिए।'

'स्कूटी में लगी है।'

'ओके,' पुनीत ने कहा और स्कूटी को आगे धकाने लगा। मैं और स्नेहा पुनीत को तब तक देखते रहे जब तक वो मैन गेट से बाहर नहीं चला गया। उसके जाने के बाद हम दोनों वहाँ खड़ी हुई गाड़ियों पर टिककर खड़े हो गए।

'अच्छा हुआ यार यह आ गया वरना पहली बार लोग लड़कियों को स्कूटी धकेलते हुए देखते,' स्नेहा ने कहा।

'हाँ यार काफी मदद कर दी उसने नहीं तो आज पसीने से पूरा मेकअप ही उतर जाता,' मैंने मजाक में कहा।

बीस मिनिट बाद मैंने मोबाईल में देखा मुझे ऐसा लगा कि दुकान से हवा भरवाकर वापस आने के लिए इतना समय काफी है। उसके बाद मैं बार-बार मोबाइल में टाइम देखती रही। मेरी और स्नेहा की नजरें गेट पर जमीं थी। काफी गाड़ियाँ अंदर-बाहर आ जा रही थी। लेकिन ना तो पुनीत और ना मेरी स्कूटी अंदर आते हुए दिखी। जब सब्र का बांध टूटने लगा तो स्नेहा ने कहा,' यार एक घण्टा हो गया यह अभी तक वापस क्यूँ नहीं आया?'

'पता नहीं कहाँ चला गया,' मैंने गेट की तरफ अपनी नजरें घूमाकर कहा।

'कहीं वह स्कूटी लेकर भाग तो नहीं गया?'

'उसकी बाइक तो यहीं खड़ी है वह इसे छोड़कर कहाँ भागेगा।'

हमें मालूम था कि पुनीत ने ऐसा नहीं किया होगा। हम बस फालतू टाइम में फालतू बाते कर रहे थे।

'किसी दूसरी पंचर की दुकान पर तो नहीं चला गया जो दूर हो?'

'नहीं गया होगा।'

'तू इतना श्योर कैसे है?'

'क्योंकि वह मेरे सामने है,' मैंने कहा। और स्नेहा भी सामने गेट की तरफ देखने लगी मैं पहले से ही वहाँ देख रही थी।

एक मिनिट से भी कम समय में वह स्कूटी को चलाता हुआ हमारे पास आ गया। जैसे ही उसने स्कूटी के ब्रेक मारे मैंने पूछा-

'इतना टाइम क्यों लगा गया?'

'क्योंकि आपकी स्कूटी के दोनों ट्यूब बदलवाने पड़े,' उसने स्कूटी पर बैठे रहकर ही कहा।

'क्यूँ?' स्नेहा ने पूछा।

'भला हवा कम होने पर कोई ट्यूब बदलवाता है क्या?' मैंने कहा।

'पहले मेरी बात तो सुनिए मैडम जी,' उसने मेरे और स्नेहा के सामने हाथ जोड़ते हुए कहा।

'बताओ क्या बात है?' मैंने पूछा।

'आपके दोनों पहिए...,' उसने कहा। मैंने उसे तुरन्त बीच में रोककर कहा-

'मेरे नहीं स्कूटी के पहिए कहिए।'

मेरी यह बात सुनकर वह थोड़ा हंसा और बोला-

'हाँ वही, आपकी स्कूटी के दोनों पहिए पंचर थे, ये देखिए।'

वो हमें स्कूटी की डिक्की खोलकर उसके अंदर रखे हुए पुराने ट्यूब दिखाने लगा। उसने दोनों ट्यूब उठाए और मेरे सामने रख दिए।

'दोनो ट्यूब पंचर कैसे हो गए यार,' मैंने स्नेहा की तरफ देखकर कहा। स्नेहा मेरी बात का जवाब दे पाती इससे पहले पुनीत ने कहा-

'अरे यार मेरे हाथ गंदे हो गए।'

उसने दोनों ट्यूब डिक्की में रख दिए, उन्हें रखने के बाद उसका ध्यान उसके हाथ की हथेलियों पर गया था।

'डिक्की में बोतल है पानी की,' मैंने पुनीत से कहा।

'वो खाली है, एक काम करो अपना स्कार्फ दो ना,' उसने मुझसे कहा।

'मैं तुरंत उससे बोली-

'स्कार्फ... वो भी हाथ पोंछने के लिए।'

'रहने दीजिए जी मैं सिर्फ आपका दिल देख रहा था,' उसने कहा। और अपनी बाइक में रखे एक कपड़े से अपने हाथों को पोंछने लगा। हाथ पोंछने के बाद वो वापस हमारे पास आया। उसने बताया की दोनों ट्यूब बदलवाने में 500 रुपये खर्च हो गए है। मैंने अपने पर्स में से दो-दो सौ के दो नोट और एक सौ का नोट निकालकर उसे दे दिए। और खूबसारी स्माइल के साथ उससे कहा-

'थैंक्यू सो मच पुनीत।'

मेरे बाद स्नेहा ने भी उसे थैंक्स बोला।

'थैंक्यू कहने की कोई जरूरत नहीं है। कहाँ गया यार,' उसने अपनी पेन्ट की आगे-पीछे की जेब टटोलने के बाद कहा। वह थोड़ा घबराया हुआ लग रहा था।

'क्या हुआ पुनीत?' मैंने पूछा।

'मोबाईल.... मेरा मोबाईल पता नहीं कहाँ गिर गया।'

'पंचर की दुकान पर तो नहीं भूल आए।'

'पता नहीं। आप प्लीज़ मेरे नम्बर पर कॉल कीजिए,' उसने मुझसे कहा। मैंने अपने मोबाईल पर वो नम्बर डॉयल किया जो उसने मुझे बताया। कॉलिंग का बटन दबाने के बाद "दिल चोरी साडा हो गया की करिए की करिए" गाने की ट्यून मुझे सुनाई दे रही थी।

'रिंग तो जा रही है,' मैंने अपना मोबाईल उसे देते हुए कहा। उसने दो सेकण्ड मेरा मोबाईल अपने कानों से लगाकर मुझे वापस कर दिया और बिना कुछ बोले अपनी बाइक पार्किंग से बाहर निकालने लगा।

'क्या हुआ कहाँ जा रहे हो?'

'मैं मोबाईल ढूँढ़ने जा रहा हूँ। बाय,' उसने कहा और बाइक स्टार्ट करके तेजी के साथ वहाँ से चला गया।

मुझे गिल्टी फील हो रही थी। क्योंकि मेरी मदद करने की वजह से उसका मोबाईल खो गया था। पता नहीं अब वो वापस मिलेगा भी या नहीं। और मैंने उसे अपने स्कार्फ से हाथ भी पोंछने नहीं दिए।

'बेचारा हमारी वजह से मुसीबत में आ गया,' मैंने स्नेहा से कहा।

मेरी बात सुनकर वो मुझे देखकर मंदमंद मुस्कुराने लगी। हँसने की वजह जानने के लिए मैंने उससे पूछा-

'क्या हुआ। क्यों हँस रही है?'

'बेवकूफ बना गया वो तुझे।'

'कैसे?'

'उसे तेरा नम्बर चाहिए था। इसलिए उसने मोबाईल गुमने का बहाना बनाया। और तूने खुद अपने मोबाईल से उसको कॉल किया है,' स्नेहा ने बताया कि उसने कितनी चालाकी से मेरा नम्बर ले लिया। लेकिन मैं स्नेहा की इस बात से सहमत नहीं थी।

'कुछ भी बोल रही है। तूने देखा नहीं उसका मोबाईल सच में उसके पास नहीं था,' मैंने कहा।

'हो सकता हैं पंचर की दुकान पर या किसी और के पास अपना मोबाइल छोड़ आया हो।'

'ओह हो, अब तू ए.सी.पी. प्रद्युमन बनना बंद करेगी या नहीं?'

'देखना अब वह तुझे कॉल करेगा,' स्नेहा ने अपना चश्मा लगाते हुए कहा।

'देखते हैं क्या होता है,' मैंने कहा। और स्कूटी का सेल्फ मार दिया।

❀ ❀ ❀

'हैलो,' एक अननॉन नम्बर से मेरे मोबाईल पर कॉल आया।

'हैलो कौन?' मैंने पूछा।

'मैं पुनीत बोल रहा हूँ।'

पुनीत का नाम सुनते ही मेरी आँखो में वो सीन घूमने लगा। जब पुनीत ने उसके ही नम्बर पर मेरे मोबाईल से कॉल लगवाया था। उसका नम्बर मेरे मोबाईल की डॉयल लिस्ट में था लेकिन मैंने इसे सेव नहीं किया था।

'ओह... पुनीत, बोलो,' मैंने कहा। मेरे मुँह से पुनीत के नाम की आवाज निकलकर स्नेहा के कानो तक पहुँच गई थी। वह अपने बेड पर लेटी हुई थी। स्नेहा मुझे देखकर चिढ़ाने लगी।

'मैंने यह बताने के लिए कॉल किया है कि मेरा माबाईल मिल गया है,' उसने मुझे कॉल लगाने की वजह बताई।

'वॉओ काँग्रेचुलेशन,' मैंने कहा।

'थैंक्स।'

'अगर आपका मोबाइल नहीं मिलता तो मुझे बहुत दु:ख होता।'

'मोबाईल तो मेरा था फिर दु:ख आपको क्यों होता?'

'क्योंकि मोबाइल तो मेरी वजह से ही गुमा था ना,' मैंने कहा,' देखो अगर मेरी स्कूटी पंचर नहीं होती तो मैं तुमसे पंचर बनवाने का नहीं कहती और मेरे कहे बिना तुम पंचर बनवाने नहीं जाते। और अगर तुम पंचर बनवाने नहीं जाते तो तुम्हारा मोबाइल नहीं गुमता। समझे की नहीं?'

'हाँ जी समझ गया, आपने बहुत ही डीटेल में समझा दिया,' उसने आगे कहा,' वैसे गलती मेरी ही थी, मैं ही

अपने मोबाइल का ख्याल नहीं रख पाया। क्या करूं बहुत भुलक्कड़ हूँ।'

'स्पीकर खोल,' स्नेहा ने मेरे कान में कानाफूसी करते हुए कहा। वह मेरी और पुनीत की बातें सुने बिना रह नहीं पा रही थी। लेकिन मैंने उसकी बात नहीं मानी और मोबाइल का स्पीकर ऑन नहीं किया। लेकिन स्नेहा मुझसे ज्यादा जिद्दी किस्म की लड़की थी। उसने मेरा मोबाइल खींचकर जबरदस्ती उसका स्पीकर ऑन कर दिया। और उसने कहा,' पुनीत जी मिल गया आपका मोबाइल?'

'हाँ, मैंने बता तो दिया कि मेरा मोबाइल मिल गया है। आप दोबारा वही बात क्यूँ पूछ रही हैं,' पुनीत ने कहा।

'नहीं जी मैंने पहली बार ही आपसे आपके मोबाइल के बारे में पूछा है।'

'आपकी आवाज कुछ बदली-बदली लेकिन जानी पहचानी लग रही है।'

'हाँ जी आप सही पकड़े हैं। मैं स्नेहा बोल रही हूँ।'

'ओह तभी तो मैं समझ नही पाया कि सौम्या की आवाज एक दम से बदल कैसे गई। हाँ, मेरा मोबाइल मिल गया है,' पुनीत को जब पूरी बात समझ आ गई तब उसने स्नेहा के प्रश्न का जवाब दिया।

'खेर वह तो मुझे मालूम था कि आपका मोबाइल तो मिल ही जाएगा,' स्नेहा ने कहा।

'आपको कैसे मालूम था?'

'कुछ चीजों का मुझे पहले से आभास हो जाता है।'

'रियली, मेरा दिल भी कहीं खो गया है आप उसका पता ठिकाना बता सकती है,' पुनीत ने कहा। उसकी यह बात सुनकर मैं और स्नेहा एक-दूसरे को घूरने लगे। लेकिन स्नेहा भी बहुत बड़ी मुँहफट थी उसने तुरन्त पुनीत को जवाब दिया-

'हाँ जी मैं वो भी बता सकती हूँ। लेकिन आप अपना दिल खोने में बहुत जल्दी कर रहें हैं।'

मैंने तुरन्त उन दोनों की बात में इंटरप्ट करते हुए कहा-

'अरे तुम इसकी बातों में मत आओ इसकी तो आदत है परेशान करने की,' मैंने कहा।

'वैसे मुझे स्नेहा जी की यह आदत पसंद आई।'

'थैंक्यू।'

'वैसे आपका मोबाईल मिला कहाँ?' स्नेहा ने फिर से अपनी इंवेस्टीगेशन चालू कर दी।

'वो पंचर वाले की दुकान पर जेब से गिर गया था।'

पंचर की दुकान का नाम सुनकर स्नेहा हँसते हुए मुझे कोहनी मारने लगी। मैं समझ गई थी कि वह ऐसा क्यों कर रही है। स्नेहा ने मुझे पहले ही बता दिया था कि पुनीत जानबूझकर अपना मोबाईल पंचर वाले के यहाँ छोड़ आया है। और मेरा नम्बर लेने के लिए मेरे मोबाईल से उसी के मोबाईल पर कॉल कर रहा है।

वाकई स्नेहा का अंदाजा एकदम सही था।

'आपने सिर्फ मोबाईल मिलने की खबर देने के लिए कॉल किया था या फिर...,' स्नेहा ने अपनी बात बीच में ही रोक दी। पुनीत ने उसकी बात का जवाब दिया,' ऑव्यसली मोबाईल के बारे में ही बताना था स्नेहा जी, इसके अलावा और क्या वजह हो सकती है आपको कॉल करने की।'

'वैसे आपने कॉल मुझे नहीं मिस सौम्या को किया है, अब यह तो आप या सौम्या ही जानती है कि क्या वजह है,' स्नेहा ने कहा। मैंने उससे मोबाईल दूर करते हुए कहा-

'चुपकर पगली कुछ भी बोलती रहती है।'

अब मैं मोबाईल का स्पीकर ऑफ कर पुनीत से बात करने लगी।

'ओह हो, स्नेहा जी आप बातों की जलेबी बनाती हैं। एक बार में आपकी बात समझ नहीं आती,' पुनीत स्नेहा से कह रहा था। उसे नहीं मालूम था कि मैंने स्पीकर ऑफ कर दिया और मोबाईल मेरे हाथ में है।

'मैंने स्पीकर ऑफ कर दिया और मोबाईल मेरे पास है,' मैंने पुनीत से कहा।

'आप यानी की?' उसने पूछा।

'अरे मैं यानी की सौम्या,' मैंने उसका कन्फ्यूजन दूर किया।

'मजाक कर रहा हूँ। आपकी आवाज तो मैं अच्छे से पहचानता हूँ,' उसने ठहाका मारते हुए कहा,' आपकी फ्रेंड

क्या कहना चाहती थी आप को कुछ समझ में आया? मुझे तो नहीं आया।'

पुनीत इतना भी नासमझ नहीं था जितना वो बनने की कोशिश कर रहा था। वो जानता था कि स्नेहा मेरे और उसके बारे में क्या कहना चाहती थी। उसे इस बात में काफी इंट्रेस्ट आ रहा था इसलिए वह बाल की खाल निकाल रहा था।

फिलहाल मैंने उससे कहा,' तुम उसकी बात छोड़ो उसके मुँह में जो आता है वो बक देती है। तुम उसकी बात को ज्यादा सीरियसली मत लो।'

'कमीनी कहीं की मेरी बात कर रही है,' स्नेहा ने मुझे चिमटी तोड़ते हुए कहा।

'आउच,' मैं जोर से चिल्लाई।

'क्या हुआ,' पुनीत ने पूछा। चिल्लाते समय मोबाईल मेरे मुँह के पास ही था।

'नहीं, कुछ नहीं,' मैंने कहा और स्नेहा ने जिस जगह चिमटी तोड़ी थी वहाँ पर हाथ से मलने लगी। उस डायन ने मुझे इतनी तेज चिमटी तोड़ी कि वह जगह एक दम लाल हो गई।

'तो फिर आप ने इतनी जोर से चिल्लाते हुए आउच क्यों कहा,' पुनीत ने कहा।

'आप बड़ी गौर से सुन रहे है कि मैंने आउच कहा या कुछ और।'

'पता नहीं क्यों आपकी आवाज के एक-एक शब्द की ओर मैं बहुत अट्रेक्ट होता हूँ।'

अब तो पुनीत मुझे क्लीयरली फ्लर्ट करने लगा था।

'आप मेरी बातें इतना ध्यान लगाकर मत सुनिए, ओके,' मैंने थोड़ी सख्त आवाज़ में कहा। ताकि उसकी फ्लर्टिंग यहीं रूक जाए। मेरी सख्त आवाज़ से वह समझ गया कि मैं उसे कन्ट्रोल में रहने को कह रहीं हूँ।

'शायद आप नाराज लग रहीं हैं। एम आई राइट?' उसने पूछा।

'नहीं तो, भला मैं क्यूं नाराज़ होने लगी।'

स्नेहा ने मुझसे फिर से स्पीकर ऑन करने के लिए कहा। मेरे मना करने पर वह मुझसे मोबाईल छीनने लगी। मैं उससे बचने के लिए बेड से उठ गई। रूम के बाहर जाने के लिए मैंने एक कदम ही आगे बढ़ाया था। तभी मुझको पीछे खींचते हुए स्नेहा जोर से बोली-

'ओए ऐसे ही बाहर जाएगी क्या?'

स्नेहा की बात सुनकर मेरा ध्यान मेरे कपड़ो पर गया। वरना मैं उसकी हालत में मोबाईल पर बात करते हुए रूम से बाहर चली जाती।

'ओह हो,' मैंने अपने आपको देखकर कहा। और जल्दी से बेड पर पड़ी हुई टी-शर्ट पहन ली। मैंने जल्दबाजी में उल्टी टी-शर्ट पहन ली। उसकी पूरी सिलाई बाहर की तरफ दिखाई दे रही थी। लेकिन यह रूम से बाहर पहनने लायक कपड़े थे।

'हैलो,' मैंने रूम से बाहर जाने के बाद कहा।

'क्या हुआ?' पुनीत ने पूछा। मैंने उसे होल्ड पर रहने के लिए कहा था।

'कुछ नहीं मेरी सैंडल नहीं मिल रही थी उन्हें ढूँढ रही थी।'

'बिना सैंडल पहने आप मोबाइल पर बात नहीं कर पाती हैं क्या?' उसने कहा और ठहाके मारने लगा। उसकी बात सुनकर मुझे भी हंसी आ गई लेकिन मैंने ठहाका नहीं मारा।

मैं रूम के बाहर गैलरी में थी। वहाँ तीन-चार लड़कियाँ पहले से टहल रहीं थीं। मैं अपने रूम के आस-पास ही टहलते हुए बहुत धीमी आवाज में पुनीत से बातें कर रही थी।

पुनीत और मेरी बातों के बीच में फिर से हड्डी आ गई। मेरा मतलब है स्नेहा फिर से मुझे परेशान करने आ गई। लेकिन मेरी उम्मीद के उलट उसने परेशान नहीं किया सिर्फ इतना पूछकर वो अन्दर चली गई-

'चाय पियोगी या पुनीत की बातें ही तेरे लिए निकोटीन का काम कर रहीं हैं?'

'पियूँगी,' मैंने कहा।

'क्या पीने का कह रही हो आप?' पुनीत ने पूछा। उसने मेरी बात सुन ली थी। मैं स्नेहा से चाय का कहते समय मोबाइल मुँह से दूर करना ही भूल गई।

'चाय पीने का कह रही हूँ,' मैंने पुनीत को बताया।

'आप जब कहे तब, जहाँ कहें वहाँ चल सकते हैं चाय पीने।'

'ओह हो! आपको बहुत गलत फहमी हो रही है मैं आपसे नहीं स्नेहा से बोल रहीं हूँ,' मैंने उसकी गलत-फहमी दूर करते हुए कहा,' आप कुछ ज्यादा आगे का सोच लेते हैं।'

'सॉरी, इट्स माय मिस्टेक।'

'ओके कोई बात नहीं मैंने कहा,' अच्छा तुमने बताया नहीं की तुम कौन से कॉलेज में पड़ते हो? कौन-सा सब्जेक्ट है तुम्हारा?'

अब मैं उससे बात करते हुए अपने रूम के सामने से गैलरी के फ्रंट पर चली गई थी। गैलरी का फ्रंट मेन रोड की तरफ था। अब गाड़ियों के हॉर्न की आवाज भी काफी तेजी से सुनाई दे रही थी।

'मैंने सोचा आपने मेरी फेसबुक प्रोफाइल देख ली होगी,' पुनीत ने कहा।

'नहीं मैंने यह छिछोरियाई नहीं की।'

'नहीं जी यह छिछोरियाई नहीं है।'

'क्यों नहीं है? तुमने मेरी प्रोफाइल खंगाल ली है इसलिए?'

'आपसे किसने कहा कि मैंने तुम्हारी प्रोफाइल चेक की है,' पुनीत ने हकलाते हुए कहा।

'सब लड़को की यही आदत होती है।'

'माफ कीजिएगा सभी लड़कों को एक जैसा समझने की गलती कर रहीं हैं आप,' उसने कहा। ऐसा लग रहा था जैसे

वह शब्द उसने अपने दिल पर ले लिऐ हों। मैं उसे बेवजह हर्ट नहीं करना चाह रही थी इसलिए मैंने कहा-

'वैसे लड़कों के बारे में मेरा पर्सनल एक्सपीरियंस नहीं है। लड़कों के बारे में मेरा जो ओपिनियन है वह मैंने कहीं से सुना है।'

'एनी वेय, आप बताओ कौन से कॉलेज में पड़ते हो?'

'यह ले पकड़,' स्नेहा ने मुझे चाय का कप पकड़ाते हुए कहा।

'थैंक्यू मेरी जान,' मैंने स्नेहा से कहा। यह बात कहते ही मैंने अपनी जीभ अपने दाँतों से दबा ली। मुझे जब तक इस बात का एहसास हुआ कि पुनीत यह न समझ ले कि मैंने उससे यह शब्द कहें हैं, तब तक देर हो चुकी थी। पुनीत ने तुरन्त मुझसे पूछा-

'क्या कहा आपने?'

'गलत फहमी मत पालो मैंने तुमसे नहीं स्नेहा से थैंक्स कहा है। वह मेरे लिए चाय लेकर आई है इसलिए,' मैंने उसे समझाया।

'ओह! मैं समझा कि...,' वह अपनी बात कहते हुए बीच में रुका और फिर बोला-

'अब आप अपनी फ्रेंड से बात करते समय मोबाइल थोड़ा दूर कर लिया कीजिए। मुझे कन्फ्यूज़न हो जाता हैं कि आप मुझसे बात कर रहीं हैं या स्नेहा से।'

'ठीक है, अब बताओ कौन से कॉलेज में पड़ते हो?'

'मैं चाणक्य कॉलेज से बी.कॉम. कर रहा हूँ,' पुनीत ने कॉलेज का नाम और सब्जेक्ट एक साथ बताया।

'तो आप बी.कॉम. कर रहें हैं।'

'हाँ जी, मैं आपकी तरह मैनेजमेंट का स्टूडेंट नहीं हूँ। आप बी.कॉम. वालों से दोस्ती तो करती हों ना? उन्हें बेकाम तो नहीं समझते हो?'

उसने मजाक करते हुए कहा। उसकी बात सुनकर मैं थोड़ा हँस कर बोली-

'बी.कॉम. वालों के पास भी दिल होता है। वैसे बी.कॉम. के साथ किस चीज़ की प्रिपरेशन कर रहे हो, कैट, सी.ए, सी.एस.?'

'मैं तो किसी और ही चीज़ की प्रिपरेशन कर रहा हूँ।'

'किस चीज़ की?'

'बी.के.डी.एस. की तैयारी कर रहा हूँ।'

'बी. के. डी. एस. यह कौन-सी डिग्री है?' मैंने अपना सिर खुजाते हुए उससे पूछा। क्योंकि मैंने कभी भी इस डिग्री का नाम नहीं सुना था।

'बी. के. डी. एस. मतलब बाप की दुकान संभलना,' पुनीत ने हँसते हुए कहा। बी. के. डी. एस. का फुलफार्म सुनाते समय वह हर शब्द को बहुत आराम से ब्रीफ कर रहा था। उसका फुलफार्म सुनकर मैं अपनी हँसी नहीं रोक पाई और इसी हंसी के बीच मैंने उससे कहा-

'तुम पागल हो क्या।'

'क्यों क्या हुआ?'

'कोई अपने डैडी का ऐसे मजाक उड़ाता है क्या। क्या तुम घर पर भी अपने डैडी को बाप कहकर ही बुलाते हो?' मैंने मजाक में कहा।

'अरे नहीं यार। अगर ऐसा बोल दूँ तो बापू पिछवाड़े पे लात मारकर घर से भगा देगें। वो तो बस दोस्तों के बीच डैडी को शुद्ध भाषा में बाप कहकर बुलातें हैं,' उसने कहा।

'ओके बाय, अब हम बाद में बात करेंगे,' मैंने कहा। उसके बाद पुनीत ने भी मुझे बाय बोल दिया।

❀ ❀ ❀

दिवाली की छुट्टियाँ मनाने मैं और स्नेहा अपने घर जाने के लिये स्टेशन पर ट्रेन का इंतजार कर रहे थे। मेरा घर रीवा में था और स्नेहा पटना की रहने वाली थी। हम दोनों की ट्रेन अलग-अलग टाइम पर थी। मेरी ट्रेन आने ही वाली थी और स्नेहा की ट्रेन आने में अभी दो घण्टे और बचे थे। मतलब अगले दो घण्टे स्नेहा को अकेले ही स्टेशन पर गुजारने थे।

'क्या हो रहा है मैम साहब,' पुनीत ने मुझे व्हाट्सऐप पर मैसेज किया।

'ट्रेन का इंतजार,' मैंने कहा।

'क्यूँ कहाँ जा रहीं हों?'

'घर जा रही हूँ।'

'तुमने बताया ही नहीं कि तुम घर जा रही हों। मैं तुम्हें स्टेशन छोड़ने आता,' उसने कहा,' अच्छा बताओ कौन से प्लेटफार्म पर हो मैं अभी आता हूँ।'

'नहीं नहीं, इसकी कोई जरूरत नहीं है मेरी ट्रेन पाँच मिनट में आने ही वाली है,' मैंने उससे कहा,' मगर स्नेहा की ट्रेन आने में अभी दो घण्टे हैं तुम चाहो तो उसे सी ऑफ करने आ सकते हो।'

'उन्हें तो मैं यहीं से गुड बाय कह देता हूँ,' पुनीत ने कहा।

'मैं बाद में बात करती हूँ ट्रेन आ गई।'

'ओके बाय टेक केयर,' उसने कहा और मैंने मोबाईल अपनी कैपरी की जेब में रख लिया।

मैंने अपने दोनों बैगों को एक साथ रखा और अपने सामने से गुजरती हुई ट्रेन को देखने लगी। ट्रेन जब एक दम ठहर गई तब उसका एस-5 डिब्बा एक दम मेरे सामने था।

मैंने अपना ट्राली बैग उठाया और ट्रेन के अन्दर चढ़ गई, मेरा दूसरा बैग स्नेहा ने ट्रेन के अन्दर रखा। दो मिनिट बाद ट्रेन ने अपना सायरन बजा दिया।

'अच्छा बाय,' स्नेहा ने मुझसे हाथ मिलाते हुए कहा।

'बाय,' मैंने उससे कहा। और वह अपने बैग के पास चली गयी।

ट्रेन के पहिए लोहे की सड़क पर धीरे-धीरे घूमने लगे थे। मैं गेट पर खड़े-खड़े स्नेहा को तब तक देखती रही जब तक वह मेरी आँखों से ओझल नहीं हो गई।

'चली गई ट्रेन?' पुनित ने मुझे मैसेज करके पूछा।

'हाँ,' मैंने रिप्लाय किया। मैं अपनी सीट पर बैठ गई थी।

❀ ❀ ❀

जो रास्ता दस घण्टे में पूरा हो जाता था आज उस रास्ते को पूरा होने में बारह घण्टे का समय लगा। कोहरे के कारण ट्रेन दो घण्टे लेट पहुंची थी। लेकिन अपने शहर के रेल्वे स्टेशन पर उतरते ही दो घण्टे की थकान दो मिनट में ही रफूचक्कर हो गयी।

मैंने अपने पिट्ठू बैग को पीठ पर टांगा और ट्राली बैग को खींचते हुए प्लेटफार्म पर एग्जिट गेट की तरफ जाने लगी। मुझे किसी कुली की हेल्प लेने की जरूरत महसूस नहीं हुई। स्टेशन के बाहर पहुंचते ही मुझे मॉम दिख गयीं, मैंने उन्हें वहीं से हाथ हिलाकर हाय मॉम कहा मेरी आवाज सुनने के बाद उनकी नजरें मुझ पर पड़ीं। आवाज देने से पहले वह मुझे देख नहीं पाई थीं। मेरी आवाज सुनकर वो मेरी तरफ मुड़ीं और मुझे देखकर प्यारी सी मुस्कुराहट बिखेरने लगीं। मैं तेज कदमों के साथ उनके करीब गयी, उन्होंने अपनी बाहें पहले से ही मेरे लिए फैलाकर रखीं थीं। मैं उनकी बाहों में समा गयी, उन्होंने कुछ देर मुझे सीने से लगाये रखा और फिर मुझसे पूछा-

'कैसी है मेरी परी बिटिया?'

'एक दम बिन्दास,' मैंने कहा।

'बिन्दास.... कॉलेज में मेरी परी ने नये-नये शब्द सीख लिये हैं,' उन्होंने बिन्दास शब्द पर जोर डालते हुए कहा।

'हाँ मॉम कॉलेज के पंटर लोगों के साथ रहकर सीख गयी हूँ।'

'अब यह पंटर का मतलब क्या होता है?'

'जिगरी दोस्त।'

'बढ़िया है,' मॉम ने पंटर शब्द का मतलब जानने के बाद कहा।

'आप खुद कार चला कर लाई हैं?' मैंने उनसे पूछा। वह कार के पास अकेले ही खड़ी थीं।

'नहीं, सोनू चला कर लाया है।'

'कहाँ है वो?'

'आ रहा है, कुछ सामान लेने गया है,' मॉम ने कहा,' चल तू बैग उतारकर कार में रख दे, क्यों बेवजह अपनी पीठ पर बोझ लादे हुए है।' मैंने अपनी पीठ पर टंगा हुआ बैग उतारकर कार के अंदर रख दिया मॉम ट्रॉली बैग उठाकर अंदर रखने लगीं। हम दोनों बैग रखने में व्यस्त थे तभी किसी ने पीछे से मेरे सिर पर हाथ मारा मैं झट से पीछे मुड़कर उस शख्स से बोली-

'कुत्ते, इतनी तेज मारते है क्या?'

'चल अब ज्यादा नाटक मतकर इतनी भी तेज नहीं मारा है,' उसने कहा।

'मॉम देखो न इसे, आते ही मुझे मारने लगा है,' मैंने मॉम से कहा। वह मेरा भाई था।

'खा खाकर मोटी हुई जा रही है और इतनी सी मार सहन नहीं कर पा रही है, नोटंकी कहीं की,' मेरे भाई ने कहा। उसके मुँह से मोटी शब्द सुनकर मैंने उसकी तरफ झपटटे हुए कहा-

'तूने मुझे मोटी कहने की हिम्मत कैसे की।'

'मोटी को मोटी ही तो कहूँगा,' उसने कहा।

'मॉम आप इसे समझा दो यह मुझे मोटी-वोटी न कहे वरना मैं इसके साथ कार में घर नहीं जाऊँगी। मैं खुद पैदल आ जाऊँगी,' मैंने कहा।

'ओह हो,' तुम दोनों आते ही झगड़ने लगे हो। देख तो लो कहाँ खड़े हो सब देख रहें हैं। चलो अब दोनों चुप हो जाओ और घर चलो,' मॉम ने हम दोनों को चुप कराते हुए कहा। उनकी बात सुनकर मैंने अगल-बगल में नजरे दौड़ाई सच में कुछ लोग हमारी तरफ देख रहे थे।

'अभी भी मौका है पैदल घर जाने का, थोड़ा वजन कम हो जाएगा,' मेरे भाई ने कार स्टार्ट करने से पहले कहा। मैंने उसकी बात का कोई जवाब नहीं दिया। मैं कभी उससे जीत नहीं पाती थी न बातों में और न हाथ पाँव चलाने में। मैं चुपचाप मुँह फुलाकर बैठ गई। बस यही मेरा ब्रम्हास्त्र था उससे जीतने का।

'सॉरी,' कुछ देर बाद उसने पीछे मुड़कर मुझे देखते हुए कहा। मैं अभी भी कुछ नहीं बोली।

'सॉरी बोल तो दिया बे, अब तो अपना फूला हुआ मुँह ठीक कर ले हनुमान जी की तरह लग रही है,' उसने कहा। उसकी यह बात सुनकर मेरे मुँह से हँसी फूट पड़ी।

आगे देखकर गाड़ी चलाओ मुझसे माफी बाद में माँग लेना,' मैंने कहा। उसके बाद भाई ने अपना पूरा ध्यान कार की स्टेरिंग पर लगा लिया।

घर के गेट पर कार पहुँचते ही कार से उतरने के बाद मैं सीधे घर के अंदर चली गई। मैंने कार से अपना बैग उठाना भी जरूरी नहीं समझा घर पर मैं सच में अपने मॉम डैड की परी थी। और परी कोई काम कैसे कर सकती है। मेरे पीछे मॉम और भाई एक-एक बैग उठाकर अंदर आ गए।

'हाथ मुँह धोकर फ्रेश हो जाओ तब तक मैं तेरे लिए कुछ बनाती हूँ,' मॉम ने कहा। मैं तुरन्त उनसे बोली-

'नहीं, पहले कुछ खिला दो।'

'अरे इतनी भी क्या जल्दी है पहले हाथ तो धोले। बिना हाथ धोए खाएगी क्या?' मॉम ने कहा।

'अच्छा एक काम कीजिए पहले चाय पिला दीजिए उसके लिए तो हाथ नहीं धोना पड़ेगा ना,' मैंने अपने हाथो को जैकेट की जेब में छिपाते हुए कहा। दरअसल मुझे ठण्ड लग रही थी। और मेरी हिम्मत नहीं हो रही थी कि मैं ठण्डे पानी को छू लूँ।

'आलसी नम्बर एक है तू,' मॉम ने किचन की तरफ मुड़ते हुए कहा। उनके किचन में जाने से पहले मैंने कहा-

'अब कुछ दिन आपको मुझ आलसी को झेलना पड़ेगा।'

'डैडी कब तक आएँगे?' मैंने अपने भाई से पूछा।

'आज वह घर नहीं आएंगे,' उसने जवाब दिया।

'क्यूँ...।'

'क्योंकि तू उनका दिमाग खाने के लिए आ गई है,' उसने हँसते हुए कहा।

'कमीने कभी तो सीधे-सीधे जवाब दिया कर,' मैंने अपने बगल में रखा हुआ तकिया उस पर फेंकते हुए कहा।

'अच्छा तू बता सब ठीक-ठाक चल रहा है?'

'हाँ, पढ़ाई छोड़कर बाकी सब कुछ,' उसने कहा। मैंने उसे अपने करीब बुलाया और उसके कान में कहा-

'मेरा भी हाल यही है।'

'यह लो गर्मागरम चाय,' मॉम ने चाय का एक कप मुझे थमाते हुए कहा। एक कप भाई ने खुद ही ट्रे में से उठा लिया। मैंने कप को अपने दोनों हाथों की उंगलियों और हथेलियों से कवर करके पकड़ रखा था। मेरे ठण्डे-ठण्डे हाथ गर्म-गर्म कप को पकड़ने से गर्माहट महसूस कर रहे थे।

'मॉम दिवाली के लिए ड्रेस दिलाने कब चलोगी?' मैंने मॉम से पूछा। उनके मुँह में चाय भरी हुई थी इसलिए उन्होंने चाय को गटकने के बाद कहा-

'कल चलेंगे आज तो लेट हो जाएँगे।'

'ठीक है,' मैंने कहा।

मैं रूम पर रोज चाय बनाती हूँ उसे टेस्टी बनाने के लिए सारे ढटकरम करती हूँ, अदरक डालती हूँ, इलाइची डालती हूँ, हद से ज्यादा उबालती हूँ लेकिन कभी भी वैसा स्वाद नहीं

आता जैसे मॉम के हाथ की चाय पीने में आता है। पता नहीं ऐसा क्यूँ होता है।

'मॉम मैं आप जैसी स्वादिष्ट चाय क्यूँ नहीं बना पाती हूँ,' मैंने मॉम से पूछा,' क्या आप कुछ एक्स्ट्रा डालती है?'

मॉम थोड़ी-सी मुस्कुराईं और धीरे से बोलीं-

'हाँ।'

'बताईए जल्दी क्या डालती हैं,' मैंने एक्साइटेड होकर पूछा।

'प्यार...,' मॉम ने इस शब्द को लम्बा खींचते हुए कहा। मैंने उनकी बात सुनने के बाद कहा-

'बात में दम तो है। अब प्यार तो बाजार में मिलता नहीं जिसे खरीद कर डाल दिया जाए वह तो सिर्फ माँ के हाथ से ही टपकता है।'

चाय खत्म करने के बाद मैं मुँह हाथ धोने चली गई। मॉम ने मेरे लिए पानी गर्म कर दिया था इसलिए मैंने आसानी से उनकी बात मान ली वरना मैं इतनी ठण्ड में अपने मुँह हाथ गीले नहीं करती। बाथरूम से निकलने के बाद मैं अपने रूम में चली गई। वह रूम इतना साफ और वेल सेटल्ड था कि उसे देखकर ऐसा लगा जैसे मैं उसी रूम में रहती हूँ। मॉम ने मेरे आने से पहले उस रूम की सफाई कर दी थी। कपड़े चेंज करने के बाद मैं बैड पर थोड़ी देर के लिए लेटकर आराम फरमाने लगी। पिछले दो घण्टे से मैंने मोबाईल नहीं चलाया था। अब फेसबुक और व्हॉट्सएप के नोटिफिकेशन चेक करने के लिए मेरे हाथ फड़फड़ा रहे थे।

मैंने दो तकिए अपनी गर्दन के नीचे रख लिए ताकि बेड पर लेटे-लेटे आसानी से मोबाईल चला सकूँ।

मैं मोबाईल में इतनी बिजी थी कि मुझे इस बात का होश ही नहीं रहा कि दरवाजे पर कोई खड़ा है। पिछले 10 मिनिट से में मोबाईल चलाने में ही मगन थी। वहाँ डैडी खड़ हुए थे, उनकी आवाज सुनकर मैंने उनकी तरफ देखा। मैंने मोबाईल बेड पर ही पटका और उठकर उनके करीब जाने लगी। वह भी कुछ कदम चलकर कमरे के अंदर आ गए।

'कैसी है मेरी गुड़िया?' डैडी ने मुझे गले लगाने के बाद पूछा। वह मुझे गुड़िया कहते थे। मॉम के लिए में परी थी और डैडी के लिए गुड़िया।

'मैं ठीक हूँ डैडी आप कैसे है?' मैंने उनसे पूछा।

'बस तुम्हारी याद में थोड़ा दुबला हो गया हूँ बाकि सब बढ़िया है,' उन्होंने अपने पेट पर हाथ फरते हुए कहा। वह मुझे यह जताना चाह रहे थे कि अब उनकी तोंद कुछ कम हो गई है। हम दोनों बेड पर आकर बैठ गए। मैंने मोबाईल को उठाकर तकिए के बगल में रख दिया।

'ऐसा क्या आ रहा था मोबाईल में कि तुम्हारा ध्यान मुझ पर गया ही नहीं,' डैडी ने कहा,' मैं दो मिनिट से दरवाजे पर खड़े होकर देख रहा था कि मेरी गुड़िया मुझे देखेगी, लेकिन तुम तो मोबाईल के चक्कर में अपनी डैडी को ही भाव नहीं दे रहीं थीं।'

'वो क्या है कि मैं जब से घर आई हूँ तब से मोबाईल नहीं चलाया था इसलिए नोटिफिकेशन चेक कर रही थी,' मैंने

कहा। हमारी बातें चल ही रही थी तभी मॉम की आवाज हम तक पहुँची-

'खाना तैयार हैं नीचे आ जाओ।'

'चलो पहले खाना खालें फिर बातें करेंगे,' डैड ने कहा।

'हाँ चलिए,' मैंने कहा। और हम दोनों मेरे रूम से निकलकर डाइनिंग रूम में चले गए। भाई और मॉम वहाँ पहले से बैठे हुए थे। मॉम ने मेरे लिए पसंदीदा आलू के पराठे बनाए थे।

'और पढ़ाई कैसी चल रही है तुम्हारी?' डैड ने अपनी प्लेट में सब्जी डालते हुए पूछा।'

'ठीक-ठाक चल रही है डैड,' मैंने कहा।

'तो आगे का क्या प्लान है? पी.जी. के लिए?'

'एक साल गेप लूँगी एंट्रेंस की तैयारी के लिए।'

'एक साल वहीं रहोगी या घर आ जाओगी?'

'घर पर रहकर ही करूँगी तैयारी। आप लोगों की बहुत याद आती है वहाँ,' मैंने अपना प्यार जताते हुए कहा।

'धीरे-धीरे हमसे दूर रहने की आदत डाल लो। शादी के बाद तो हमेशा हमसे दूर रहना ही पड़ेगा,' मॉम ने मुस्कुराते हुए कहा। उनकी बात सुनने के बाद मैंने कहा,' मॉम अगर ऐसा ही है तो मैं शादी ही नहीं करूँगी और आपको छोड़कर नहीं जाऊँगी।'

'सब लड़कियाँ शादी से पहले ऐसा ही बोलतीं हैं।'

'आपने भी अपने मॉम डैड से ऐसा ही बोला था?' मैंने ठहाका मारते हुए कहा।

'हाँ ऑब्यसली।'

'अच्छा ठीक है मैं ऐसे लड़के से शादी करूँगी जो घर जमाई बनकर यहीं मेरे साथ रहेगा।'

'फिर तो ऐसा लड़का तुम्हें ही ढूँढना पड़ेगा हम तो नहीं ढूँढ पाएँगे,' मॉम ने कहा। और पराठे की प्लेट भाई की तरफ बढ़ा दी।

'ठीक है अपने लिए मैं इतना कर लूँगी,' मैंने कहा।

'अभी सिर्फ पढ़ाई पर ध्यान दो ओके,' डैड ने कहा। उनकी अवाज और एक्सप्रेशन से ऐसा लग रहा था कि वह यह बात बहुत सीरियसली बोल रहे थे।

अगले दिन मैं और मॉम शॉपिंग मॉल गए। मुझे मेरे लिए एक ड्रेस खरीदनी थी। हालांकि मेरे अकाउंट में इनते पैसे पड़े थे कि मैं भोपाल से ही अपने लिए कपड़े खरीद सकती थी। लेकिन मैंने उन्हें मटरगश्ती में उड़ाने के लिए बचाकर रखे थे। घर पर मॉम से साथ शॉपिंग करने से मेरे पैसे बच गए।

'भैया आप कार पार्किंग में ही लगा ही दीजिए हमें टाइम लगेगा,' मैंने हमारे घर के ड्रायवर से कहा, 'जब हम फ्री हो जाएँगे तो आपको कॉल कर देंगे।'

'जी ठीक है,' ड्रायवर ने कहा।

'तुमने अपने बच्चों के लिए कपड़े खरीदे की नहीं,' मॉम ने ड्राइवर पूछा। उन्होंने तुरन्त जवाब दिया-

'खरीद लिए है भाभीजी, चार दिन पहले ही साबह ने पैसे दे दिए थे तभी खरीददारी कर ली थी,' ड्राइवर ने कहा और कार आगे बढ़ा दी।

अब ऐसा तो हो नहीं सकता कि कोई महिला एक चीज की शॉपिंग करने जाए और वही एक चीज खरीदकर वापस आ जाए। हम खरीदने तो सिर्फ एक ड्रेस गए थे लेकिन उसके पहले ही हमने चार दुकानों में खरीददारी कर ली। सबसे आखिरी में हम उस दुकान पर गए जिसके लिए हम आए थे।

'जी मैम बोलिए क्या चाहिए आपको?' दुकान के एक सेल्समेन ने पूछा। 'भैया बढ़िया सा पटियाला सूट दिखाईए। ऐसा दिखाना कि एक बार में ही दिल खुश हो जाए। दूसरा देखना का मन ही न हो,' मैंने उस सेल्समेन से कहा। मेरी बात सुनकर मॉम मेरी तरफ देखकर कहने लगी कि एक ही क्यों और देखो अब पैसे दे रहें हैं तो आराम से पसंद करके खरीदो जल्दी किस बात की है।

'भैया आपके पास जो बढ़िया से सूट हैं वह सब बता दीजिए हम आराम से पसंद कर लेंगे,' मॉम ने सेल्समेन से कहा।

'अरे अर्चना तुम,' एक आंटी जी ने मॉम को देखकर कहा। वह अभी दुकान के अंदर आईं थीं। मॉम ने उन्हें देखकर कहा-

'ओह हो श्वेता, आओ बैठो।'

'और सुनाओ कैसी हो?'

'मैं तो ठीक हूँ तुम सुनाओ?'

'दिवाली की खरीददारी चल रही है?'

'नहीं, बेटी की शादी की,' श्वेता आंटी ने थोड़ा सा मुँह बनाते हुए कहा।

'पायल की शादी?' मॉम ने भी थोड़ा चौंकते हुए पूछा।

'हाँ यार एक ही तो बेटी है मेरी पायल, उसी की शादी है।'

'वह तो सौम्या से भी छोटी है। इतनी जल्दी क्या पड़ी है तुम्हें उसकी शादी करने की,' मॉम ने कहा,' अभी पढ़ने दो उसे।'

'हमें कहाँ जल्दी है उसे ही जल्दी है। पढ़ने भेजा था वहाँ नैन मटक्का कर बैठी और शादी की जिद करने लगी,' आंटी ने कहा,' खूब समझाया मगर हमारी बात सुन ही नहीं रही है। क्या करें अब आनन-फानन में करनी पड़ रही है शादी।'

'यह आजकल के बच्चे भी ना अपने माँ बाप को कुछ समझते ही नहीं है। जरा सी छूट दो तो पता नहीं अपने आपको क्या समझने लगते हैं। अब यह भी कोई उम्र है शादी की,' मॉम ने गुस्सा होते हुए कहा।

'यह लीजिए मैडम पटिलाया सूट,' सेल्समेन ने मेरे सामने 5-6 सूट रखते हुए कहा।

'मॉम पसंद करिए न कौन-सा सूट ठीक रहेगा मेरे लिए,' मैंने कहा।

'तुम पंसद करो जब तक में आंटी से बात कर रही हूँ।'

मॉम की सीरियसनेस को देखकर मैं खुद ही अपने लिए सूट पसंद करने लगी। मॉम और आंटी धीरे-धीरे काना फूसी करती रहीं। उनकी कुछ बातें मुझे सुनाई दे रही थी और कुछ बातें सुनाई नहीं दे रहीं थीं।

'लड़का क्या करता है?' मॉम ने पूछा। उनकी यह बात मुझे सुनाई पड़ गई थी। क्यूंकि मैं ध्यान लगाकर उनकी बातें सुनने की कोशिश कर रही थी। पता नहीं क्यूँ मेरा इंट्रेस्ट सूट पसंद करने से ज्यादा उनकी बातें सुनने में था।

'निठल्ला है। बस उसके पिताजी के शोरूम पर ही बैठता है। न खुद ने पढ़ाई पूरी की और न मेरी बेटी को पूरी करने दी,' श्वेता आंटी ने अपने दामाद की डिग्री बताते हुए कहा।

'चलो ठीक है अब क्या कर सकते हैं,' मॉम ने उन्हें ढाँढस बाँधते हुए कहा।

'हाँ, हम भी यही सोचकर शादी कर रहें हैं कि कहीं बात बिगड़ न जाये। नहीं तो और बदनामी झेलनी पड़ेगी,' आंटी ने कहा और उस लड़की से बात करने लगी जो उनके साथ आई हुई थी।

'मॉम देखिए न इन दोनों में से कौन-सा अच्छा रहेगा?' मैंने मॉम से पूछा। उन्होंने दोनों सूट को देखने के बाद एक पसंद किया और मैंने भी वही सूट पसंद कर लिया।

'कार्ड देने आऊँगी घर पर ही,' आंटी जी ने कहा।

'हाँ जरूर, बहुत समय से घर भी नहीं आई हो इसी बहाने आ तो जाओगी,' मॉम ने कहा।

'चलो हम निकलते है,' मॉम ने आंटी से कहा। और हम दुकान से बाहर आ गए।

'क्या पायल की शादी है?' मैंने मॉम से पूछा। मैं उसे जानती हूँ एक बार हम किसी फंक्सन में मिले थे।

'हाँ उसी की,' मॉम ने कहा।

'तू तो पूरा ध्यान पढ़ाई पर ही लगा रही है न?' मॉम ने मेरी तरफ देखकर पूछा।

'हाँ मॉम, आप मेरे ऊपर शक क्यों कर रहीं हैं,' मैंने कहा।

'पूरा ध्यान पढ़ाई पर ही लगाना बाकी के ढटकरम में फँसी न तो सोच लेना मुझसे बुरा कोई नहीं होगा,' मॉम ने कहा।

'ओह मॉम आप पायल की हरकत का गुस्सा मुझ पर क्यों निकाल रहीं हैं।'

'मैं बस तुझे समझा रही हूँ।'

'ठीक है मैं समझ गई, अब आप अपना मूड सही कर लीजिए,' मैंने कहा।

❁ ❁ ❁

पाँच दिन दिवाली की छुट्टियाँ घर पर बिताने के बाद मैं वापस भोपाल लौट आई। स्नेहा अगले दिन वापस आने वाली थी। मैं हॉस्टल के रूम में अकेली बोर हो रही थी। उस अकेलेपन में मुझे पुनीत की याद आने लगी पता नहीं क्यों उससे बात करने का मन हो रहा था। हमारी दोस्ती को अभी कुछ ज्यादा

समय नहीं हुआ था। हम मिले भी अचानक थे अंजान लोगो की तरह, लेकिन उससे पहली बार मिलकर ही मुझे अच्छा लगा। उसने भी मुझसे दोस्ती बढ़ाने में देर नहीं की अगले ही दिन फ्रेंड रिक्वेस्ट भेज दी। फिर दोबारा कॉलेज में मिलना, मेरी हेल्प करना, बहुत चालाकी से मेरा नम्बर ले लेना। यह सारी बातें पता नहीं क्यूँ मुझे गुदगुदा रहीं थीं।

रात ज्यादा हो रही थी यह किसी दोस्त से बतियाने का समय नहीं था। फिर भी मेरा बहुत मन था कि पुनीत से बात करूँ। लेकिन मेरा दिमाग कह रहा था कि मुझे इतनी जल्दी बात आगे नहीं बढ़ाना चाहिए। अभी पुनीत को और अच्छी तरह से जाँच परखना चाहिए। मैंने अपने दिमाग की बात सुनी और मोबाईल को स्विच ऑफ करके सो गई। अगर मैं उसे ऑन रहने देती तो शायद अपनी उँगलियाँ मोबाईल पर दौड़ा देती और पुनीत से बात कर लेती।

अगले दिन सुबह-सुबह ही स्नेहा भी वापस आ गई। कुछ देर आराम करने के बाद हम दोनों कॉलेज चले गए। छुट्टियों के बाद कॉलेज में यह पहला दिन था। क्लास में बच्चों की इतनी कम संख्या देखकर ऐसा लग रहा था कि हम कुछ जल्दी ही छुट्टियाँ मनाकर वापस लौट आऐं हैं। लगभग आधी क्लास की कुर्सियाँ खाली पड़ी थीं।

प्रोफेसर भी पढ़ाने में ज्यादा रूची नहीं ले रहे थे। दो क्लास अटेंड करने के बाद हमने बाकी की क्लास बंक करने का प्लान बनाया। मैं, स्नेहा और शिवम बाहर आकर कैंटीन में बैठ गए। लेकिन कुछ आर्डर नहीं किया। सिर्फ अपनी छुट्टियाँ कैसी बीती इसी बारे में बात करते रहे।

'हेय आज आंटीजी की दुकान पर चाय पीने चलें?' मैंने शुभम से पूछा।

'हाँ बहुत दिन से वहाँ गए भी नहीं है चलो वहीं टाइम पास करेंगे,' शुभम ने कहा। हम दोनों के कहने के बाद भी स्नेहा ने कोई जवाब नहीं दिया। वह चुपचाप बैठी रही।

'क्या हुआ कुछ बोल तो चलें या यहीं रूकें?' मैंने उससे पूछा। मन तो नहीं कर रहा है अब तुम लोग कह रहो हो तो चलती हूँ,' स्नेहा ने कुर्सी से उठकर कहा।

'चाय पीकर तेरी थकान दूर हो जाएगी, मैंने कहा और कैंटीन से बाहर आ गए।

'हैलो,' पुनीत का मैसेज आया।

'हाय, मैंने रिप्लाय किया।

'छुट्टियाँ खत्म हो गई?'

'हाँ, आज तो कॉलेज भी आ गए,' मैंने कहा। मैं एक जगह खड़े होकर उसे मैसेज करने लगी। मुझे पीछे मुड़कर देखने के बाद स्नेहा ने कहा-

'मोबाईल बाद में चला लेना अभी चल।'

'पुनीत का मैसेज है,' मैंने उसकी तरफ देखकर कहा। पुनीत का नाम सुनकर स्नेहा हँसते हुए बोली-

'बुलाले उसे भी।'

'पक्का बुला लूं?'

'हाँ-हाँ क्यों नहीं, तू भी तो बात आगे बढ़ाना चाहती है ना,' स्नेहा ने मुझे चिढ़ाते हुए कहा। लेकिन शायद वह सच ही कह रही थी। मैंने पुनीत को कॉल लगाकर आने के लिए पूछा। वह तो जैसे इसी का इंतजार कर रहा था। मेरे पूछने के तुरन्त बाद ही उसने कह दिया,' मैं बस पहुँच ही रहा हूँ।'

बीस मिनिट बाद पुनीत आ गया। मैंने उसे शुभम से मिलाया। स्नेहा तो उससे खुद ही मिलने लगी थी।

'कहाँ चलना है?' पुनीत ने पूछा।

'आंटीजी की चाय की दुकान,' मैंने कहा।

'यह कहाँ है?'

'चलो हम घुमा लाते है 2-3 किमी. दूर है,' स्नेहा ने कहा। मैं पुनीत की बाइक पर और स्नेहा शुभम की बाइक पर बैठ गई।

'तो ये है आंटीजी की चाय की दुकान,' पुनीत ने आंटीजी और उनकी दुकान को निहारने के बाद कहा।

'हाँ, यही है। आओ मैं आंटी से मिलवाती हूँ,' मैंने पुनीत को आंटीजी के पास ले जाते हुए कहा।

'आंटीजी ये हमारा नया दोस्त है, पुनीत।'

'हाय पुनीत,' आंटीजी ने कहा। उनके मुँह से हाय सुनकर पुनीत ने चौंकते हुए मेरी तरफ देखा और फिर आंटीजी के हाय का रिप्लाए हैलो से दिया।

'वुड यू लाइक टू टेक टी,' आंटीजी ने चाय को छानते हुए कहा। उनका अंग्रेजी से लबरेज सेनटेंस सुनकर तो पुनीत के होश ही उड़ गए थे।

'कमाल है आंटीजी आप तो इंग्लिश बोलती है,' पुनीत ने मुस्कुराते हुए कहा।

'बस हम यही लाइन रटे हुए हैं। बैठो हम चाय लगाते हैं,' आंटीजी ने कहा। और हम चारों पत्थर की बनी हुई कुर्सियों पर बैठ गए।

'ऐ शुभम तनक इंया आओ,' शुभम बैठा ही था और आंटीजी ने उसे बुला लिया वह उनके पास गया और बोला-

'हाँ, आंटीजी बोलिए।'

'ई दूध का भगोना उठाकर चूल्हे पर रख दे,' उन्होंने कहा। शुभम ने भगोने को उठाकर चूल्हे पर रखा और वापस आकर बैठ गया। 'इतने सारे लोग आते है यहाँ चाय पीने?' पुनीत ने उन लोगों को देखकर पूछा जो आंटीजी की दुकान के अगल बगल में खड़े थे उनमें से ज्यादातर कॉलेज स्टूडेण्ट्स ही थे।

'और नहीं तो क्या, आंटीजी की चाय फाइव स्टार होटल से कम थोड़ी ना है,' मैंने पुनीत से कहा।

'मैं दो मिनिट में आया,' शुभम ने अपना मोबाईल निकालकर मुझसे कहा। और आंटीजी के पास जाकर उनके कान में फुसफुसाया। आंटीजी ने उसे कुछ सामान दिया, वो उसे अपनी हथेली में झुपाकर पेड़ के पीछे चला गया। शुभम पेड़ के पीछे सिगरेट पीने गया था। वो मेरे और स्नेहा के

सामने सिगरेट नहीं पीता था। और उसे बिना सिगरेट के चाय फीकी लगती थी।

'किससे बात कर रहा है वो पेड़ के पीछे जाकर,' पुनीत ने मुझसे शुभम के बारे में पूछा।

'होगी कोई पर्सनल बात।'

'गर्लफ्रेंड?'

'ओह हो, गर्लफ्रेंड के अलावा और भी प्राणी हैं दुनिया में जिनसे मोबाईल पर बात होती है।'

'लेकिन अकेले में तो किसी खास से ही बात होती है,' पुनीत हँसते हुए बोला। उसकी की ये बात सुनकर मैंने चुप रहना ही ठीक समझा।

'ये लो गर्मागरम चाय,' आंटीजी ने चाय पर जोर डालते हुए कहा। और हम तीनो को चाय के गिलास पकड़ा दिये।

'सो टेस्टी,' पुनीत ने चाय की एक सिप मारने के बाद कहा।

शुभम मुँह में रजनीगंधा इलाइची चबाते हुए आंटीजी के पास गया और चाय का गिलास लेकर मेरे बगल में बैठ गया। वो सुट्टा मारकर वापस आ चुका था। रजनीगंधा इलाइची के 99% खरीददार सुट्टा मारने वाले ही होते हैं। फिर पता नहीं उसका एड प्रियंका चोपड़ा क्यों करती है। क्या वह भी सुट्टा मारती है?

❁ ❁ ❁

मैं पुनीत से मोबाईल पर बतिया रही थी। लेकिन अब मैं चाह रही थी कि कॉल कट कर दूं क्योंकि मुझे रूम में अपना बर्थडे सेलीब्रेट करना था। स्नेहा ने सारी तैयारी कर ली थी। मेरा बर्थडे सेलीब्रेट करने के लिए रूम में सिर्फ हम दो लोग ही थे।

'मोबाईल बन्द कर और यहाँ आजा, 12 बजने वाले है,' स्नेहा ने केक के उपर लगी हुई मोमबत्ती को जलाते हुये कहा। मैंने दीवार घड़ी में देखा 12 बजने में सिर्फ 5 मिनट बाकी थे तभी मैंने पुनीत से कहा,' मैं मोबाईल रख रही हूँ, बाय।'

इससे पहले कि मैं मोबाईल का लाल बटन दबा पाती पुनीत थोड़ी तेज आवाज में बोला,' अरे अभी रूको फोन कट मत करना, प्लीज।'

'क्यो क्या हुआ?'

'हुआ तो कुछ नहीं लेकिन थोड़ी देर और बातें करती रहो।'

'ओह हो, आखिर बात क्या है जल्दी बताओ नहीं तो मैं मोबाईल रख रही हूँ,' मैंने थोड़ा गुस्सा होते हुये कहा। क्योंकि पुनीत बता ही नहीं रहा था कि वह कौन सी जरूरी बात बताना चाहता है। और इधर स्नेहा मुझ पर गुस्सा हो रही थी। 12 बजने ही वाले थे।

'तुम गैलरी में आओ,' पुनीत ने कहा।

'क्यों क्या हुआ?' मैंने पूछा।

'पहले आओ तो सही, जल्दी।'

मैं अपने रूम से निकल कर गैलरी में पहुंची और मैंने पुनीत से कहा,' हाँ आ गयी हूँ। कहो क्या बात है।'

'बस सामने देखती रहो,' पुनीत ने कहा। मैं गैलरी से बाहर रोड पर देखने लगी पूरा रोड खाली पड़ा था। स्ट्रीट लाईट के अलावा सारी लाईटें बन्द थी। मुझे कुछ समझ नहीं आ रहा था कि पुनीत क्या चाह रहा है। मैंने उससे पूछा,' कुछ समझ नहीं आ रहा है कि तुम क्या दिखाना चाह रहे हो। अरे रूको, कहीं तुम ब्लू व्हेल गेम की लास्ट स्टेज के चक्कर में छत से कूद तो नही रहे हो?'

'नहीं... तुम भी कुछ भी सोच लेती हो,' पुनीत बोला।

'तो फिर बताओ न आखिर बात क्या है?'

'अच्छा अब तुम 10 से लेकर 1 तक गिनती गिनो सामने देखते हुए,' पुनीत ने कहा और मैं वैसा ही करने लगी मुझे नहीं मालूम था कि क्या होने वाला है जब मेरी गिनती 2 तक पहुंची तभी मेरे सामने रोड पर एक धमका हुआ और आसमान में सुनहरी रोशनी दिखने लगी। मैं इस नजारे को देखे जा रही थी लेकिन कुछ समझ नहीं आया कि यह क्या हुआ। मेरा ध्यान मेरे सामने हो रही आतिशबाजी पर था लेकिन मेरा मोबाईल मेरे कान से चिपका हुआ था। पुनीत ने कहा-

'हैप्पी बर्थडे टू यू, हैप्पी बर्थडे डियर सौम्या।'

अब मुझे पुनीत दिखयी दे गया था वह सामने ही खडा था, यह सारी आतिशबाजी उसने मुझे बर्थडे विश करने के लिए की थी।

'कैसा लगा मेरा बर्थडे सरप्राइज?' पुनीत ने पूछा।

'इट्स अमेजिंग,' मैंने उसकी तरफ हाथ हिलाते हुए कहा। उसने भी मेरी तरफ अपना हाथ लहरा दिया। स्नेहा ने मुझे जोर से आवाज लगाई मैं गैलरी से वापस रूम की तरफ भागी। भागते-भागते मैंने पुनीत से कहा कि मैं तुम्हें बाद में कॉल करती हूँ। और मैंने कॉल कट कर दिया। मैं वापस रूम में पहुंची तब 12 बजकर 5 मिनिट हो चुके थे। स्नेहा का गुस्सा किसी घायल शेरनी की तरह हो गया था। उसे देखकर ऐसा लग रहा था कि आज वह मेरा शिकार कर ही लेगी। मैं दौड़ते हुये उसके पास पहुँची और कान पकड़कर उससे सॉरी बोला। उसने छुरी उठाई और मुझे देते हुये बोली,' अब जल्दी से केक काट ले।' फिर मैंने केक काटा और स्नेहा के साथ अपना बर्थडे सेलीब्रेट किया।

आधे घण्टे बाद मैंने पुनीत को कॉल किया। और उससे कहा-

'सॉरी, मैं कॉल लगाने में थोड़ा लेट हो गई, वो क्या है कि बहुत सारी फ्रेंड्स की विशेज़ आ रहीं थीं।'

'अरे कोई बात नहीं इतना तो चलता है,' पुनीत ने कहा।

'थैंक्स यार मेरे बर्थडे पर ऐसा सरप्राइज देने के लिए।'

'पसंद आया मेरा सरप्राईज?'

'बहुत पसंद आया, शायद जिंदगी में पहली बार अपने बर्थ-डे पर मुझे इतनी खुशी हो रही है।'

'तो फिर बर्थ-डे की पार्टी कब मिलेगी मुझे?' उसने पूछा और मैंने तुरंत जवाब दिया-

'जब तुम चाहो।'

'तो क्या अभी आ जाउँ तुम्हारे हॉस्टल में,' उसने हँसते हुए कहा। 'नहीं बिल्कुल नहीं,' मैंने तुरन्त कहा। मुझे लगा कि कहीं वह सच में हॉस्टल में ना आ जाये।

'मजाक कर रहा हूँ, क्या मैं पागल हूँ जो गर्ल्स हॉस्टल में घुसूँगा।'

'तो फिर कल पार्टी पक्की है ना?' उसने पूछा। मैंने तुरन्त ही कह दिया,' हाँ कल पार्टी डन रही।'

'सबके साथ नहीं मुझे अलग से पार्टी चाहिए।'

'ऐसा क्यूँ?'

'मैंने अकेले ही तुम्हारे हॉस्टल के सामने तुम्हारे लिये फटाके फोड़े हैं, तो आपको पार्टी भी मुझे अकेले ही देना चाहिए,' उसने कहा।

'तुम तो अब इमोशनल अत्याचार कर रहे हो।'

'पता नहीं, लेकिन कायदे प्लस कानून से तो मुझे अलग से पार्टी मिलना चाहिए, आगे जैसी तुम्हारी मर्जी,' उसने कहा।

'अच्छा ठीक है, कल तुम्हें अकेले पार्टी मिलेगी। तुम भी याद रखोगे कि सौम्या नाम की भी कोई लड़की थी,' मैंने कहा।

'थैंक्यू, एण्ड अगेन हैप्पी बर्थ डे।'

'थैंक्स, गुड नाईट, स्वीट ड्रीम, बाय।'

❀ ❀ ❀

'क्या लोगे पार्टी में?' मैंने उससे पूछा।

'कॉफी,' उसने जवाब दिया।

'उंह बस कॉफी,' मैंने अपनी भौंहे सुकोड़ते हुए कहा। बर्थ-डे के अगले दिन मैं उसे पार्टी दे रही थी। वादे के हिसाब मुझे पुनीत को अकेले अलग से पार्टी देनी थी।

'हाँ, मैं ज्यादा बिल बनवाकर तुम्हारा दिल नहीं दुखाना चाहता, एक कॉफी मेरे लिए काफी है,' उसने कहा।

'तुम बिल और मेरे दिल की चिंता छोड़ दो और आज जो ट्रीट लेना है लेलो, बिल चाहे कितना ही बड़ा हो मेरे दिल से बड़ा नहीं हो सकता,' मैंने अपने हाथों से दिल का एक बड़ा आकार बनाते हुए कहा।

'मैं तुम्हारे दिल पर शक नहीं कर रहा हूँ सौम्या जी, लेकिन आज मेरा कॉफी पीने का ही मन है।'

'ओके एज़ यूअर विश।'

'तुम भी पिओगी ना साथ में?'

'हाँ क्यों नहीं, मुझे कॉफी से एलर्जी थोड़ी ना है।'

तुम यहीं रूको में दूसरे कपड़े पहनकर आती हूँ,' मैंने पुनीत से कहा। पुनीत ने मेरी बात सुनकर तुरन्त कहा,' ठीक तो है ड्रेस।'

'लेकिन मुझे मेरी ड्रेस ठीक नही लग रही,' मैंने अपनी ड्रेस को देखते हुए कहा। मैं कैपरी और स्लीवलेस टॉप पहनी हुई थी। इस ड्रेस में मैं अपने आप को इतना कम्फर्ट महसूस नहीं कर रही थी की कॉफी हाऊस तक चली जाऊं।

'ओके तुम जाओ और जल्दी से चेंज करके आओ मैं तुम्हारा यहीं वेट कर रहा हूँ,' पुनीत ने कहा,' लेकिन प्लीज तैयार होते समय समय का थोड़ा ध्यान रखना ताकि हम ज्यादा से ज्यादा समय एक-दूसरे साथ बिता सकें।'

'मुझे पेडीक्योर, मैनीक्योर नहीं करना है। मुझे तैयार होने में सिर्फ पाँच मिनिट लगेंगे, ओके,' पेडीक्योर वाली बात सुनकर वह अपनी हँसी नहीं रोक पाया। उसे हँसता हुआ देखकर मैंने पूछा-

'तुम्हें हँसी क्यूँ आ रही है?'

'तुमने कहाँ कि मैं पाँच मिनिट में तैयार होकर आ जाऊँगी, इस बात पर मुझे हँसी आ गई,' उसने बात को घुमाते हुए कहा। जबकि मैं समझ गई थी कि वह किस बात पर हँस रहा है।

'तो इसमे हँसने वाली कौनसी बात है, क्या मैं पाँच मिनिट में तैयार नहीं हो सकती?'

'लड़कियों के पाँच मिनिट मतलब 20-20 मैच की एक पारी,' उसने मुझसे कहा।

'तुम गलतफहमी पाले हुए हो।'

'अच्छा ठीक है, अब तुम जाओ और जल्दी आओ,' उसने मुझे हॉस्टल की तरफ मोड़ते हुए कहा। और मैंने हॉस्टल की ओर अपने कदम बड़ा दिए।

जाहिर सी बात है कि कोई लडकी पांच मिनिट में तो तैयार हो ही नहीं सकती। मैंने अपनी ड्रेस चेंज करने में 20 मिनिट से ज्यादा समय लिया। सिर्फ ड्रेस चेंज करने से तो मेरा मन नहीं भराने वाला था, मैंने आईने में अपना चेहरा देख ही लिया और मेकअप में जो थोड़ी बहुत कमी थी उसे पूरा कर लिया। तैयार होने के बाद मैं वापस हॉस्टल से बाहर आ गई। हॉस्टल के गेट से पुनीत के पास पहुंचने के बाद मैंने मॉडलिंग वाले पोज़ में खड़े होकर उससे पूछा-

'कैसी लग रही हूँ मैं?'

'एकदम मकाउ की करेंसी लग रही हो,' उसने कहा।

'मतलब?'

'मतलब, पटाका लग रही हो।'

'क्या... मैं तुम्हें पटाका लग रही हूँ,' मैंने कहा। शायद मेरे हाव भाव देखकर पुनीत समझ नहीं पाया कि पटाका शब्द सुनकर मुझे अच्छा लगा या बुरा इसलिए उसने कहा-

'पटाका से मेरा मतलब है तुम बहुत प्यारी लग रही हो। ऐसा लग रहा है जैसी कोई परी नीले रंग की जींस और यलो रंग की टी-शर्ट, जिस पर लाल रंग से दिल बना है उसे पहनकर आ गई हो,' उसने मेरी बायीं तरफ की छाती को ध्यान से देखकर कहा। वहीं पर लाल रंग से दिल बना हुआ

था। मैंने अपनी बायीं छाती पर देखा और थोड़ा सा हँसते हुए बोली-

'अच्छे से डिसक्राईब किया है तुमने मेरी ड्रेस और मुझको।'

'तुम इस तारीफ को डिजर्ब करती हो।'

'ओह! थैंक्स।'

'अब चलें कॉफी ठंडी हो रही होगी,' उसने कहा। फिर मैं उसकी बाइक पर बैठ गई। पुनीत ने बाइक स्टार्ट की और दौड़ा दी। हम हॉस्टल से कुछ ही दूर पहुंचे थे तभी मैंने चिल्लाते हुए कहा-

'सामने देखो।'

मेरी बात सुनकर पुनीत ने तुरन्त बाइक का डिस्क ब्रेक दबाया और बाइक वहीं रूक गई। एक बिल्ली अचानक बाइक के सामने आ गई थी इसीलिए मैंने पुनीत को सामने देखने के लिए कहा। वह अपनी गर्दन पीछे घुमाकर मुझसे बातें कर रहा था। उसका ध्यान सामने रोड की तरफ नहीं था।

इतनी स्पीड में ब्रेक लगाने के बाद भी बाइक संभल गई थी, लेकिन मैं अपने आप को नहीं संभाल पाई और मेरे शरीर का आधे से ज्यादा ऊपरी हिस्सा पुनीत के ऊपर लद गया। मैंने अपने दोनों हाथों से उसके सीने को जकड़ लिया था।

'सॉरी,' मैंने उसके ऊपर से अपने आप को समेटने के बाद कहा।

'सॉरी तो मुझे बोलना चाहिए, मैं बाइक को कन्ट्रोल नहीं कर पाया,' उसने मेरे सॉरी के जवाब मे कहा।

'नहीं गलती तुम्हारी भी नहीं है, वो तो बिल्ली ही अचानक रास्ता काट गई।'

'तुम ठीक तो हो ना?' उसने फिर से अपनी गर्दन मेरी तरफ घुमाकर कहा। मैंने उससे कहा की तुम अपनी गर्दन सामने रखकर ही बाइक चलाओ, मुझसे बातें बाद में कर लेना अभी बस सामने देखो।

कुछ देर बाद हम कैफे कॉफी डे पहुँच गए। बाइक को पार्क करने बाद हम गेट के पास पहुँचे। पुनीत ने गेट को पुश किया और मुझे अन्दर जाने के लिए इशारा किया। एक दम जेंटलमेन स्टाईल में।

'उस वाली टेबल पर बैठते हैं,' मैंने कोने वाली एक टेबल की ओर इशारा करते हुए कहा। हालांकि हम कुछ भी ऐसा नहीं करने वाले थे जिसके लिए हमें कोने में बैठने की जरूरत पड़े।

'हूँ,' पुनीत ने बोला और हम दोनों उस टेबल पर जाकर बैठ गए।

हमारे बैठने के कुछ सेकण्ड के अन्दर ही ब्लेक पैंट, व्हाईट शर्ट पहना हुआ एक व्यक्ति हमारे पास आया और बोला-

'व्हाट वुड यू लाइक सर?'

'हॉट कॉफी,' पुनीत ने कहा।

हमारे लेफ्ट साइड में दूसरे नंबर की टेबल पर एक कपल बैठा हुआ था। उन दोनों के दाएं हाथ की उंगलियां एक-दूसरे

की उँगलियों में उलझी हुई थीं। और वो दोनों एक ही गिलास में दो स्ट्रॉ डालकर कोल्ड कॉफी पी रहे थे। वो दोनों एक-दूसरे की आंखों में इस तरह डूबे हुए थे की अगल-बगल की सुध-बुध ही भूल गए थे।

मैं और पुनीत उस कपल को देख रहे थे, मैं उनसे अपनी नजरे हटाकर पुनीत को देखने लगी। वह अभी भी उस कपल को देखे जा रहा था।

'वहाँ क्या देख रहे हो?' मैंने पुनीत से कहा। उसने तुरन्त वहाँ से नजर हटाई और मुझ से नजरें मिलाकर बोला-

'कुछ नहीं बस ऐसे ही।'

'कुछ तो देख रहे थे।'

'कोल्ड कॉफी भी अच्छी लगती है, हेना?'

'लेकिन एक कप में दो लोग कोल्ड कॉफी पिएं ये मुझे अच्छा नही लगता।'

'स्ट्रॉ से पिएँ तब भी नहीं?'

'हाँ तब भी नहीं,' मैंने शरारत भरी हँसी अपने होंठो पर लाकर कहा।

जो बात पुनीत मुझसे इशारों-इशारों में कहना चाह रहा था, इशारों-इशारों में ही मैंने पुनीत को उस बात का जवाब दे दिया, कि तुम जैसा सोच रहे हो वैसा अभी नहीं हो सकता।

'सर यूअर आर्डर,' वेटर ने कहा और एक ट्रे में दो कॉफी हमारी टेबल पर रख दी।

'थैंक्स,' मैंने वेटर से कहा और वो वहाँ से चला गया।

'व्हाइट कलर की प्लेट के ऊपर व्हाइट कलर का कप रखा था। कप के अंदर कॉफी भरी हुई थी और कॉफी के ऊपर क्रीम से क्रीम कलर का दिल बना हुआ था। कॉफी के ऊपर बने हुए दिल को देखकर पुनीत मेरी तरफ देखकर बोला-

'कितना प्यारा दिल बना हेना?'

उसकी बात सुनकर पहले मैंने उससे नजर मिलाई फिर क्रीम से बने हुए उस दिल पर लगभग 5 सेकण्ड तक फूँक मारकर उस क्रीमी दिल को कॉफी में मिला दिया और मुस्कुराकर बोली-

'कॉफी गर्म है इसलिए ठण्डी कर रही हूँ।'

'कॉफी ठण्डी करने के और भी तरीके है,' उसने अपने गुस्से को ठण्डा करने के बाद कहा। उसकी इस बात का मैंने कोई जवाब नहीं दिया और कॉफी के कप को अपने हाथ में ऊठाकर एक घूँट कॉफी पीली। कॉफी पीने के बाद मैं उससे बोली-

'बहुत अच्छी कॉफी है।'

पुनीत ने अपने मोबाईल का कैमरा ऑन किया और मेरी एक पिक्चर क्लिक कर ली।

'क्या हुआ मेरी फोटो क्यूँ खींच रहे हो?' मैंने पूछा। उसने मुझे मेरी फोटो दिखाई। फोटो देखकर मैं हँसने लगी और उससे बोली-

'ये फोटो डिलीट कर दो।'

'नहीं, बिल्कुल नहीं इतनी प्यारी फोटो डिलीट करने की गलती मैं नहीं कर सकता,' उसने फोटो डिलीट करने से मना किया। मैंने जब एक घूँट कॉफी पी थी तो कॉफी की क्रीम से मेरे होंठो पर मूँछ बन गई थी। पुनीत ने यह पल मोबाईल में कैद कर लिया था।

'प्लीज यार इसे डिलीट कर दो।'

'फिक्र मत करो मैं किसी को नहीं दिखाऊँगा।'

'तुम अपने मोबाईल से ही डिलीट कर दो ये फोटो नहीं तो में गुस्सा हो जाऊँगी और मेरा गुस्सा बहुत तेज है,' मैंने अपनी नाक फुलाते हुए कहा।

'धमकी दे रही हो क्या?'

'ऐसा ही समझ लो।'

'अच्छा बाबा नाराज मत होओ कर दूँगा डिलीट।'

'कर दूँगा नहीं अभी कर दो,' मैंने दूँगा शब्द पर जोर डालते हुए कहा।

'ठीक है कर रहा हूँ डिलीट। अब अपनी मूँछे साफ कर लो, नहीं तो एक फोटो और खींच लूँगा,' उसने अपने मोबाईल में ऊँगली करते हुये कहा।

मैंने अपनी जीभ को बायं से दायं घुमाकर अपने ऊपर वाले होंठ को चाटा फिर अपने दोनों होंठो को आपस में चिपकाकर मसला और फिर एकदम से दोनों होंठो को एक-दूसरे से अलग कर दिया जिससे चुम्बन जैसी आवाज पैदा हुई।

'कर दिया डिलीट?' मैंने पूछा।

'हाँ कर दिया,' उसने जवाब दिया।

'पक्का कर दिया?'

'अरे यार। यकीन न होतो देख लो,' उसने मेरी तरफ अपना मोबाईल बढ़ाते हुए कहा।

'इतना तो विश्वास है तुम पर,' मैंने उसका मोबाईल वापस उसकी ओर धकेलते हुए कहा।

'सौम्या पता है मुझे आजकल रात में नींद नहीं आती है। क्या तुम्हें नींद आती है?' उसने अपने हाथ में कॉफी का कप उठाते हुए कहा।

'हाँ, मुझे तो खूब नींद आती है। लेकिन तुम्हें रात में नींद नहीं आती है तो उसकी एक वजह है,' मैंने अपने होंठो को छूती हुई लटों को कान में उलझाते हुए कहा।

'क्या वजह है मुझे नींद नहीं आने की जल्दी बताओ ना।'

'एक ही वजह है तुम्हारी इस बीमारी की।'

'तो जल्दी बताओ।'

'तुम दिन में सो जाते होगे इसलिए तुम्हें रात में नींद नहीं आती होगी,' मैंने कहा और हँसने लगी। जब मैंने हँसना बंद कर दिया तब वह बोला-

'नहीं यार ऐसी बात नहीं है, मैं दिन में नहीं सोता।'

'सच में तुम दिन में नहीं सोते?'

'तुम्हारे सिर की कसम नहीं सोता,' उसने सिर पर हाथ रखते हुये कहा।

'फिर तो तुम्हें किसी डॉक्टर को दिखाना चाहिए शायद तुम्हें नींद न आने की बीमारी हो गई है,' मैंने कहा। और कॉफी अपने मुँह में भर ली। हम दोनों लगभग आधी कॉफी पी चुके थे।

'अरे यार तुम समझ नहीं पा रही हों।'

'मैं इसलिए तो कह रही हूँ कि डॉक्टर को दिखाओ वो अच्छे से तुम्हारी बीमारी के बारे में समझ जाऐंगे।'

'नहीं, डॉक्टर भी नहीं समझ पाएगा।'

'ऐसी कौन सी बीमारी है तुम्हें?'

'प्यार,' पुनीत ने कहा। मैं अपनी आंखे बाहर निकालकर उसे घूरते हुए बोली-

'क्या तुम्हें सच में प्यार हो गया है।'

'हाँ सौम्या, आई लव यू,' उसने हिम्मत करके मुझ से यह बात कह ही दी।

'उसका प्रपोजल सुनकर मैं कुछ सेकण्ड खामोश रही और फिर हँसते हुए बोली-

'कॉफी ठण्डी हो रही है जल्दी से पीलो।'

मेरी बात सुनकर उसने कॉफी के कप को अपने हाथ में उठाया और कॉफी पीने लगा। कॉफी पीते-पीते वह मुझको देख रहा था। मैं पलकें झुकाकर चुपचाप कॉफी पीने लगी।

'अभी हम सिर्फ दोस्त है, इसके आगे अभी मत सोचो,' मैंने अपने कप की कॉफी खत्म होने के बाद कहा,' तुम्हारी कॉफी खत्म हो गई हो तो अब हमें चलना चाहिए।'

'हाँ चलते हैं बस दो मिनिट,' उसने कहा और आखिरी घूँट में बची हुई पूरी कॉफी पीली।

'अब क्या हुआ?'

'दिस इज़ फॉर यू,' उसने कैडबरी मुझको थमाते हुए कहा।

'अरे यार, अब इसकी क्या जरूरत थी।'

'अब तुमने मुझे अपने बर्थडे पर ट्रीट दी है तो मेरी तरफ से तुम्हें भी कोई गिफ्ट देना तो बनता है ना।'

'ओके थैंक्स,' मैंने कैडबरी अपने हाथ में लेने के बाद कहा।

'मुझे चॉकलेट्स बहुत बेकार लगती है मैं चॉकलेट नहीं खाती हूँ। लेकिन अब तुम इसे इतने प्यार से मेरे लिए लाए हो तो मैं इसे लेने से मना भी नहीं कर सकती,' मैंने कैडबरी को अपने हाथ में उठाते हुये कहा।

'सॉरी, मुझे नहीं मालूम था कि तुम्हें चॉकलेट पसंद नहीं है, नहीं तो मैं तुम्हें चॉकलेट गिफ्ट करने की भारी भूल नहीं करता। वैसे शायद तुम पहली लड़की हो जिसे चॉकलेट पसंद नहीं हैं,' पुनीत नें मुझसे कहा।

'तुम्हें सॉरी कहने की कोई जरूरत नहीं है। मेरी पसंद और नापसंद दोनों ही कुछ अलग तरह की है,' मैंने हँसते हुए कहा। मेरी यह बात सुनकर वह भी मुस्कुराने लगा।

'अब हमें चलना चाहिए,' मैंने कहा।

'हाँ चलो चलते है,' उसने कहा।

❀ ❀ ❀

'क्या कर रहे हो?' मैंने व्हॉट्सएप पर एक मैसेज किया पुनीत को।

'बेड पर लेटा हुआ हूँ, और तुम क्या कर रही हो?' उसने पूछा।

'तुमसे बातें कर रही हूँ।'

'अच्छा एक बात बताओ कि तुम्हारे दिल में भी वैसी खलबली मच रही है जैसी मेरे दिल में खलबली मच रही है?' उसने पूछा।

'नहीं जी ऐसा बिल्कुल नहीं है।'

'लेकिन क्यूँ नहीं है?'

'तुम्हारे इस क्यूँ का मेरे पास कोई जवाब नहीं है।'

'तुम जवाब देना नहीं चाहती हो, वैसे हर एक सवाल का जवाब होता है।'

'पक्का, हर सवाल का जवाब होता है?????' मैंने पाँच क्वेश्चन मार्क लगाकर पूछा।

'हाँ हर सवाल का जवाब होता है।'

'अच्छा तो यह बताओ की मुर्गी पहले आई की अण्डा?'

'यह तो मुझे नहीं मालूम पर मुर्गे के कन्ट्रीब्यूशन के बिना न मुर्गी आ सकती है और न अण्डा।'

'ही ही ही... तुम तो कॉमेडी कर रहे हो।'

'हा हा हा... शुरू भी तो तुमने ही की थी।'

'हाँ वो तो है,' मैंने बेड से वापस उठते हुए कहा। कुछ देर न मैंने उसे कोई मैसेज किया और न उसने मुझे। मैं मोबाईल बेड पर ही छोड़कर पानी पीने चली गई। पानी पीने के बाद मैंने वापस मोबाईल देखा तो उसमें पुनीत का एक मैसेज था-

'सौम्या मुझे तुमसे कुछ कहना है।'

'हाँ बोलो क्या कहना चाहते हो?' मैंने पूछा।

'आई लव यू,' उसने यह मैसेज मुझको भेजने के तुरन्त बाद एक धड़कते हुए दिल की जी.आई.एफ. भेजी। 'यह बात तो तुम पहले भी मुझसे कह चुके हो,' मैंने कहा।

'तो अब कितनी बार और तुम्हें प्रपोज करना पड़ेगा मेम साहब।'

'क्वानटिटि नहीं क्वालिटी पर ध्यान दीजिए पुनीत जी।'

'तो क्या अब सच में अपना दिल निकालकर तुम्हें कोरियर कर दूँ?'

'नहीं जी, आप ऐसा बिल्कुल न करें, लेकिन कुछ ऐसा तो करिए कि उसे देखकर मेरा दिल सच में धड़कने लगें,' मैंने वापस उसी धड़कते हुए दिल की जी.आई.एफ. फाइल उसे भेजते हुए कहा।

'हाँ, तो बताओ ना क्या करूँ?'

'अब ये तो तुम खुद सोचो कि क्या करोगे, मैं थोड़ी न तुम्हें बताऊँगी कि तुम्हें क्या करना चाहिए,' मैंने उससे कहा।

'ठीक है, अब मैं क्वालिटी पर ध्यान दूँगा,' उसने तुरन्त रिप्लाय किया।

'गुड बॉय, अच्छा अब में ऑफ लाईन हो रही हूँ, मुझे मेरे और स्नेहा के लिए चाय बनाना है आज मेरा टर्न है चाय बनाने का,' मैंने कहा। इससे पहले कि मैं ऑफ लाईन होती उसने कहा,' तुम्हारी फ्रेंड स्नेहा के क्या हालचाल है।

'ठीक है, क्या तुम्हें उससे बात करनी है?' मैंने पूछा।

'नहीं, नहीं उनकी इतनी भी याद नहीं आ रही है,' उसने कहा।

'तो फिर ठीक है, ओके बाय,' मैंने कहा।

'बाय। गुड नाईट,' उसने कहा।

❀ ❀ ❀

'ओह माय गॉड.... ये क्या किया तुमने?' मैंने पुनीत को व्हॉट्सएप्प पर मैसेज किया। उसने अपने हाथ पर ब्लेड से एक गहरा घाव कर लिया था। उसके हाथ से काफी खून बह रहा था। उसने अपने खून से लथपथ हाथ की फोटो खींचकर मुझको भेजी थी।

'अरे आखिर तुम ऐसा क्यूँ कर रहे हो?' मैंने उसे कॉल लगाकर पूछा।

'क्योंकि आई रियली लव यू,' उसने कहा और कॉल काट दिया। फिर उसने दीवार के उस हिस्से की फोटो खींचकर मुझको भेजी जिस पर उसने अपने खून से "आई लव यू सौम्या लिखा था।"

'लेकिन यह सब करने की क्या जरूरत थी?' मैंने बहुत गुस्से में पूछा।

'तुम्हीं ने कहा था ना कि कुछ ऐसा करके दिखाओ कि मेरा दिल धड़कने लगे?'

'लेकिन मैंने यह बेवकूफी करने के लिए नहीं कहा था पगले कहीं के।'

'अब बताओ डू यू लव मी?'

'हाँ...हाँ लव यू टू, तुम अब जल्दी से हॉस्पिटल जाओ बहुत खून बह रहा है तुम्हारे हाथ से,' मैंने उसका प्रपोजल एक्सेट करने के बाद कहा।

'तुम सुन रहे होना मैं क्या रही हूँ?' मैंने पूछा। क्योंकि उसने मेरे पिछले सवाल का कोई जवाब नहीं दिया था। इसके बाद मैंने दो मैसेज और किए, क्या हुआ? जवाब तो दो। लेकिन उसने मेरी इन बातों का भी कोई जवाब नहीं दिया। मैंने फिर से उसे कॉल लगाया लेकिन उसने कॉल भी रिसीव नहीं किया।

लगभग 2-3 मिनिट बाद एक मैसेज आया।

'व्हू आर यू मेम और यह सब हो क्या रहा है, पुनीत यहाँ बेहोश पड़ा है उसके हाथ से खून बह रहा है।'

'आखिर हैं कौन आप?' फिर से मैसेज आया।

'आप कौन हैं?' मैंने पूछा।

'मैं पुनीत का दोस्त हूँ और वह मेरे ही रूम पर है। वह मुझसे मिलने आया था, मैं कुछ काम से बाहर चला गया और जब रूम पर वापस आया तो यह सब हो गया,' उसके दोस्त ने मुझसे कहा।

'आप प्लीज उसे जल्दी से हॉस्पिटल ले जाइए,' मैंने कहा।

'हाँ मैं उसे हॉस्पिटल लेजा रहा हूँ, लेकिन आप ये तो बताईए आप हैं कौन?'

'वो सब मैं आपको बाद में बता दूँगी, अभी प्लीज आप उसका ट्रीटमेंट करवाने ले जाईए।'

'हाँ ले जा रहा हूँ,' उसके दोस्त ने कहा और वो उसे हॉस्पिटल ले गया।

'अब कैसा है वो?' एक घण्टे बाद मैंने उसके मोबाईल पर मैसेज किया। उस मैसेज को पढ़कर उसके दोस्त ने मुझको रिप्लाय किया,' अब ठीक है होश में है।'

'जरा मेरी उससे बात करवाना,' मैंने कहा।

'अभी उसकी झपकी लग गई है उठ जाएगा तो बात करवा दूँगा,' उसके दोस्त ने कहा।

'अच्छा ठीक है। आराम करने दो उसे, क्या डॉक्टर ने एडमिट करने का बोला है?'

'नहीं नहीं..... थोड़ी देर बाद डिस्चार्य कर देंगे ज्यादा चोट नहीं लगी है। मैं उसे वापस अपने रूम ले जाऊँगा।'

'ओके मैं भी शाम तक हॉस्टल पहुँच जाऊँगी, फिर अच्छे से खबर लूँगी उस बेवकूफ की तब तक आप उसका ख्याल रखना,' मैंने कहा।

'डोंट वरी, वो मेरा लंगोटिया है अच्छे से हिजामत करूँगा कमीने की बड़ा आशिक बना जा रहा है,' उसके दोस्त ने कहा।

'ओके, थैंक्स,' मैंने आखिरी मैसेज किया

꧁ ꧂ ꧁

'ऐसी बेवकूफी क्यों की तुमने?' मैंने उससे लगभग गुस्से वाले लहजे में पूछा।

'मैं कुछ पूछ रही हूँ, कुछ बोलेगा या हाथ की तरह तुमने अपनी जीभ भी काट ली है,' जब पहली बार पूछने पर उसने मेरी बात का जवाब नहीं दिया तब मैंने दोबारा उससे पूछा।

जीभ भी काट ली वाली बात सुनकर उसे थोड़ी हँसी आ गई। फिर उसने अपने दांत दिखाना बंद किए और मुझसे कहा,' मैंने कौन सी बेवकूफी की है।'

'ये जो तुमने अपने हाथों पर छुरियां चलाई है क्या ये तुम्हें बेवकूफी नहीं लगती?' मैंने पूछा।

'तुम्हीं ने तो कहा था कि कुछ ऐसा करके बताओ जिससे मेरा दिल भी तुम्हारे लिए धड़कने लगे,' उसने मुझसे कहा।

'लेकिन मैंने ये पागलपंती के काम करने के लिए नहीं कहा था। नस ज्यादा कट जाती तो तुम्हारी धड़कनों के ही लाले पड़ जाते,' मैंने कहा और हँसने लगी।

'चलो गार्डन में बैठकर बातें करते हैं,' उसने मुझसे कहा और फिर हम दोनों गार्डन की तरफ जाने लगे।

'वहाँ चलो वहाँ बैठेंगे,' गार्डन में पहुँचने के बाद मैंने एक पेड़ की तरफ इशारा करते हुए कहा। उस पेड़ के आसपास कोई नहीं था। वैसे पूरे गार्डन में गिनती के कुछ लोग ही थे।

'आइंदा से ऐसी काटा-पीटी वाला काम करने का ख्याल भी अपने दिमाग में मत लाना, वर्ना तुमसे कभी बात नहीं करूँगी,' मैंने उसके हाथ को अहिस्ता से अपने हाथों में उठाते हुए कहा।

'अच्छा बाबा सॉरी, आगे से मैं ऐसा काम कभी नहीं करूँगा,' उसने मुझसे आँखे मिलाते हुए कहा।

'अभी भी दर्द हो रहा है?' मैंने उससे पूछा। उसके चेहरे की हालत देखकर ऐसा लग रहा था जैसे अभी भी उसकी हालत ठीक नहीं है।

'दर्द हो रहा था लेकिन जब से तुमने मेरा हाथ अपने हाथों में थामा है दर्द की जगह गुदगुदी हो रही है,' उसने कहा और थोड़ा सा हँस दिया। उसकी बात सुनकर मैं बोली,' अच्छा.... गुदगुदी हो रही है, तो फिर अभी तुम्हारा हाथ दबाऊँ।'

'नहीं...नहीं... मैं तो मजाक कर रहा था,' उसने हँसते हुए कहा और मैं भी उसके साथ मुस्कुराने लगी।

फिर हम दोनों पेड़ से टिककर कुछ देर चुपचाप बैठे रहे। उसका हाथ मेरे हाथ में था और उसकी तिरछी नजरें मेरे चेहरे पर टिकी हुई थी।

'अब बताइए सौम्या जी आपका दिल धड़का कि नहीं?' उसने मेरी तरफ गर्दन घुमाने के बाद कहा। इस सवाल के जवाब में मैं मुस्कुराने लगी। 'तो तुम्हारी इस मुस्कुराहट को मैं तुम्हारी हाँ समझ लूँ?' उसने पूछा। इस बार न मैं मुस्कुराई न कोई जवाब दिया।

'कुछ बोलो तो इतना सस्पेंस क्रिएट क्यों कर रही हो?' उसने कहा फिर मैं थोड़ा सा उसकी तरफ घूमकर बोली,' तुम्हारे प्रपोजल पर मेरी हाँ तो पहले से ही थी लेकिन मैं तुम्हें और इंतजार करवाना चाहती थी। इसलिए मैंने तुमसे कहा था कि कुछ ऐसा करो कि मेरा दिल भी धड़कने लगे। मैं देखना चाहती थी कि तुम मुझे कितना लाइक करते हो।'

'रियली तुम मुझे पहले से ही लाइक करती थीं।'

'हाँ, आई लव यू,' मैंने कहा और एकदम से उसके सीने से लिपट गई। फिर दोबारा बोली,' आई रियली लव यू पुनीत।'

'लव यू टू सौम्या,' उसने मेरी बांहों में बांहें डालते हुए कहा।

कुछ सेकेण्ड के बाद हम दोनों एक दूसरे के सामने बैठ गए। और खामोशी के साथ मैं पुनीत को और वह मुझे निहारने लगा।

'मुझे अंदाजा नहीं था कि तुम इतनी आसानी से मान जाओगी,' उसने कहा।

'ऐसा क्यूँ?' मैंने पूछा।

'तुम्हारे नखरे और एटीट्यूट देखकर मुझे ऐसा लग रहा था कि तुम्हारे लिए बहुत पापड़ बेलने पड़ेंगे।'

'मैं तुम्हें अभी और अपने आगे पीछे दौड़ाती लेकिन तुमने ये जो हाथ काटने वाली हरकत की है इससे मैं बहुत डर गई थी। इसलिए मैंने आज तुम्हें अपने दिल की बात बता दी। थोड़े दिन और रूकती तो पता नहीं तुम और क्या काट लेते,' मैंने कहा।

'नहीं इससे ज्यादा मैं कुछ नहीं करता,' उसने हँसते हुए कहा।

'तुम्हारा कोई भरोसा नहीं, डर फिल्म के शाहरूख।'

मौसम में हल्की सी बूंदा बांदी थी। मिट्टी की सोंधी-सोंधी खुशबू चारों तरफ बिखरी हुई थी। पुनीत मेरे सामने से मेरे बाजू में आकर बैठ गया। उसने अपना सिर मेरे कांधे पर रख दिया। मेरी जुल्फें उड़ उड़कर उसके चेहरे को छू रही थी।

'तुम्हें पता है कि एक लड़की के लिए रिलेशन की क्या एहमियत रहती है?' मैंने उससे पूछा।

'हाँ वही जो एक लड़के के लिए किसी रिलेशन की एहमियत रहती है,' उसने कहा।

'ऐसा नहीं है जब कोई लड़की किसी के साथ रिलेशन में होती है तो वह पूरे दिल से उसको चाहती है। लड़कियाँ बहुत सोच समझकर किसी के साथ रिश्ता रखती है। इसीलिए वह जवाब देने में बहुत समय लगाती है,' मैंने लड़कियों की सोच के बारे में उसे बताया।

'तुम मेरा विश्वास करो मैं तुम्हारा साथ कभी नहीं छोड़ूँगा,' उसने मेरे कंधे पर हाथ रखने के बाद कहा।

'मुझे तुम पर पूरा विश्वास है। हर रिलेशन विश्वास की एक डोर से बंधा रहता है अगर वो डोर टूट जाए तो फिर किसी रिलेशन का कोई मतलब नहीं रह जाता है। प्लीज पुनीत, मेरा तुम पर जो विश्वास है उसे कभी मत तोड़ना,' मैंने कहा और उसके सीने से लिपट गई। उस वक्त मेरी आँखों में आँसू थे।

'तुम रो क्यूँ रही हो सौम्या?' उसने पूछा।

'पता नहीं, बस आँसू निकल आए,' मैंने अपनी हथेलियों से अपनी आँखों को मलते हुए कहा। फिर अचानक पुनीत कुछ देर के लिए खमोश हो गया। पता नहीं वह क्या सोचने लगा था। मैंने उससे पूछा,' क्या हुआ कहाँ खो गए?'

'सौम्या मैं तुमसे कुछ कहना चाहता हूँ,' उसने थोड़ा घबराते हुए कहा।

'हाँ बताओ क्या बात है,' मैंने उसकी तरफ देखकर कहा। 'दरअसल बात यह है कि...,' उसने अपनी बात बीच में ही रोक दी।

'बोलो रूक क्यूँ गए,' मैंने उससे कहा।

'जो मैं तुम्हें बताना चाह रहा हूँ वो बात मैं अभी तुमसे कह दूँ तो ठीक रहेगा। बात दरअसल यह है कि मैंने तुमसे एक झूठ बोला था,' उसने डरते हुए मुझसे कहा।

'कौन-सा झूठ बोला तुमने?'

'वो क्या है कि मैंने अपना हाथ काटने वाली जो बात तुम्हें बताई थी वो झूठी बात थी। मैंने ऐसा कुछ नहीं किया था। व्हॉट्सएप पर जो फोटो मैंने तुम्हें भेजा था उसमें मेरे हाथ से जो खून बह रहा था, वो खून नहीं लाल रंग था। और मैं ही मेरा दोस्त बनकर तुम्हें मैसेज कर रहा था। न तो मैंने अपना हाथ काटा था, ना मैं बेहोश हुआ था, और न मेरा कोई दोस्त मुझे अस्पताल ले गया था। यह सारी बातें झूठी थी,' उसने मुझसे कहा और अपने हाथ में बंधी हुई पट्टी को नीचे खिसका दिया।

ये सच्चाई जानकर मैं बिना कुछ बोले सिर्फ उसे घूरे जा रही थी। वह मुससे नजरें भी नहीं मिला पा रहा था। वह समझ गया था कि मैं यह बात जानकर बहुत गुस्से में हूँ उसने मुझे समझाने की कोशिश करते हुए कहा-

'सौम्या मुझे समझ नहीं आ रहा था कि तुम्हारी शर्त पूरी करने के लिए क्या करूँ मैं अब और इंतजार नहीं कर पा रहा था। इसलिए जल्दबाजी में मुझे होश नहीं रहा कि मैं तुमसे झूठ बोलकर ठीक नहीं कर रहा। लेकिन सच में मैं तुमसे बहुत प्यार करता हूँ। इसलिए मैं तुम्हें धोखे में नहीं रखना चाहता हूँ और तुम्हे सब सच-सच बता रहा हूँ,' उसने कहा। और मेरे हाथ पर अपना हाथ रख दिया। मैंने तुरन्त अपना हाथ हटाया और उससे बोली,' यू चीटर, तुमने मुझसे झूठ क्यूँ बोला। तुम कुछ भी न करते तो भी मैं तुम्हारे प्रपोजल पर हाँ कहने वाली थी लेकिन तुमने इस ड्रामे की सच्चाई बताकर सब कुछ खत्म कर लिया है,' मैंने गुस्से में कहा और वहाँ से उठकर जाने लगी।

'सौम्या दो मिनिट मेरी बात तो सुनो,' उसने कहा लेकिन मैं वहाँ नहीं रूकी और तेज कदमों के साथ वहाँ से चली गई।

मेरे जाने के बाद पुनीत ने मुझे कॉल किए, लेकिन मैंने कोई रिप्लाय नहीं किया। लेकिन पुनीत बार-बार मुझे कॉल कर रहा था। रात के 10 बजे उसने फिर कॉल किया मैंने कॉल उठाकर कहा,' अब मुझे न कॉल लगाना न मैसेज करना नहीं तो तुम्हें ब्लाक कर दूँगी।'

उसने तुरन्त मुझसे कहा,' मैं तुम्हारे रूम के सामने आ रहा हूँ और तब तक वहीं खड़ा रहूँगा जब तक तुम गैलेरी में नहीं आ जातीं।'

लेकिन मैंने उसकी इस बात का कोई रिप्लाय नहीं किया। मुझे लगा कि वह बातें बना रहा है। इतनी बारिश में वह नहीं आयेगा। फिर भी मेरा मन नहीं माना तो मैंने खिड़की में से झांक कर देखा। पुनीत सच में बाहर खड़ा हुआ था। इतनी तेज बारिश में वह पूरी तरह से भीगा हुआ था। मैंने उसे गैलरी में लगी हुई खिड़की से झांक कर देखा था। वह मुझे नहीं देख पा रहा था। मैं लगभग पाँच मिनिट तक उसे देखती रही, लेकिन मैं अभी भी उससे नराज थी। एक बार तो मेरा मन किया कि उससे घर जाने का बोल दूँ, लेकिन मैं बिना कुछ बोले वापस रूम में आ गई। और बेड पर लेटकर सोने की कोशिश करने लगी। लेकिन जैसे ही मैंने अपनी पलकों को झपकाया मुझे पुनीत दिखने लगा बारिश में भीगता हुआ। मैं वापस उठकर बैठ गई। पुनीत को इग्नोर करने के लिए मैं मोबाईल चलाकर खुद को बिज़ी करने की कोशिश कर रही थी।

मैं यूट्यूब पर गाने प्ले करने लगी लेकिन कोई भी गाना मैं एक-दो मिनिट से ज्यादा नहीं सुन रही थी, क्योंकि मेरा गाने सुनने का कोई मूड नहीं था। मैं जो गाना सुन रही थी वह पिछले आधे घण्टे में पहला गाना था जिसे मैंने पूरा सुना। उस गाने के बोल थे "ये मौसम की बारिश ये बारिश का पानी ये पानी की बूंदे तुझे ही तो ढूँढे।"

यह गाना खत्म होते ही मुझे पुनीत का ख्याल आया वह भी बारिश में भीग रहा था। गाने पर पुनीत की स्विचुऐशन मैच हो रही थी।

मैं उससे गुस्सा तो थी लेकिन इतना नहीं कि उसे इतना परेशान करूँ। अगर उसकी हाथ काटा-पीटी वाली हरकत किसी और से मुझे पता चलती तो मैं शायद उससे फिर बात नहीं करती, लेकिन उसने खुद ही यह बात मुझे बता दी। यह सोचकर मेरा गुस्सा थोड़ा कम था। वह चाहता तो यह बात मुझे नहीं बताता, लेकिन उसमें सच कहने की हिम्मत तो थी।

मुझसे अब रहा नहीं जा रहा था मैं वापस रूम से बाहर निकलकर गैलरी पर गई, अब मैं खिड़की पर नहीं गैलरी के उस हिस्से पर खड़ी हो गई जहाँ से मुझे पुनीत दिखाई दे रहा। बारिश बहुत ही जोरदार हो रही थी। वह हॉस्टल के सामने बाइक से टिककर खड़ा था। उसका ध्यान मेरी तरफ नहीं था। मैंने उसे कॉल किया रिंग जा रही थी लेकिन उसने कॉल रिसीव नहीं किया। तभी मुझे ख्याल आया कि इतनी बारिश में तो उसका मोबाईल भीगकर खराब हो जाएगा। वह कॉल भी नहीं उठा रहा था और मेरी तरफ देख भी नहीं रहा

था। मैं उसे आवाज़ देकर भी नहीं बुला सकती थी। समझ नहीं आ रहा था कि क्या करूँ। कुछ देर तक मैं वहीं खड़ी रही। थोड़ी देर बाद उसका ध्यान गैलरी की तरफ हुआ मैंने तुरन्त उसे हाथ हिलाकर इशारा किया। मेरा इशारा देखते ही वह बाइक से दूर होकर सीधा खड़ा हो गया। मैंने अपने हाथ को हथेली की छोटी उँगली और अंगूठे को कान और मुँह के पास लाकर उसे मोबाईल का इशारा किया। उसने बाइक के बैग में से कुछ सामान निकाला और साइड में लगे हुए टीन के सेड के नीचे चला गया। मैंने उसे कॉल किया रिंग जा रही थी लेकिन उसने कॉल रिसीव नहीं किया। मैं समझ गई थी की हाथ गीले होने की वजह से वह कॉल रिसीव नहीं कर पा रहा हैं। फिर मैंने उसे कॉल नहीं किया, कुछ देर बाद उसका कॉल आया।

'हैलो,' उसने कहा।

'हूँ...,' मैंने कहा।

'अभी भी गुस्सा हो?'

'हाँ, बहुत।'

'कब तक रहोगी नाराज़?'

'पता नहीं।'

'तो फिर गैलरी पर क्यो आईं? कॉल क्यों किया?'

'गैलरी पर बारिश देखने आईं थी और कॉल गलती से लग गया,' मैंने कहा। उसने तुरन्त मुझसे कहा,' कॉल एक बार गलती से लगता है दो-तीन बार नहीं।'

'चलो मान लिया मेरी गलती से दो-तीन बार कॉल लग गया, अब तो खुश,' मैंने कहा। 'मैं तो तभी खुश हो पाऊंगा जब तुम मुझे माफ करोगी,' उसने कहा।

'मैं माफ नहीं करूंगी,' मैंने उससे झूठ बोला। सच तो यही था कि मैं उसकी गलती को माफ कर चुकी थी।

'तो फिर ठीक है मैं बारिश में खड़ा हुआ ही ठीक लग रहा था वापस भीगने जा रहा हूँ,' उसने थोड़ा गुस्से में कहा।

'अरे नहीं, अब मत भीगो।'

'तुम्हें क्या मतलब मुझसे कि मैं बारिश में भींगू या नहीं भींगू,' उसने कहा।

'फर्क पड़ता है मुझे।'

'क्या फर्क पड़ता है?'

'बुरा लग रहा हैं तुम्हें भीगता हुआ देखकर।'

'सीधे-सीधे बोल दो ना कि माफ कर दिया। बात को इतना घुमा क्यों रही हो,' उसने कहा।

'अच्छा बाबा ठीक है माफ किया,' मैंने उससे कहा।

'पक्का?'

'हाँ, फेवीकोल के जोड़ जितना पक्का,' मैंने थोड़ा हँसते हुए कहा।

'थैंक्यू मैम साहब।'

'ठीक है ठीक है, अब मैम साहब की बात मानो और घर जाओ, कल मिलकर बात करते हैं,' मैंने उसे घर जाने का कहा।

'ओके जा रहा हूँ। बाय।'

'बाय, गुड नाइट।'

2 महीने बाद

कॉलेज का लास्ट सेमेस्टर भी पूरा हो गया था। स्नेहा एग्जाम कम्प्लीट होते ही अपने घर चली गई थी। वहाँ कुछ दिन रूकने के बाद वह चंडीगढ़ शिफ्ट होने वाली थी। वहाँ उसका पी.जी. करने का प्लान था। मेरा प्लान न घर जाने का था और न पी.जी. करने का। पुनीत और मेरे रिलेशन के बारे में घरवालों को बताने के बाद कुछ भी ठीक नहीं चल रहा था। घर पर मॉम और डैड मेरे इस एकतरफा डिसीजन से नाराज थे। उनकी इस नाराजगी की वजह से मुझे लगने लगा था कि घर वाले हमारी शादी के लिए राजी नहीं होंगे। पुनीत से अलग होने का ख्याल भी मुझे रूला देने के लिए काफी था। इसी कशमकश में मैं ठीक तरीके से पढ़ाई भी नहीं कर पाई जैसे-तैसे मैंने एग्जाम दिए। लेकिन मुझे इतना कन्फर्म था कि मेरा ग्रेजुएशन कम्प्लीट हो जाएगा।

मॉम और डैड को भी यह एहसास हो गया था कि मैं पुनीत को लेकर काफी सीरियस हूँ। उन्हें डर था कि कहीं उनके मना करने पर मैं कोई गलत कदम न उठा लूँ। इसलिए मॉम और डैड ने मुझसे पुनीत को एक बार मिलाने के लिए कहा। उन्होंने कहा कि हम पुनीत से मिल रहे है इसका यह

मतलब नहीं है कि हम तुम्हारी शादी के लिए राजी है। हम पुनीत और उसके घरवालों से मिलेंगे फिर अगर सब कुछ ठीक लगा तो वह इस रिश्ते को एक्सेप्ट कर सकते हैं।

मॉम और डैड का इतना कहना ही मेरे लिए बहुत राहत की बात थी। वह अगले हफ्ते भोपाल आने वाले थे। उन्हें किसी की शादी में जाना था। उसी समय वह पुनीत और उसके घरवालों से मिलना चाहते थे। मैंने पुनीत को इस बारे में बता दिया था कि मॉम डैड तुमसे और तम्हारे घरवालों से मिलना चाहते है।

हॉस्टल से स्नेहा तो चली गई थी लेकिन उसकी जगह एक नई लड़की मेरी रूममेट बन गई थी। रूपाली नाम था उसका, वह भी वही कोर्स करने आई थी जो मैंने किया है। फर्क सिर्फ इतना था कि मेरे कॉलेज के दिन खत्म होने वाले थे और उसके शुरू होने वाले थे। अभी न वह कॉलेज जाती थी और न मैं। हम दोनों दिनभर अपने-अपने काम में बिजी रहते थे। मेरा ज्यादातर समय मोबाईल पर पुनीत से बतियाते हुए ही बीतता था। उसने एक दिन मुझसे पूछ ही लिया कि मैं इतनी देर तक बात किस से करती हूँ। मैंने भी उसे बताने में देर नहीं की, कि मैं शायद अपने होने वाले हसबैण्ड से बात करती हूँ। बहुत ही कम दिनों में मेरी और रूपाली की ठीक-ठाक दोस्ती हो गई थी।

'दीदी आज कहीं घूमने चलें रूम पर बैठे-बैठे बोर हो गए हैं,' जब मैंने फोन पर बात करना बंद कर दिया तब रूपाली ने मुझसे कहा।

'आज ही चलना है?' मैंने पूछा।

'हाँ, क्यूँ आज नहीं चल सकते क्या?'

'एक्चूअली क्या है कि मैं और पुनीत आज घूमने जा रहे हैं। बहुत दिनों से हम दोनों मिले नहीं हैं। अब एक बाइक पर तीन लोग कैसे चल पाएंगे,' मैंने कहा।

'ठीक है कोई दिक्कत नहीं वैसे भी मैं आप दोनों के बीच कबाब में हड्डी नहीं बनना चाहती। आप घूम आईए हम कल चलेंगे घूमने,' रूपाली ने हँसते हुए कहा।

'सॉरी यार, लेकिन कल पक्का हम दोनों साथ चलेंगे,' मैंने कहा।

'कोई बात नहीं दीदी, सॉरी कहने की कोई जरूरत नहीं है।'

शाम को 5 बजे पुनीत ने हॉस्टल पहुँचने का प्रॉमिस किया था। 5 बजे से पहले ही मैं तैयार होकर पुनीत के आने का इंतजार कर रही थी। मेरा मूड ठीक नहीं था इसलिए मैंने तैयार होने में ज्यादा समय नहीं लिया। लिपिस्टिक, लाइनर और बाकी चीजों का यूज तो मैंने तब से नहीं किया जब से मैंने पुनीत और अपने रिलेशन के बारे में मॉम डैड को बताया था। उनकी हमारी इस रिलेशन को लेकर जो नाराजगी थी उससे मुझे डर लगता रहता था कि कहीं मैं और पुनीत अलग न हो जाएं। इसी डर के कारण मेरा मन किसी काम में नहीं लगता था। लड़कियों के फेवरेट काम में से एक मेकअप में भी नहीं।

मैं बेड पर बैठे हुए किसी घुनतारे में उलझी हुई थी तभी मेरा मोबाईल बजा वह मुझसे दूर टेबल पर रखा था।

'दीदी पुनीतजी का फोन है, रूपाली ने मेरा मोबाईल देखकर कहा। वह टेबल के पास ही खड़ी थी। मेरे वहाँ पहुँचने से पहले ही उसने मोबाईल उठा लिया था। पुनीत के नाम के आगे जी लगाते समय वह मुस्कुराने लगी।

'पुनीतजी नहीं सिर्फ पुनीत,' मैंने कॉल रिसीव करने से पहले रूपाली से कहा।

'हाँ कब तक आओगे?' मैंने पुनीत से पूछा।

'आउँगा नहीं आ गया हूँ,' उसने तुरन्त बात का जवाब दिया।

'टाइम से पहले ही आ गये।'

'अब तुमसे दूर रहा भी तो नहीं जाता। मैं करूँ तो क्या करूँ?'

'बातें बनाना बंद करो मैं नीचे आ रही हूँ,' मैंने कहा और बेड से उठकर दरवाजे के पीछे गई जहाँ मेरी सैंडिल रखी हुई थी। मैंने रूपाली को बाय कहा और आगे बढ़ गई। दो कदम आगे चलने के बाद मैं रूक गई और पीछे मुड़कर रूपाली से बोली-

'अरे यार मेरा मोबाईल उठा देना बेड पर रखा है।'

रूपाली अभी गेट पर ही खड़ी थी मेरी बात सुनते ही वह अंदर गई और वापस बाहर आकर मुझे मोबाईल देते हुए बोली-

'अच्छे से याद कर लीजिए और कुछ तो नहीं भूल गईं।'

'अरे हाँ, एक चीज और भूल गई हूँ।'

'क्या?'

'तुझे साथ ले चलना,' मैंने मजाक में कहा और वापस सीढ़ियों की तरफ मुड़ गई। हॉस्टल से बाहर निकालकर सामने ही मुझे पुनीत दिख गया वह हॉस्टल के सामने ही खड़ा था। उसने मुझे देख लिया था। इससे पहले कि मैं उसके और मेरे बीच की कुछ कदमो की दूरी को खत्म करके उसके पास पहुँचती उसने वहीं से हाथ हिलाते हुए कहा-

'हैलो।'

'हाय,' मैंने उसके करीब पहुँचने के बाद कहा। उसके कंधे पर हाथ रखते हुए मैंने उससे उसका हालचाल पूछना चाहा। उसने उतरा हुआ चेहरा बनाकर इस तरह से मेरी बात का जवाब दिया जैसे कि वह कॉलेज की फीस का पैसा IPL में हार गया हो।

'इतना उदास क्यूँ हो?' मैंने उससे पूछा।

'अभी हमारी लाइफ में जो कुछ चल रहा है उससे तुम खुश हो क्या? तुम्हारा हाल भी तो वैसा ही है जैसा मेरा है। अब जो हालत चल रहे है उसकी झलक तो चेहरे पर दिख ही जाएगी ना,' उसने अपनी उदासी की वजह बताई।

'इससे मिलो यह मेरा दोस्त है नकुल,' पुनीत ने एक लड़के की तरफ इशारा करते हुए कहा। वह पुनीत की बाइक के पीछे अपनी बाइक पर बैठा हुआ था। वह बाइक से उतरकर मेरे पास आया और मेरी तरफ हाथ बढ़ाते हुए बोला-

'हाय।'

'हैलो,' मैंने उससे हैण्डसेक करते हुए कहा।

'मेरा लंगोटिया यार है इससे में कुछ नहीं छुपाता जब मैंने इसे तुम्हारे और मेरे बारे में बताया तो यह तुमसे मिलना चाहता था इसलिए मैं इसे ले आया,' पुनीत ने मुझे बताया की वह अपने दोस्त को मुझसे क्यों मिलाने लाया था।

'अब मैं तुम्हारी भाभी बनूँगी या नहीं यह तो मैं भी नहीं जानती। वो क्या है कि हमारे लव में अब फैमिली ड्रामा चालू हो चुका है कुछ कह नहीं सकते कि आगे क्या होगा,' मैंने कहा।

'हाँ पुनीत ने मुझे बताया था,' नकुल ने पुनीत की बाइक पर टिकने के बाद अपने हाथों को फोल्ड करते हुए कहा। कुछ देर मैंने और नकुल ने बातचीत की। अब मैं चाहती थी कि वह वहाँ से चला जाए। इससे पहले कि मैं नकुल को बाय बोलकर पुनीत से चलने के लिए कहती नकुल मुझसे बाय कहते हुए अपनी बाइक की तरफ चला गया। तभी मैंने पुनीत को बताया कि मेरी रूम मेट रूपाली आज घूमने का कह रही थी लेकिन आज हमारा प्लान पहले से फिक्स था, नहीं तो मैं आज रूपाली को घूमाने ले जाती। वो अभी यहाँ नई है, उसे पता नहीं है कि कहाँ-कहाँ घूमने और शॉपिंग की जगह है। पुनीत मेरी बात सुनता रहा और फिर बाइक स्टार्ट करके उसने बाइक टर्न कर ली, मैं वहीं खड़ी रही। बाइक टर्न होने के बाद मैं बाइक पर बैठ पाती उससे पहले ही पुनीत बोला-

'तुम्हारी रूम मेट चाहे तो वह भी हमारे साथ घूमने चल सकती हैं।'

'एक बाइक पर तीन लोग बैठेंगे क्या?' मैंने पूछा।

'नहीं दो लोग ही बैठेंगे।'

'तो क्या तुम मुझे छोड़कर रूपाली के साथ जाओगे।'

'अरे यार तुम कुछ भी सोचती रहती हो। तुम मेरे साथ ही चलोगी और एक बाइक पर तीन बैठे बिना रूपाली भी साथ चल सकती है,' पुनीत ने कहा। अभी वह कुछ और कहना चाहता था। लेकिन मैंने तुरन्त ही उसकी आँखों में घूरकर उससे कहा कि या तो मैं तुम्हारी बात समझ नहीं पा रही हूँ या तुम्हारा दिमाग फिर गया है। क्योंकि उसकी उलझी हुई बातें मेरे भेजे में घुस नहीं रही थी। पुनीत ने बाइक का स्विच ऑफ किया और अपने दाएँ हाथ से मेरे गाल को हल्के से मरोड़ते हुए कहा-

'पहले पूरी बात तो सुन लिया कीजिए मैडम जी।'

'चलो अब सुनाओ पूरी बात,' मैंने अपने हाथों को आपस में बांधते हुए कहा। फिर पुनीत ने बताया कि रूपाली मेरे दोस्त की बाइक पर चल सकती है उसी दोस्त के साथ जो अभी कुछ ही देर पहले तुमसे मिलकर गया है।

'नकुल के साथ? लेकिन वह तो चला गया। उसके पास टाइम होगा साथ चलने के लिए? और पता नहीं रूपाली उसके साथ चलने के लिए हाँ कहेगी या मना कर देगी,' मैंने पुनीत से कहा। मेरी बात आराम से सुनने के बाद वह बोला-

'अब तुम्हारी रूममेट से तुम्हें ही पूछना पड़ेगा कि वह चलना चाहती है या नहीं, रही बात नकुल की, तो वो कितना

बिजी रहता है यह मुझे मालूम है। एक बार बुलाऊँगा तो दौड़ा-दौड़ा आएगा,' उसने कहा।

मैंने रूपाली को कॉल करके नीचे बुलाया। जब तक रूपाली रूम से नीचे आती मैं पुनीत की बाइक पर बैठकर उससे बतियाने लगी।

'हाँ दीदी कहिए क्या हुआ?' रूपाली ने मुझसे कहा। पुनीत की बाइक हॉस्टल के गेट से थोड़ा आगे खड़ी थी इसलिए रूपाली मुझे हॉस्टल से बाहर आते समय देख नहीं पाई। मैंने उसे आवाज देकर अपने पास बुलाया और उसे पुनीत से मिलाते हुए बोली-

'यह है मेरी नई रूममेट रूपाली।'

'हाय,' पुनीत ने कहा। उसके तुरन्त बाद ही रूपाली ने पुनीत से कहा,' आप पुनीत भैया हैं।

'अरे... क्या मैं इतना फेमस हूँ कि मुझसे पहली बार मिलने वाले लोग भी मेरा नाम जानते है,' पुनीत ने मेरी तरफ देखकर हँसते हुए कहा।

'जी नहीं आप कोई सेलिब्रिटी नहीं है। मैंने तुम्हारी पिक रूपाली को दिखाई थी। और तुम्हारे आने से पहले मैं उसे बता चुकी थी कि हम दोनों घूमने जा रहे हैं।

'ओह! तो आपने हमारा एड्वरटाईज़मेंट किया है?'

'जी बिल्कुल,' मैंने पुनीत से कहा। उसके बाद रूपाली की तरफ देखकर बोली-

'चलो हमारे साथ घूमने।'

'लेकिन एक बाइक पर तीन लोग कैसे जाएँगे दीदी?' रूपाली ने बाइक की तरफ अपनी नजरें घुमाने के बाद कहा। मैंने उसके कंधे पर हाथ रखते हुए उसे बताया कि पुनीत का एक दोस्त आ रहा है तुम उसकी बाइक पर बैठ जाना, फिर हम चारो घूमने चलेंगे। मेरी बात सुनने के बाद रूपाली ने कहा-

'नहीं दीदी मैं नहीं चल रही हूँ घूमने।'

'क्यों?' मैंने उसे घूरते हुए पूछा। क्योंकि वह ही मेरे साथ घूमने जाना चाहती थी।

'बस ऐसे ही अब मन नहीं है।'

'अचानक मन कैसे बदल गया तेरा, सच मे मन बदल गया या कोई ओर वजह है,' मैंने पूछा।

'दीदी दरअसल बात यह है कि मैं किसी अनजान लड़के के साथ बाइक पर नहीं जा सकती। मुझे कम्फर्ट नही लगेगा कि किसी अनजान लड़के के साथ घूमने जाउं,' रूपाली ने बताया की वह क्यों घूमने का मना कर रही है।

'अरे यार, तुम सौम्या को तो जानती होना?' पुनीत ने रूपाली से पूछा। रूपाली ने हंसते हुऐ कहा,' हाँ बिल्कुल।'

'अब सुनो, तुम सौम्या को अच्छी तरह से जानती हो। सौम्या मुझे अच्छी तरह से जानती है और मैं अपने दोस्त को अच्छी तरह से जानता हूँ,' पुनीत ने आगे कहा,' इस हिसाब से मेरा दोस्त तुम्हारे लिये अजनबी नहीं हुआ।

पुनीत की बात सुनने के बाद रूपाली अपनी भौंहें सिकोड़ते हुऐ बोली,' यह कैसा लॉजिक है, अजनबी को जान पहचान वाला बनाने के लिए।'

'हमारे लॉजिक तो ऐसे ही है रूपाली जी। और फिर इतना भी क्यों सोच रही हो सिर्फ घूमने ही तो चल रहे हैं,' पुनीत ने रूपाली की तरफ देखते हुऐ कहा।

'मुझे फिर भी थोड़ा अजीब लग रहा है,' रूपाली ने कहा। वह अभी भी पुनीत के दोस्त के साथ जाने के लिये तैयार नहीं थी।

'ओह कमऑन यार, मेरा दोस्त इतनी भी बेकार बाइक नहीं चलाता है। वह तुम्हें सही सलामत वापस छोड़ देगा,' पुनीत ने रूपाली को साथ चलने के लिये कन्वेंस करने की कोशिश की। अब रूपाली बिना कुछ बोले मेरी तरफ देखने लगी। उसके ऐक्सप्रेशन देखकर लग रहा था कि वह मेरा डिसीजन जानना चाह रही हो।

मैंने उससे कहा-

'तुम चाहो तो चल सकती हो। अगर तुम कुछ ज्यादा ही अनकम्फर्ट फील कर रही हो तो फिर मत चलो। हम दोनों बाद मे चलेंगे घूमने।' 'मुझे लगता है कि एक से भले दो दो से भले चार। तुम्हें हमारे साथ चलना चाहिए,' पुनीत ने कहा,' आगे जैसी तुम्हारी मर्जी।'

पुनीत की बात सुनकर रूपाली कुछ देर चुप रही फिर धीमी आवाज से बोली-

'ठीक है चल रही हूँ। मैं कपड़े बदल कर आती हूँ।'

'ओके, तब तक मैं मेरे दोस्त को बुला लेता हूँ,' पुनीत ने कहा।

रूपाली हॉस्टल की सीढ़ीयाँ चढ़ गई। और पुनीत ने अपने दोस्त को कॉल लगाकर घूमने चलने के लिये बुला लिया। जब पुनीत ने मोबाईल अपनी जेब में रख लिया तब मै उसके कंधे पर हाथ रखकर खड़ी हो गई।

'बहुत शर्मिली है तुम्हारी नई रूममेट,' पुनीत ने कहा।

'पहली बार घर से बाहर अकेले रह रही है,' मैंने कहा,' पता नहीं वह डर रही है या सच में उसका स्वभाव ही शर्मीला है।'

'स्नेहा से एकदम अपोजिट नेचर है रूपाली का। वैसे क्या हालचाल हैं आजकल मैडम के?' पुनीत ने स्नेहा के बारे में मुझसे पूछा।

मैंने उसे बताया कि दो दिन पहले ही मेरी उससे बात हुई थी, अभी एन्ट्रेंस एग्जाम की तैयारी कर रही है।

'ओके,' पुनीत बोला। और फिर उबासी लेने लगा।

कुछ देर बाद पुनीत का दोस्त नकुल हमारे पास आ गया। उसने अपनी बाइक पुनीत की बाइक के एकदम बाजू में लाकर रोक दी थी। मैंने रूपाली को कॉल लगाया उसने बताया कि वह दो मिनिट में नीचे आ रही है।

रूपाली सच में दो मिनिट के अन्दर ही हमारे पास आ गई।

'यह है रूपाली,' पुनीत ने रूपाली की तरफ इशारा करते हुऐ नकुल से कहा।

'हाय,' नकुल ने कहा।

'हैलो,' रूपाली ने हाथ हिलाते हुए कहा।

'अब हमें चलना चाहिए,' इतना कहते हुए मैं पुनीत की बाईक पर बैठ गई। अभी रूपाली नकुल की बाइक पर नहीं बैठी थीं क्योंकि वह अभी अपनी बाइक को टर्न कर रहा था। बाइक टर्न होने के बाद रूपाली नकुल की बाइक पर बैठ गई। और नकुल ने पुनीत के पीछे अपनी बाइक दौड़ा दी। हमारा प्लान पहले मंदिर जाने का उसके बाद मॉल घूमने का था। मंदिर जाने का प्लान मेरा था। पुनीत इसके लिये राज़ी नही था। वह सिर्फ मॉल में घूमना चाहता था। लेकिन मैं काफी दिनो से मंदिर नहीं गई थी और मेरा बहुत मन था दर्शन करने का। मैंने पुनीत को मना लिया मंदिर जाने के लिए। रूपाली और नकुल से न हमने कुछ पूछा और ना उनकी राय मांगी। वह बस चुपचाप हमारे साथ चल दिए।

'चलो अन्दर तुम रूक क्यों गये?' मैंने पुनीत से पूछा। हम मंदिर पहुँच गए थे। मैं और रूपाली दो सीढ़ियाँ चढ़ चुके थे लेकिन पुनीत वहीं खड़ा था। उसके साथ नकुल भी वहीं खड़ा रहा।

'मुझे नही जाना मंदिर,' पुनीत ने कहा।

'क्यों क्या हुआ?'

'अब मुझे इन पत्थर की मूर्तियों पर यकीन नहीं हैं,' पुनीत ने कहा। उसकी यह बात सुनकर मुझे बहुत बुरा लगा।

मैं वापस दोनों सीढ़ीयाँ उतरकर पुनीत के पास आकर उससे बोली-

'तुम होश में तो हो क्या बोल रहे हो।'

'हाँ बिल्कुल होश में हूँ। यह सिर्फ पत्थर ही है और इसके सामने सिर झुकाने से कुछ नहीं होगा,' पुनीत यहीं नहीं रूका उसने आगे कहा,' मेरी बात मानो तो तुम भी यह सब छोड़ दो।'

मुझे कुछ समझ नहीं आ रहा था कि अचानक पुनीत को क्या हो गया है वह इतनी कड़वी बातें क्यों कह रहा है। उसकी बातें सुनकर मुझे बहुत गुस्सा आ रहा था। अब मैंने उससे थोड़ा नाराज होते हुऐ बोला,' थोड़ा तमीज से बोलो। तुम्हें मेरे मंदिर जाने से क्या दिक्कत है बताओ।'

'दिक्कत यह है कि यहाँ सिर झुकाने से भी हमारे घर वाले हमारे रिश्ते को एक्सेप्ट नहीं कर रहे हैं। तुम तो हमेशा यहाँ मन्नत मांगने आती हो और तुमने यह दुआ भी मांगी होगी कि हमारे घर वाले राजी हो जाएं। तुम्हीं बताओ ऐसा हो रहा है क्या,' पुनीत ने कहा।

'ओह, तो तुम्हें इस बात का गुस्सा है। लेकिन तुम हमारे घर वालों का गुस्सा भगवान पर क्यों निकाल रहे हो?'

'तो फिर कहाँ निकालूं। जब कोई प्रार्थना पूरी होती ही नहीं हैं तो फिर इस पत्थर के सामने गिड़गिड़ने से क्या फायदा,' पुनीत ने कहा। उसने अब कुछ हद से ज्यादा बोल दिया था मैंने तेज आवाज़ में उससे कहा-

'तुम्हें नहीं जाना है तो मत जाओ लेकिन अपना मुँह बंद रखो।'

'ठीक है तुम्हीं जाओ मैं यहीं खड़ा हूँ। देखता हूँ तुम्हारे भगवान तुम्हारी कितनी प्रार्थना सुनते हैं,' पुनीत ने कहा। अब मैंने उससे कुछ नहीं कहा और वापस मंदिर की सीढ़ीयाँ चढ़ गई। मेरे साथ रूपाली भी।

❀ ❀ ❀

अगले हफ्ते मॉम और डैड भोपाल आये हुऐ थे। वह यहाँ आये तो एक रिलेटिव की शादी अटेंड करने थे, लेकिन इसी बीच वह पुनीत से भी मिलना चाहते थे उसके घर वालो के साथ। मॉम और डैड का चेहरा देखकर ही लग रहा था कि वह मुझसे नाराज है।

'आज पुनीत और उसके घरवालो को यहीं होटल में बुला लो,' मॉम मुझसे कहा।

'मॉम, डैड इस रिश्ते को एक्सेप्ट तो कर लेंगे ना?' मैंने मॉम से पूछा। मेरे अन्दर अभी भी डर था। पता नहीं मुझे ऐसा क्यूं लग रहा था कि कुछ गड़बड़ होगी।

'पता नहीं पहले हम उससे मिल तो लें जिसे तुमने पसंद किया है। फिर देखते है आगे क्या करना है,' मॉम ने कहा। ऐसा लग रहा था जैसे वह कहना चाह रहीं हों कि मेरी पसंद ठीक नहीं है।

मैंने पुनीत को कॉल लगा कर होटल आने को कहा। उसने कहा कि मैं आधे घंटे मे पहुंच जाउंगा। उसके बाद मैं कुर्सी पर बैठ गई। मॉम और डैड आपस में बातें करते रहे।

आधे घंटे से ज्यादा समय बीत चुका था। मैं बार-बार मोबाईल में टाईम देख रही थी, तभी रूम की डोर बैल की अवाज आई। मैं तुरन्त कुर्सी से उठी और जाकर दरवाजा खोला मेरी उम्मीद के मुताबिक पुनीत मेरे सामने खडा था। उसे अकेला देखकर मैंने उससे पूछा -

'तुम्हारे मम्मी और पापा कहाँ हैं।'

'वो नहीं आए,' उसने कहा।

इससे पहले कि मैं उससे उसके पेरेन्ट्स के साथ में न आने की वजह पूछती डैडी ने रूम से आवाज लगाई-

'कौन आया है?'

'पुनीत है,' मैंने रूम के अंदर अपनी गर्दन घुमाते हुए कहा। पुनीत का नाम सुनकर डैड और मॉम अलर्ट हो गए डैड कुर्सी से उठ खड़े हुए और मॉम जो कि बैड पर बैठीं हुई थीं वह भी बैड से उतरकर डैड के पास आ गई और फिर मॉम और डैड गेट के पास आ गए। पुनीत को मेरे मॉम डैड ने और मॉम डैड को पुनीत ने अच्छे से देख लिया। पुनीत ने वहीं से हाथ जोड़कर कहा-

'नमस्ते अंकलजी, नमस्ते आंटीजी।'

मॉम और डैड ने भी उसके नमस्ते का रिप्लाय नमस्ते कहकर किया। अन्दर आकर पुनीत ने पहले डैड के और फिर मॉम के पैर छुए। डैड की निगाहें पुनीत पर न होकर रूम के बाहर झांक रही थी। मैं समझ गई थी कि उनकी आँखे पुनीत के मॉम और डैड को ढूँढ रहीं थी। और हुआ भी वैसा ही डैड ने पुनीत से पहला प्रश्न ही यही पूछा-

'तुम्हारे पेरेन्ट्स नहीं आए क्या?'

पिताजी का सवाल सुनकर पुनीत कुछ घबराया और बिना कुछ बोले चुपचाप खड़ा रहा मानो उसके गले का पानी सूख गया हो। पुनीत को यूँ सकपकाया हुआ देखकर मॉम ने कहा,' आओ बैठो बेटा।'

जिस कुर्सी की तरफ मॉम ने इशारा किया पुनीत उसी कुर्सी पर बैठ गया डैड ने पुनीत को पानी से भरा गिलास दिया। पुनीत ने एक बार उस गिलास को मुँह से लगाने के बाद उसे तब तक नहीं हटाया जब तक पूरा गिलास खाली नहीं हो गया।

'बेटा आपके पेरेन्ट्स क्यों नहीं आए,' डैड ने फिर पुनीत से वही सवाल पूछा जिसका जबाव देने में उसका गला सूख रखा था। लेकिन इस बार पुनीत ने कुछ बोलने के लिए मुँह खोला और बोला-

'अंकल जी उन्होंने मेरे साथ आने से मना कर दिया,' पुनीत ने कहा। पुनीत का यह जवाब सुनकर मेरे साथ डैडी और मॉम भी पुनीत को नजरें गढ़ाकर देखने लगे। डैडी ने उससे पूछा-

'क्यों नहीं आए?'

'अंकल जी दरअसल वह इस रिश्ते से खुश नहीं है,' पुनीत ने कहा। और मेरी तरफ देखने के बाद आगे बोला,' वह नहीं चाहते कि मैं सौम्या से शादी करूँ। वह इस बात से नाराज है कि मैंने इतना बड़ा फैसला उनके बिना कैसे ले लिया। मैं उनका एकलौता लड़का हूँ और उनकी ख्वाहिश है कि मैं

उनकी पसंद की लड़की से ही शादी करूँ। उन्होंने मेरे लिए एक लड़की देख भी रखी है।'

पुनीत की यह बातें सुनकर हम खामोश होकर उसे देखने लगे कुछ सेकेण्ड के लिए वहाँ सन्नाटा पसर गया।

'तो फिर तुम ने क्या सोचा अपने पेरेन्ट्स के डिसीजन के बारे में?' डैडी ने पूछा। कुछ देर नजर नीचे करने के बाद पुनीत ने वापस डैडी से नजरे मिलाकर कहा-

'अंकल जी मैं सौम्या से ही शादी करना चाहता हूँ।'

पुनीत का यह जबाव सुनने के बाद मॉम और डैड के चेहरे के एक्सप्रेशन लगभग वैसे ही थे जैसे मैंने कल्पना की थी। भौंहे चढ़ी हुई और आँखे पुनीत पर गढ़ी हुई।

'अपने पेरेन्ट्स की मर्जी के खिलाफ जाकर तुम सौम्या से शादी करना चाहते हो?' डैड ने पूछा।

'अंकल जी मैं सौम्या को ही पसंद करता हूँ, उसके अलावा में किसी और से शादी कैसे कर सकता हूँ,' पुनीत ने कहा और उसकी नजरें मुझ पर जम गई। अब न डैड ने कुछ कहा न पुनीत ने। पुनीत अपने हाथ मलने लगा उसका लो कॉन्फीडेन्स साफ दिखाई दे रहा था।

'बेटा शादी तो लड़का-लड़की की ही होती है लेकिन इससे दो परिवारों का मिलन भी होता है। जिंदगी में रिश्तो का होना भी जरूरी है अकेले जिंदगी नहीं काटी जा सकती,' डैडी ने आगे कहा,' अभी तुम जिस उम्र में हो उस उम्र में जरूर तुम्हें परिवार की एहमियत नहीं समझ आ रही होगी लेकिन कुछ समय बाद तुम्हें परिवार की कमी महसूस होगी तब क्या

करोगे। और जब तुम्हारे पेरेन्ट्स ही इस शादी के लिए राजी नहीं है तो फिर तुम्हारी शादी होगी कैसे? अभी हमने भी हाँ नहीं बोला है सिर्फ तुमसे और तुम्हारे पेरेन्ट्स से मिलना चाहते थे। और तुम्हारे पेरेन्ट्स तो मिलना भी नहीं चाहते।'

'मैं उनकी मर्जी के खिलाफ जाकर शादी कर लूँगा। एक बार शादी हो गई फिर उनका गुस्सा धीरे-धीरे कम हो जाएगा,' पुनीत ने कहा।

'लेकिन यह तो गलत तरीका है,' डैड ने कहा।

'तो क्या सौम्या और मेरी शादी नहीं हो सकती?' पुनीत ने पूछा।

'उस तरीके से तो नहीं जैसे तुम चाहते हो। पहले तुम्हें अपने पेरेन्ट्स को हमसे मिलावाना होगा उसके बाद ही हम कोई डिसीजन ले पाएंगे,' डैडी ने कहा।

डैडी की बात सुनकर पुनीत बिना समय गंवाए उठ खड़ा हुआ और जाने की अनुमति माँगने की फारमेल्टि निभाकर रूम से बाहर निकल गया।

❀ ❀ ❀

उसी शाम को डैडी और मॉम किसी रिश्तेदार के घर शादी में चले गए वो वहाँ दो दिनों के लिए गए थे। उनके कहने के बाद भी मैं उनके साथ उस शादी में नहीं गई।

लेकिन डैडी और मॉम के कहने पर मैंने एक बहुत बड़ा डिसीजन ले लिया था। मैं उनके साथ दो दिन बाद वापस घर जाने वाली थी शायद मैं फिर दोबारा भोपाल

लौटकर नहीं आती। मेरी और पुनीत की प्रेम कहानी की दो दिन बाद एंडिंग होने वाली थी। अब हम ज्यादा से ज्यादा सिर्फ फ्रेंड रह सकते है। इस बारे में मैंने पुनीत को बता दिया था। वो मेरे डिसीजन से बिल्कुल खुश नहीं था। वह इतना गुस्सा था कि मुझसे लड़ने ही लगा था। लेकिन मैं उसकी हालत समझ सकती थी। इसलिए मैंने अपने आपको कण्ट्रोल में रखा।

अगले दिन मैंने आपना सारा सामान हॉस्टल से होटल के रूम में शिफ्ट कर लिया। तीन बैग में मेरा पूरा सामान आ गया था। मैंने पुनीत को इस बारे में बता दिया था कि मैंने अपना सामान होटल में शिफ्ट कर लिया है और कल में यहाँ से निकल जाऊँगी। लेकिन पता नहीं क्यूँ डैडी की बातों का असर मुझ पर काफी कम होता जा रहा था और मैं वापस पुनीत के प्यार में गिरती जा रही थी। मेरे दिमाग पर मेरा दिल हावी होता जा रहा था। मैंने पुनीत को मिलने के लिए होटल में ही बुला लिया था शायद आखिरी बार।

होटल के रूम की डोर बेल बजी मैंने दरवाजा खोला पुनीत सामने खड़ा था। मेरे कहे बिना वो अंदर आ गया। उसकी हालत देखकर लग रहा था कि वह ठीक से सोया नहीं उसकी आँखों थोड़ी लाल हो रही थी।

'तुमने क्या हालत बना रखी है अपनी,' मैंने उससे पूछा। उसने मुझे कोई जवाब नहीं दिया और कुर्सी पर बैठ गया।

'तो तुमने मुझे छोड़कर जाने का फैसला कर ही लिया है,' उसने मेरे तीनों बैगों पर नजर दौड़ाकर कहा, जो कि बेड के बगल में एक साथ रखे हुए थे।

'ऐसी बात नहीं है पुनीत,' मैंने उसके बगल वाली कुर्सी पर बैठकर कहा।

'फिर क्या बात है, यह साफ दिख रहा है,' उसने अपनी नजरें मेरे बैग्स की तरफ घुमाते हुए कहा।

'तुम अपने पेरेन्ट्स को मनाने की कोशिश करो एक बार वो मेरे डैड से मिल लेंगे तो शायद कुछ बात बन जाए,' मैंने आगे कहा,' तुम्हारे पेरेन्ट्स इतने नाराज है अगर हम उनकी मर्जी के खिलाफ शादी कर लेंगे तो वह कभी हमें नहीं अपनाएँगे फिर हम कहाँ जाएँगे? क्या करेंगे कुछ सोचा है तुमने।'

'चाहें जो हो जाए मैं तुम्हें नहीं छोड़ सकता और वैसे भी मुझे पूरा यकीन है कि अगर एक बार हमारी शादी हो गई तो वह ज्यादा दिनों तक मुझसे दूर नहीं रह पाएंगे। धीरे-धीरे उनका गुस्सा कम हो जाएगा,' पुनीत ने कहा।

'तो तुम यह कहना चाहते हो कि हमें अपने घरवालों की मर्जी के खिलाफ जाकर शादी कर लेना चाहिए,' मैंने उसकी और घूमकर कहा,' क्या तुम्हें यह ठीक लगता है? इससे हमारे पेरेन्ट्स को कितना दुःख होगा तुमने सोचा है।'

'लेकिन हमारी जिंदगी से खिलवाड़ करने का हक भी उन्हें नहीं है ना।'

'लेकिन उन्होंने हमें पैदा किया है।'

'इसका मतलब यह नहीं कि वह हमें जीते जी मार डालें।'

'उन्होंने कुछ सोच समझ कर ही यह फैसला लिया होगा।'

'हमने भी कोई जल्दबाजी में या किसी के दवाब में शादी करने का फैसला नहीं लिया है मैं तो पूरे दिलो दिमाग से तुमसे शादी करने के फैसले पर अडिग हूँ। और जब जिंदगी हमें साथ गुजारनी है तो फाइनल डिसीजन हमारा ही होना चाहिए न कि हमारे पैरेन्ट्स का,' उसने कहा।

मैं जितने सवाल पुनीत से पूछ सकती थी वो सारे पूछ चुकी थी और सच बात यह थी कि मैं उसके हर जवाब से सहमत भी थी। ऐसा लग रहा था कि वह मेरे मन की बात ही कह रहा हो। ऐसा इसलिए भी हो रहा था क्योंकि हम दोनों की मन की स्थिति अभी एक ही थी।

'तो क्या हमें शादी कर लेनी चाहिए,' मैंने कुछ देर रूकने के बाद पूछा। उसने एक गहरी साँस ली और बोला-

'मैं तो अपना डिसीजन तुम्हें बता चुका हूँ लेकिन मैं चाहता हूँ कि तुम खुद अच्छी तरह से सोच समझकर अपना डिसीजन लो। मैं तुम्हें किसी भी तरह से फोर्स नहीं करना चाहता हूँ,' उसने कहा।

'पुनीत मुझे कुछ समझ में नहीं आ रहा है कि मैं क्या करूँ,' मैंने उसके हाथों में हाथ थामते हुए कहा।

'तुम्हारे पास ज्यादा वक्त नहीं है सोचने के लिए तुम्हें अभी कोई डिसीजन लेना है हाँ या न,' उसने आगे कहा,' तुम्हारा जो भी डिसीजन होगा मंजूर होगा मैं तुमसे उसके बाद कुछ नहीं कहूँगा। लेकिन मैंने भी एक डिसीजन ले लिया है कि शादी करूँगा तो तुम से ही वरना जिंदा ही नहीं रहूँगा। घर वाले भी खुश और मैं भी तुमसे अगल होने के गम में रोज-रोज तड़पने से अच्छा एक बार में सब खत्म कर लूँ।'

उसकी यह बात सुनते ही मेरी आँखें से आंसू टपक पड़े। मैंने उसके होंठो पर उँगली रखते हुए कहा,' ऐसा मत बोलो मैं भी तुमसे बिछड़कर जी नहीं पाऊँगी। तुम्हें मेरी कसम तुम ऐसा कुछ नहीं करोगे।'

'तुम मुझे रोज-रोज तड़पता हुआ क्यों देखना चाहती हो। उससे अच्छा तो यही है कि एक बार में ही सब कुछ खत्म कर लूँ।'

'प्लीज ऐसी बात मत करो। मुझे बहुत डर लग रहा है,' मैंने उसके हाथों को जोर से जकड़ते हुए कहा। उसकी जिद देखकर मेरी घड़कने बहुत तेज गति से धड़क रहीं थीं। मुझे यह डर सता रहा था कि वह कहीं सच में कुछ उल्टा सीधा न कर ले।

'सौम्या अब फैसला करने का वक्त आ गया है। मुझे मालूम है कि अगर तुम घर गईं तो फिर लौटकर नहीं आओगी,' उसने कहा,' मैं कल तक तुम्हारा वेट करूँगा। उसके बाद जो मुझे करना है मैं वही करूँगा।'

उसकी सीरियसनेस देखकर मैं डर के मारे कांपने लगी। उसने मेरे हाथों से अपने हाथों को छुड़ाया और कुर्सी से उठ खड़ा हुआ। उसने अपने कदम दरवाजे की तरफ बड़ा दिए। मैंने उसका हाथ पकड़कर उसे रोका वह एक पल के लिए मेरी तरफ मुड़ा एक नजर मुझे देखने के बाद उसने वापस मुझसे हाथ छुड़ाया और रूम के बाहर चला गया।

उसके बाहर जाते ही एकाएक मेरे दिमाग में वो सारी बातें घूमने लगी जो उसने कही थी। मेरे मन में तरह-तरह के

गलत ख्याल आने लगे मुझे तुरन्त ही कोई फैसला लेना था। मेरा दिमाग कुछ और कहा रहा था और मेरा दिल कुछ और।

दिल और दिमाग में से मुझे किसकी बात सुननी चाहिए यह क्षमता ही मुझमें नहीं बची थी। सब कुछ इतनी तेजी से हो रहा था जिसे शब्दों में बताया नहीं जा सकता है।

आखिरकार मेरे दिमाग पर मेरा दिल हावी हो गया। पुनीत कुछ सीढ़ियाँ नीचे उतर चुका था। मैं दौड़ते हुए उसके पास गई और उसे रोकते हुए कहा-

'मैं तैयार हूँ।'

❀ ❀ ❀

मैं उसी दिन पुनीत के साथ चली गई मैंने भी घरवालों की मर्जी के खिलाफ शादी करने का डिसीजन ले लिया। अन्दर ही अन्दर यह डिसीजन मुझे गिल्टी फील करा रहा था लेकिन फिर भी मुझ में पुनीत के प्रपोजल को ठुकराने की हिम्मत नहीं थी। होटल से निकल कर मैं और पुनीत एक फ्लेट में चले गए जो कि उसके किसी दोस्त का फ्लेट था। मैं अपने साथ एक बैग में कुछ कपड़े ले आई थी। शाम को ही पुनीत और उसके दोस्तों ने फ्लेट पर ही हमारी शादी का इंतजाम कर दिया। वे कहीं से एक पंडित जी को भी ले आए थे। जिन कपड़ो में मैं आई थी उन्हीं कपड़ो में शादी की सभी रस्में पूरी की। शादी की सारी फोटोज़ उसके दोस्तों ने ले ली थी, जैसे फेरो की, माँग भरते समय की कई सारी फोटाज़ प्रूफ के लिए रख लीं थीं। आनन-फानन में हमारी शादी हो गई। पूरी शादी के दौरान मेरे दिमाग में डैडी की कही हुई बात ही घूम

रही थी, जिसमें उन्होंने मुझ पर विश्वास जताते हुए कहा था कि मेरी बेटी कोई गलत कदम नहीं उठा सकती। लेकिन मैंने डैडी के विश्वास को तोड़ दिया और वही सब किया जिसका उन्हें भरोसा था कि मैं ऐसा नहीं करूँगी।

शादी होने के बाद दो घण्टे तक पुनीत के कुछ दोस्त उसी फ्लेट में रहे हमारे साथ। हम सब ने होटल से मँगाया हुआ खाना खाया। रात दस बजे उसके सारे दोस्त चले गए। अब फ्लेट में केवल मैं और पुनीत थे।

'मैंने तुम्हारे डैडी को तुम्हारे मोबाईल से मैसेज भेजकर यह बता दिया है कि हमने शादी कर ली है,' पुनीत ने कहा। उसकी बात सुनकर एक करंट सा मेरे शरीर में दौड़ गया। मैं बिना कुछ बोले पुनीत को देखती रही। उसने मेरे कंधों पर हाथ रखकर कहा-

'आज नहीं तो कल उन्हें यह बात बतानी थी। मुझे मालूम है कि तुम अभी उन्हें यह बताने की हिम्मत नहीं कर पाती इसलिए मैंने ही बता दिया।'

एक ही पल में न जाने कितनी यादें एक साथ मेरे दिमाग में घूमने लगी जब डैडी और मॉम मुझे प्यार और दुलार करते थे। उन्होंने मेरी लगभग हर जिद को पूरा किया। सिर्फ शादी को छोड़कर, लेकिन मैं इतनी खुदगर्ज निकली कि अपनी एक माँग पूरी न होने पर उन्हें छोड़कर ही चली आई। मेरे जेहन में पुरानी यादों के उमड़ते हुए सैलाब के साथ अब मेरी आँखें भी बहने के लिए उतावली हो रहीं थीं। मैंने अपने आप को रोकने की भरपूर कोशिश की लेकिन मैं नाकामयाब रही पहले खामोशी के साथ मेरे आंसू बहे और फिर मैं फूट-फूट

कर रोने लगी। पुनीत ने मुझे अपने गले से लगाया और चुप कराने की कोशिश की लेकिन मैं खुद ही अपने काबू में नहीं थी। पुनीत ने मुझे समझाया कि सब ठीक हो जाएगा कुछ दिन में हमारे पेरेन्टस मान जाएंगे। अब रोने से कुछ नहीं होगा। उसने मुझे विश्वास दिलाया कि हमारे पैरेन्टस ज्यादा दिनों तक हमसे रूठकर नहीं रह सकते वो हमारी इस नादानी को माफ कर देंगे।

एक समय में जितना पानी मैं अपनी आँखें बहा सकती थी मैं बहा चुकी थी। जब मैं शांत हो गई तो पुनीत ने अपनी शर्ट मुझे दिखाते हुए कहा-

'मेडम आपने मेरी शर्ट अपने आंसूओं से गीली कर दी है अब मुझे इसे बदलना होगा।'

'शर्ट इतनी भी गीली नहीं हुई कि उसे बदलना पड़े,' मैंने उसकी शर्ट को देखकर कहा।'

'हो सकता है लेकिन तुम्हारी कमीज़ तो सच में इतनी गीली हो गई है कि तुम्हे इसे बदलना ही होगा,' उसने मुझसे शरारत करते हुए कहा।

'लेकिन मैं इसे चेंज कहाँ करूँगी?'

'यहीं और कहाँ।'

'यहीं तुम्हारे सामने?'

'क्यूँ नहीं आखिर अब हम पति-पत्नी है। क्या तुम्हें अभी यकीन नहीं हो रहा कि हमारी शादी हो चुकी है,' उसने मुझे बाँहों में भरकर कहा।

'छोड़ो मुझे,' मैंने उसकी बांहों की गिरफ्त से खुद को निकालते हुए कहा। मैं उससे दो कदम ही दूर गई थी और उसने मेरा हाथ पकड़कर वापस मुझे अपनी और खींच लिया। वो मुझे बांहों में भरकर घूरे जा रहा था लेकिन मैं उससे नजरें नहीं मिला पा रही थी। मैं शर्म के मारे पानी-पानी हुई जा रही थी।

कुछ देर बाद हम दोनों बेड पर थे। अब खुद को रोकने की कोई वजह भी नहीं थी। फिर वह सब हुआ जो उस रात होना चाहिए था।

❀ ❀ ❀

'जाओ जल्दी लेकर आओ,' मैंने पुनीत से कहा। उस वक्त सुबह के 9 बज रहे थे मेरी नींद अभी खुली थी। पुनीत को मैंने ही जगाया था वरना वह पता नहीं और कब तक खर्राटें मारता रहता। मैं उससे टेबलेट लाने के लिए कह रही थी। कल रात बिना किसी प्रिकॉशन के हम दोनों इंटीमेट हो गए। प्रिकॉशन का ख्याल मुझे तब आया जब कंट्रोल करना मुश्किल था। मैं अभी यह सब नहीं चाहती थी। मैं जल्दी से जल्दी टेबलेट खाकर जल्दबाजी में हुई गलती को सुधारना चाहती थी।

'उम्ह....क्या हुआ क्यूँ जगा रही हो?' पुनीत ने लगभग नींद में ही पूछा। मैंने उसे जोर से हिलाते हुए कहा-

'टेबलेट लेकर आओ।'

'कितने बज रहे है अभी?'

'9 बज चुके हैं।'

'अभी मेडिकल नहीं खुले होंगे जानू,' उसने बिना आँख खोले कहा,' अभी वेट करो मैं ले आउँगा मुझे भी फिक्र है। तब तक तुम भी सो जाओ।'

'अब मेरी नींद उड़ गई है मुझे डर है कहीं...,' मैंने कहा। वो मेरी बात को बीच में रोकते हुए बोला,' ओह हो तुम बेवजह डर रही हो अभी 10 घण्टे भी नहीं हुए है, अभी तुम्हारे पास कई और घण्टे बाकी हैं।'

'तुम तो अभी से मेरा कहना नहीं मान रहे हो,' मैंने कहा।

'अरे यार ऐसा नहीं है जब मेडिकल खुलेगा तब तो मैं ला पाउँगा ना। किराने की दुकान पर थोड़ी न वो टेबलेट मिल जाएगी,' उसने कहा और मुझे अपनी बांहों में भर लिया। और बेड पर करवटें बदलने लगा। करेक्ट ग्यारह बजे मैंने उसे वापस जगाया। हालांकि अब तक वो जाग चुका था बस यूँ ही लेटा था। इस बार वो बिना आलस फैलाए बेड से उठा और बाथरूम में चला गया। वहाँ ब्रश वगैराह करने के बाद वो कपड़े चेंज करके फ्लेट से बाहर निकल गया।

जब मैं फ्लेट में अकेली थी तब फिर मुझे मॉम डैड की यादों ने घेर लिया। मुझे फिर गिल्टी फील होने लगी। साथ ही पुनीत की कही बात भी मेरे दिमाग में घूमने लगी कि हमारे पैरेन्टस ज्यादा दिनों तक हमसे रूठे नहीं रहेंगे वो जल्दी हमारी इस नादानी को माफ कर देंगे। इसी बात से मैं अपने आप को दिलासा देती रही।

आधे घण्टे बाद पुनीत वापस आ गया। उसके हाथ में एक पॉलीथीन थी। जिसमें रखा हुआ नाश्ता साफ दिखई दे रहा था

लेकिन मुझे नाश्ता नहीं टेबलेट खानी थी। मैंने उतावलेपन में उससे पूछा-

'टेबलेट कहाँ है?'

'देता हूँ, पहले नाश्ता तो कर लो,' उसने उस पॉलीथीन को टेबल पर रखते हुए कहा और अपनी जेब में से एक लिफाफा निकालकर मुझे दे दिया। मैंने उसे खोला उसके अंदर एक टेबलेट बिना पैकिंग के रखी हुई थी। मैंने उससे पूछा-

'क्या ऐसे ही आती है यह?'

'नहीं मैंने उसकी पैकिंग बाहर ही फेंक दी,' उसने कहा। जो पॉलीथीन वह अपने साथ लाया था उसमें से एक और छोटी पॉलीथीन निकालकर उसे मेरी तरफ बड़ाते हुए बोला-

'इसे कॉफी के साथ लेना है।'

उसने दो डिस्पोजल में कॉफी को उड़ेल दिया एक मेरे लिए और एक उसके लिए। मैंने एक घूँट कॉफी पीकर देखी स्वाद के लिए नहीं, वह कितनी गर्म है यह देखने के लिए। कॉफी का टेम्प्रेचर इतना हो गया था कि उसे फटाफट पिया जा सकता था। मैंने टेबलेट अपने मुँह में रखी और तीन-चार घूँट की कॉफी एक ही घूँट में गटक ली।

✿ ✿ ✿

हमारी शादी को सात महीने बीत चुके थे। मैं और पुनीत अभी भी उसी फ्लेट में रह रहे थे जहाँ हम दोनों ने शादी की थी। पुनीत किसी कम्प्यूटर की कंपनी में सेल्स मेन की

जॉब करने लगा था। उसकी शॉप का अनुभव उसके काम आ रहा था। पुनीत के जिस दोस्त के फ्लेट में हम रह रहे थे वो हमसे किराया नहीं लेता था। उसकी इस दोस्ती की वजह से हमारे काफी पैसे बच जाते थे। मैं दिनभर अकेली रूम पर ही रहती थी। मैं भी कोई जॉब करके कुछ पैसे कमा सकती थी जिससे हमारी इनकम डबल हो जाती लेकिन मेरी और पुनीत की जल्दबाजी में की गई एक बेवकूफी की वजह से मैं जॉब नहीं कर पा रही थी।

दरअसल बात यह है कि मैं प्रेगनेंट हो गई थी। पुनीत ने जो टेबलेट मुझे दी थी उसने अपना काम नहीं किया। पता नहीं ऐसा कैसे हो गया। उसे खाने के बाद मैं बैफ्रिक हो गई थी। लेकिन कुछ दिनों बाद जब मुझे एहसास हुआ कि कुछ गड़बड़ है तो मैंने तुरन्त चेकअप कराया जिसमें यह बात सामने आई कि मैं प्रेग्नेंट हूँ। इस बात को लेकर मैं बहुत अपसेट रहने लगी थी लेकिन हमसे जो गलती हुई थी उसका रिजल्ट अब आने वाला था। एक बार मैंने सोच लिया कि उस टेबलेट की कंपनी पर केस कर दूँ, लेकिन फिर ख्याल आया कि जो हो चुका है अब वह बदल तो नहीं सकता। और पुनीत ने मुझे मानसिक रूप से बहुत सर्पोट किया। उसने कहा कि जो होता है अच्छे के लिए होता है अगर हम दो से तीन हो जाएँगे तो हमारे घरवालों की नाराजगी भी जल्दी खत्म हो जाएगी। वो हमसे दूर रह सकते है लेकिन अपने नाती-पोतों से नहीं। उसकी इस बात ने कुछ हद तक मुझे पॉजिटिव फील कराया। मैं भी अब अपनी इस स्थिति को पूरी तरह से एक्सेप्ट कर चुकी थी। मेरे दिमाग में पुनीत की यही बात घूमती रहती थी कि जब हम दो से तीन हो आएंगे तो हमारे घर वाले जल्दी ही अपनी नाराजगी खत्म कर देंगे।

पुनीत ने शादी के दिन जो मैसेज मेरे डैड को किया था उस दिन के बाद आज तक हमारी कोई बात नहीं हुई। उन्होंने न उस मैसेज का रिप्लाय किया और न मुझे कॉल लगाकर मुझसे बात करने की कोशिश की। उनके इस रवैये से मैं समझ गई थी कि डैडी और मॉम मुझसे कितना नाराज़ है। इसलिए मैं भी कभी उनसे बात करने की हिम्मत नहीं जुटा पाई।

यह सब पिछले कुछ महीनों के दौरान हुआ। लेकिन अब हमारे लिए एक खुशखबरी थी, वह खुशखबरी यह थी कि पुनीत के घरवालों का गुस्सा कम हो गया था। उन्होंने हमें घर पर बुलाया था सिर्फ मिलने के लिए नहीं वहीं रहने के लिए उन्हीं के साथ। जब उन्हें यह पता चला कि उनका बेटा बाप बनने बाला है तो उनका दिल पसीज गया। और उन्होंने हमें माफ कर दिया।

पुनीत का अंदाजा सही था कि उसके घरवाले उसके होने वाले बच्चे से नाराज नहीं हो सकते। लेकिन मेरे घरवाले अभी भी मुझसे नाराज थे। उन्हें मेरे प्रेगनेंट होने की खबर नहीं थी इसलिए मैंने उन्हें बहुत हिम्मत करके इस बारे में बताने की कोशिश की, लेकिन मॉम और डैड दोनों ने ही मेरा नम्बर ब्लॉक कर दिया था। इस हालत में मुझे माँ की बहुत जरूरत थी लेकिन मुझे उनका साथ नहीं मिल सका। मेरे लिए बस खुशी की बात यह थी कि कम से कम पुनीत की माँ इस हालत में मेरा ख्याल रख लेंगी। वरना पता नहीं मैं कैसे मैनेज कर पाती।

पुनीत घर पर ही था वो आज जॉब पर नहीं गया था। जो थोड़ा बहुत सामान हमारे पास था वह उसे इकट्ठा कर

रहा था। हम उसके घर पर जाने वाले थे। उसका हाथ बाँटने के लिए नकुल उसके साथ था। नकुल उसका सबसे खास दोस्त था। वो हर काम में पुनीत की मदद करता था। बस वही था जो कभी-कभी उस फ्लेट में हमारे साथ बतियाने आ जाता था। हम तीनों वहीं मूवी देखा करते थे। पहली बार जब मैं नकुल से मिली थी तब मुझे वह इतना केयरिंग और खुशमिजाज नहीं लगा था। जितना पिछले कुछ महीनों में मैंने उसे ऑब्जर्ब किया। कुछ लोगों का नेचर समझने में थोड़ा ज्यादा वक्त लगता है या वह एकदम से किसी के सामने अपने आपको खोलकर नहीं रखते। कुल मिलाकर मेरी नकुल से बहुत बढ़िया दोस्ती हो गई थी। अगर पुनीत फ्लेट पर नहीं होता था तो केवल नकुल ही एक ऐसा शख्स था जिसे में याद करती थी कुछ सामान मँगाने या किसी भी काम को करवाने के लिए। उसने भी कभी मेरी बात को टाला नहीं मैंने जब भी उसे याद किया बन्दा तुरन्त हाजिर हो जाता था। जबकि उसका घर उस फ्लेट से 10 किलोमीटर दूर था। मैंने नकुल का घर देखा नहीं था उसी ने मुझे अपने घर की और उस फ्लेट के बीच की दूरी बताई थी। उसने मुझे एक बार बताया था कि वह मेरी रूममेट रूपाली से एक बार और मिलना चाहता है, उसके चेहरे की मुस्कुराहट से मैं सब समझ गई थी बिना उसके कुछ बोले। कुछ देर बाद उसने खुद ही उगल दिया कि शायद वह उसे पसंद करता है। मैंने उससे पूछा कि शायद पसंद करते हो या सच में पसंद करते हो। उसने फिर से मुस्कुराकर कहा कि मैं उसे सच में पसंद करता हूँ। जब मैंने उसे पहली बार देखा था तभी उसे देखकर मुझे कुछ होने लगा था।

उसकी यह बात सुनकर मैंने उससे पूछा -

'तुम और पुनीत क्या जुड़वा भाई हो?'

'नहीं तो, आप ऐसा क्यों कह रहीं हैं?' नकुल ने मुझसे पूछा।

'क्योंकि पुनीत भी मुझे पहली बार देखते ही मुझ पर लट्टू हो गया था। और रूपाली को देखकर तुम्हारा भी हाल वैसा ही हो गया है,' मैंने कहा। 'क्यों पुनीत सही कह रही हूँ ना मैं, यह तुम्हारा जुड़वा दोस्त ही है ना,' मैंने पुनीत की तरफ देखते हुए कहा। वह बैग में कुछ सामान रख रहा था।

'हाँ जी, आप एकदम सही कह रहीं हैं। मगर हम इतने दिलफेक हैं तो इसमें हमारी क्या गलती है,' पुनीत ने कहा,' एक बार और मिलवा दो ना मेरे दोस्त को अपनी दोस्त से।'

'वह नकुल को घास नहीं डाल रही है,' मैंने पहले पुनीत उसके बाद नकुल की तरफ देखते हुए कहा। मेरी बात सुनकर नकुल का चेहरा मुरझाये हुए फूल की तरह हो गया था। उसको देखकर मुझे हंसी आ रही थी।

नकुल की कार फ्लेट के बाहर ही खड़ी थी वो अक्सर बाइक से आता था लेकिन आज वह कार से आया था ताकि हम सामान आसनी से फ्लेट से पुनीत के घर ले जा सके। पूरा सामान पैक हो गया था। पुनीत और नकुल ने कार में उतना सामान रख दिया जितना उसमें आ सकता था। उसने तीन लोगों के आसानी से बैठने लायक जगह छोड़ दी थी। थोड़ा-सा सामान अभी भी बचा था जिसे हम बाद में ले जाने वाले थे। फ्लेट में ताला डालकर मैं, पुनीत और नकुल सीढ़ियों के नीचे उतरने लगे। फ्लेट फर्स्ट फ्लोर पर था। मैं

काफी संभल कर सीढ़ियाँ उतर रही थी। पुनीत कदम से कदम मिलाकर मेरा हाथ पकड़कर मेरे साथ सीढ़ियाँ उतर रहा था।

'चलें?' जब मैं कार में पीछे की सीट पर बैठ गई तब नकुल ने पूछा। कार वही ड्राइव कर रहा था।

'हाँ चलो,' मैंने कहा। और नकुल ने धीरे से कार की रेस बढ़ा दी। और हम पुनीत के घर के लिए निकल गए।

मैं पहली बार उस जगह पर गई थी। मेन रोड से अदंर टर्न करने के बाद तंग गलियों और एक-दूसरे से सटे हुए मकानों का नजारा दिखाई दे रहा था। रोड के ऊपर बहता हुआ नाली का पानी, कार के सामने आ रहे मवेशी। ऐसी जगह पर मैं पहली बार आई थी। वह लोग बहुत कंजस्टेड जगह में रह रहे थे। यह देखकर अपने घर का दृश्य मेरी आंखों में घूमने लगा। मेरे घर के सामने ही गार्डन था। वहाँ घरों के बीच में वेंटीलेशन की पर्याप्त जगह थी। एक सिस्टमैटिक तरीके से कॉलोनी के सभी घरों की रंगाई-पुताई हुई थी। मेरे घर में ही इतनी जगह थी जहां पर दो कारें आसानी से पार्क हो जाएं। और घर के सामने साफ-सुधरा रोड था। लेकिन यहाँ तो पता ही नहीं चल रहा था कि कौन-सा घर कहाँ से शुरू हो रहा है और कहाँ पर खत्म हो रहा है। कई घरों के बाहर तो पुताई भी नहीं हुई थी। उन्हें सिर्फ प्लास्टर करके छोड़ दिया गया था।

हमारी कार जहाँ तक जा सकती थी नकुल उसे वहाँ तक ले गया। क्योंकि अब आगे की गली और सकरी हो गई थी हमें वहीं से पैदल पुनीत के घर तक जाना था। मुझे नहीं पता था कि पुनीत का घर अभी कितनी दूर है। मैं उससे पूछना चाहती थी कि क्या तुम इस जगह पर रहते हो? मैं उससे

यह बात पूछ पाती इससे पहले ही पुनीत ने कार का वह गेट खोल दिया जिस तरफ मैं बैठी हुई थी।

'बाहर आ जाओ,' पुनीत ने कहा। मैंने अपना एक पैर कार से बाहर निकाला और नीचे ज़मीन पर देखकर तुरन्त अपना पैर वापस कार के अंदर रख लिया।

'क्या हुआ?' उसने पूछा।

'नीचे गंदा पानी बह रहा है,' मैंने उसकी तरफ गर्दन उठाते हुए कहा।

'नाली भर गई है कभी-कभी ऐसी दिक्कत आ जाती है,' उसने मेरी तरफ झुकते हुए कहा,' तुम बाहर आ जाओ घर पर पैर धो लेना।'

ना चाहते हुए भी मैंने अपना एक पैर कार से बाहर निकालकर ज़मीन पर रख दिया। तुरन्त ही नाली का गंदा पानी मेरे पैरों के तलवों को छू कर गूज़रने लगा। उस गंदे पानी को महसूस करते ही मुझे बहुत घिन आने लगी। मैंने अपना मुँह बनाते हुए अपनी आंखें बंद कर ली।

'आ जाओ इतना तो एडजस्ट करना पड़ेगा,' पुनीत ने मेरा हाथ पकड़कर कहा,' घर पर पहुँचते ही नहा लेना।'

मैंने बहुत ही हिम्मत करके अपना दूसरा पैर भी ज़मीन पर रख दिया। पहले पैर की तरह दूसरा पैर भी नाली के पानी से भीग गया। कार से उतरते वक्त पुनीत ने मुझे अपने हाथों से सहारा दिया था। मैंने अपना बायां हाथ उसके कंधे पर डाल दिया। और हम दोनों आगे चल दिए। नकुल भी कार से उतर गया था। लेकिन वह हमारे साथ नहीं आया।

'मैं सामान लेकर आ रहा हूँ,' नकुल ने कहा।

'ठीक है,' पुनीत ने कहा।

कुछ कदम आगे चलने पर रोड इतना साफ था कि उस पर नाली का पानी नहीं बह रहा था। लेकिन मेरे गीले पैरों से अभी भी मुझे घिन आ रही थी। मैं बस जल्दी से पुनीत के घर पहुँचना चाहती थी ताकि तुरन्त जाकर नहा सकूँ।

उस गली में 6-7 घर छोड़कर बायीं ओर एक घर के सामने मैं और पुनीत रूक गए। मैंने उस घर पर फौरी नजर दौड़ाई वह दो मंजिल का घर बाकी घरों से अच्छी हालत में था। घर के बाहर तीन महिलाऐं सलवार सूट पहने और सिर को पूरी तरह से दुपट्टे से बांधे हुए खड़ीं थीं। उनका पहनावा मुझे कुछ अजीब सा लगा।

'अंदर चलो,' पुनीत ने मुझसे कहा ओर हम दोनों दो कदम ओर उस घर की तरफ बढ़ गए। उन महिलाओं को देखकर मैंने कहा-

'नमस्ते।'

'नमस्ते,' उनमें से एक महिला ने कहा। बाकी दो सिर्फ मुस्कुराकर मेरा वेलकम करने लगीं। घर के अंदर सबसे पहले एक हॉल था। वहाँ पर दो व्यक्ति और मौजूद थे। दिखने में एक पुनीत से बड़े और एक पुनीत से छोटा लग रहा था। मेरा सेंस ऑफ ह्यूमर कह रहा था कि वह दोनों पुनीत के भाई होंगे। उनकी शक्ल भी कुछ हद तक मिली-जुली लग रही थी। बिना किसी से बात किए पुनीत हॉल के एकदम कोने वाले रूम में मुझे ले गया।

उसके घरवालों का एक अगल तरह का रहन-सहन और घर की अंदरूनी बनावट देखकर मैं काफी असमंजस में थी। मैं यह भूल ही गई कि मुझे गंदे पानी से सने हुए पैर धोना है। पुनीत ने भी अपने पैरों को नहीं धोया और हम दोनों बिना पैर धोए ही दरवाजे से हॉल में और हॉल से कमरे में इंटर हो गए।

पुनीत और मैं कुर्सियों पर बैठ गए। कुर्सी पर बैठते हुए मेरी नजर सामने की दीवार पर गई। उस दीवार के ऊपर किसी मस्जिद की तस्वीर टंगी थी। मुझे कुछ सोचने का भी समय नहीं मिला और हॉल में से किसी ने आवाज दी जो मेरे और पुनीत के कानों में गूँजी।

'परवेज़ यहाँ आना।'

यह नाम सुनकर मैं एकदम चौंक गई। मैं इस नाम की सच्चाई जानने के लिए पुनीत की तरफ मुड़ी, मैं उससे कुछ पूछती इससे पहले ही पुनीत खड़े होकर बोला-

'आया अम्मी।'

यह नाम और उस पर पुनीत का जवाब सुनकर मेरे अन्दर एक करंट सा दौड़ गया। मैं समझ ही नहीं पा रही थी उन्होंने पुनीत को परवेज़ नाम से क्यों पुकारा और पुनीत ने उस नाम को सुनकर रिस्पांड क्यों किया। मैं घबराकर कुर्सी से उठी और दरवाजे पर गई। वहाँ से मैंने देखा कि पुनीत उन सबके बीच बैठा हुआ था। मुझे गेट पर खड़ा हुआ देखकर पुनीत ने कहा-

'तुम अंदर चलों मैं आ रहा हूँ।'

उसकी बात सुनकर मैं वापस कुर्सी पर बैठ गई मेरे पांव कांपने गले, एक अंजाना सा डर मेरे अन्दर पैदा हो गया था। फिलहाल उस डर की ठीक-ठीक वजह मुझे मालूम नहीं थी। पुनीत और परवेज़ दोनों नाम एक ही व्यक्ति के कैसे हो सकते है। जिसने मुझे अपना नाम पुनीत बताया था जिसकी फेसबुक आई. डी. पर भी यही नाम था। उस पुनीत को परवेज़ नाम से उसके घरवाले क्यों बुला रहे है। कहीं यह पुनीत का निक नेम तो नहीं है, मेरे दिमाग में ऐसा ख्याल आया लेकिन इस तरह किसी का निक नेम नहीं होता है। फिर उसके घरवालों का एक अलग तरह का रहन-सहन दीवार पर लगी हुई किसी मस्जिद की तस्वीर यह सारी बातें बहुत तेजी से मेरे दिमाग में घूम रही थी।

दो-ढाई साल पहले मैंने एक न्यूज़ देखी थी जिसमें एक मुस्लिम लड़के ने अपनी पहचान छुपाकर एक लड़की से शादी की थी। मुझे लगा कहीं उसी तरह पुनीत का असली नाम परवेज़ ही तो नहीं है। कहीं मैं भी तो उसी साजिश का अगला शिकार नहीं हो गई हूँ।

मैं इन सब बातों में उलझी हुई थी लेकिन मैं अभी किसी भी सच्चाई से बहुत दूर थी। तभी पुनीत रूम में इंटर हो गया। उसने गेट लगाया और मेरे पास उसी खाली कुर्सी पर बैठ गया, जिस पर वह पहले बैठा था। डर के कारण अपनी लड़खड़ाती हुई जुबान से मैंने उससे पूछा-

'तुम्हारे घर वाले तुम्हें परवेज़ नाम से क्यूँ बुलाते हैं?'

उससे यह सवाल पूछने के बाद मेरी नजर दीवार पर लगी हुई मस्जिद की तस्वीर पर गई। मेरे सवाल का जवाब देने

से पहले पुनीत ने अपनी नज़रे उसी तस्वीर की तरफ घुमाई और मुझसे नजरें मिलाए बिना कहा-

'मेरा असली नाम परवेज़ ही है।'

उसके मुँह से यह सच्चाई सुनते ही मेरी आँखों में पहले से ठहरे हुए आंसूओं ने अब टपकना शुरू कर दिया। मेरे लिए इस सच्चाई को स्वीकार करना अभी संभव नहीं था। एक पल के लिए मैंने सोचा कहीं मैं सपने में खोई हुई तो नहीं हूँ, लेकिन यह सपना नहीं हकीकत थी।

'तुमने मुझे इतना बड़ा धोखा दिया। आखिर क्यूँ?' जब मेरी जुबान में बोलने लायक ताकत आ गई तब मैंने उससे पूछा।

'अभी तुम आराम करो हम बाद में बात करते है,' उसने मेरे हाथ पर अपना हाथ रखते हुए कहा।

'नहीं, तुम्हें अभी ही बताना पड़ेगा तुमने मुझे धोखे में क्यूँ रखा?' मैंने उससे तेज आवाज में पूछा,' आखिर तुम्हारा मकसद क्या है इस सब के पीछे और तुमने मुझे किस साजिश का शिकार बनाया है बताओ मुझे?'

'यह जिहाद है,' उसने अब मेरी आँखो में आँखे डालकर कहा। अब उसकी आँखो में अलग ही दहशत झलक रही थी।

'मेरे साथ यह धोखा करके तुम्हें क्या मिलेगा?'

'जन्नत, शराब की नदियाँ, हमेशा कमसिन रहने वाली 72 हूरें, जिनके साथ मैं जितनी देर चाहूँ उतनी देर हमबिस्तर रह सकता हूँ। मेरे मरने के बाद अल्लाह मुझे जन्नत में इन

सब चीजों से नवाजेगा। क्योंकि मैंने उसके दीन को आगे बढ़ाने के लिए जिहाद किया है,' वह बहुत ही गर्व के साथ यह बातें कहने लगा। इन बातों को कहते समय पुनीत या सच कहूं तो परवेज़ किन्हीं ख्यालों में इतना डूब गया था कि मानो वह उन सब चीजों को फील कर रहा हो, उसके चेहरे पर इतनी रोनक दिखाई दे रही थी जैसे कि उसे दुनिया की हर चीज मिल गई हो। उसकी यह बातें सुनकर मुझे घिन आने लगी और साथ ही साथ अचानक उसका बदला हुआ व्यवहार देखकर मैं खुद को डरी सहमी सी महसूस कर रही थी।

'यह तुम किन हूरों की बातें कर रहे हो। किस जन्नत के ख्वाबों में खोए हुए हो मुझे कुछ समझ नहीं आ रहा है,' मैंने उससे पूछा।

'अब तुम दीन-ए-इस्लाम में आ गई हो, धीरे-धीरे सब समझ जाओगी।'

'मतलब?'

'मतलब अब तुम हिन्दू नहीं रहीं। तुमने इस्लाम कुबूल कर लिया है।'

'यह मैंने कब किया? यह सब झूठ है,' मैंने कहा,' और वैसे भी हमारी शादी तो हिन्दू रीति-रिवाजों से हुई थी ना।'

'वो सब दिखाने के लिए था, तुम कबूलनामे पर अपने दस्तखत कर चुकी हो। तुमने लीगली इस्लाम कुबूल कर लिया है,' उसने कहा। उसकी यह बात सुनकर मुझे याद आया कि उसने एक बार किसी डॉक्यूमेंट पर मुझसे साईन

करवाए थे। मैंने बिना पढ़े उन पर अपने साइन कर दिए थे। उन बातों को याद करते हुए मैंने कहा-

'लेकिन वो तो कोर्ट मैरिज के डॉक्यूमेंट थे ना।'

'उन्हीं में से एक कबूलनामा भी था जिसमें लिखा था कि, मैं पूरे होशो-हवास में बिना किसी दवाब में इस्लाम कुबूल करती हूँ,' यह सच्चाई बताते वक्त उसके चेहरे पर हँसी दिखाई दे रही थी। उसकी इस मुस्कुराहट को देखकर मैं गुस्से से लाल हो गई और उससे तेज़ आवाज में बोली-

'मेरी जिंदगी के साथ इतना बढ़ा खिलवाड़ करके तुम हँस रहे हो तुम इंसान हो या जानवर,' मैंने उससे आगे कहा,' गलती मेरी ही थी जो मैं तुम्हारी हर बात को सच मानती रही। अगर मुझे तुम्हारे इरादों की भनक भी लग जाती तो मैं तुम्हारी इस साजिश का शिकार नहीं होती।'

मैं भी इतना बेवकूफ नहीं हूँ जो ऐसी कोई भी गलती करता जिससे तुम्हें मेरी सच्चाई का मालूम पड़ता,' अब उसने अपने चेहरे पर गंभीरता लाते हुए कहा,' वैसे एक दो-बार ऐसा हुआ था कि तुम मेरी हकीकत जान जातीं। एक बार मेरी जैकेट की जेब में से तुम्हें टोपी मिली थी और तुमने पूछा भी था कि यह टोपी मेरे पास क्या कर रही है।'

उसकी यह बात सुनकर वो सीन मेरी आँखों में ताजा हो गया जब एक बार हम दोनों बाइक पर घूम रहे थे। ठण्ड होने के कारण मैंने अपने हाथ पुनीत की जैकेट के जेब में डाल दिए थे और उसके अन्दर रखी हुई टोपी मेरे हाथ में आ गई थी। उस टोपी को निकाल कर मैंने उससे पूछा था कि यह टोपी तुम अपने पास क्यों रखे हो। तो पुनीत ने कहा था

यह दुकान पर काम करने वाले अनवर भाई की टोपी है कल वो अपनी जैकेट पहनकर नहीं आए थे तो जाते वक्त मैंने उन्हें अपनी जैकेट दे दी थी। वो इसे पहनकर नमाज पढ़ने गए होंगे तभी वह अपनी टोपी मेरी इस जैकेट में रखकर भूल गए होंगे।

मैं अभी उस बात को याद कर ही रही थी कि पुनीत ने कहा-

'और एक बार मंदिर में मैंने तुमसे पूजा का विरोध किया था भगवान को बुरा-भला का था। तब भी तुम कुछ नहीं समझ पाईं। तुम होतीं हीं इतनी बेवकूफ हो कि आसानी से हमारी बातों में आ जाती हों।'

बहुत गौर से उसकी बातें सुनने और उसका असली चेहरा पहचान ने के बाद मैंने बहुत हिम्मत करके रोना बंद किया और एक मजबूत इरादे वाली लड़की जैसा कॉंफीडेंस दिखाते हुए उससे नजरें मिलाकर कहा-

'लेकिन अब मैं तुम्हारी सच्चाई अच्छी तरह से जान गई हूँ। अब मैं तुम्हें इसकी सजा दिलाए बिना चुप नहीं बैठूंगीं।'

इतना कहकर मैं दरवाजे की तरफ जाने लगी। इस उम्मीद में कि मैं अभी उस घर से बाहर निकलकर सीधे पुलिस स्टेशन जाकर अपने साथ हुई इतनी अमानवीय ज्यादती की सजा परवेज़ को दिलवाऊँगी। लेकिन जैसे ही मेरा कदम दरवाजे की तरफ बड़ा परवेज़ ने मेरा हाथ पकड़कर मुझे वापस पीछे खींचा और जोर से मेरे गाल पर तमाचा जड़ दिया। फिर मुझे घूरते हुए बोला-

'यह तुम्हारा हॉस्टल नहीं है जहाँ तुम अपनी मर्जी से जब चाहें आ जा सकती हो। यह मेरा घर है समझी,' उसने सख्त आवाज में कहा। और चला गया। मैं उसी जगह जमीन पर बैठ गई।

❀ ❀ ❀

मैं दो घण्टे तक अकेली उस कमरे में उसी जगह बैठकर इस नरक से बाहर निकलने का सोचती रही लेकिन परवेज़ के उस जिहादी रूप को देखकर मैं इतना तो समझ गई थी उस घर की दहलीज को पार करना इतना आसान नहीं होगा भले ही वो दहलीज सिर्फ 20 कदम दूर ही क्यों न हो। शाम को परवेज़ उस कमरे में आया उसे देखते ही मैं गुस्से और नफरत से भर गई। कुछ घण्टो पहले तक मैं जिस लड़के पर अपनी जान छिड़कती थी अब जी कर रहा था उसका खून कर दूँ।

परवेज़ के हाथ में एक प्लेट थी जिसे दूर से देखने पर ऐसा लग रहा था कि उसमें पराठे और एक कप चाय है। परवेज़ मेरे पास आकर बैठ गया। उसने उस प्लेट को जमीन पर रख दिया, उसमें सच में पराठे और चाय ही थी। उसने एक हाथ मेरे कंधे पर रखा, मैंने तुरन्त अपने हाथ से उसका हाथ हटाया और जमीन पर खिसकते हुए उससे दूर चली गई। अब उसने मेरे पास आने की कोशिश नहीं की, वह वहीं बैठ गया अपने पीछे की दीवार का सहारा लेकर। लेकिन अब उसके चेहरे पर वह वहसीपन दिखाई नहीं दे रहा था।

'मैं जानता हूँ सना तुम मुझसे नाराज हो या सच कहूँ तो बहुत नाराज हो,' उसने कहा। मुझे उससे यह पूछने

की जरूरत नहीं रही कि वह मुझे सना क्यों पुकार रहा है। कबूलनामे में उसने मेरा नाम सौम्या की जगह सना लिखाया होगा जिस पर मैंने बिना पढ़े ही अपने साइन कर दिए थे।

मैं उसका चेहरा तक नहीं देखना चाहती थी उससे बात करना तो दूर की बात थी। मैं अपनी नजरें जमीन पर गढ़ा कर बैठ रही। मानो जैसे कि मैंने उसकी बात सुनी ही नहीं हो।

'मैं यह भी जानता हूँ कि तुम अभी मुझसे बात करना तो दूर मेरी शक्ल भी नहीं देखना चाहती हो,' उसने कहा,' ठीक है अभी तुम्हारी मानसिक स्थिति ठीक होने में थोड़ा समय तो लगेगा। लेकिन मैं नहीं चाहता कि तुम भूखी रहो। मैं तुम्हारे लिए यह पराठे और चाय लेकर आया हूँ। लो यह नाश्ता कर लो,' उसने प्लेट को मेरे पास रखते हुए कहा। मैंने एक नजर उस प्लेट पर डाली और वापस दूसरी तरफ देखने लगी।

परवेज़ फिर से मेरे पास आकर बैठ गया। लेकिन अब मैं उससे बचने के लिए दूर नहीं हटी आखिर मैं उस चार दिवारी में कब तक उससे बचकर अपनी इज्जत बचाती मैं उस पिंजरे में कैद थी जिसक दरवाजा परवेज की मर्जी से ही खुलता और बंद होता था।

उसने आहिस्ता से अपना हाथ मेरे कंधे पर रखा और अपनी उँगलियों से मुझे सहलाने लगा। जिसके साथ में पिछले सात महीने से रह रही थी आज उसके छूने से मुझे घिन आ रही थी। ऐसा लग रहा था कि वह मेरा बलात्कार कर रहा है। मैं अपनी इज्जत को लुटता हुआ देखकर सिर्फ आंसू बहाने के अलावा कुछ नहीं कर सकती थी। जब मेरे

आंसूओं की बूंदों ने उसकी हथेलियों को छुआ तो उसने अपना हाथ दूर कर लिया।

'अच्छा ठीक है अभी मैं जा रहा हूँ तुम मेरे सामने यह नाश्ता नहीं कर पाओगी,' उसने कहा।

'तुम यह नाश्ता करो मैं थोड़ी देर से आता हूँ। लेकिल प्लीज़ इसे खा लेना सच में मुझे बिल्कुल अच्छा नहीं लग रहा है यह देखकर कि तुम भूखी बैठी हो। फ्लेट पर हर घण्टे में तुम कुछ न कुछ खाती-पीती रहती थीं। कुछ याद आया?' उसने पूछा। मैंने अपना मुँह बंद ही रखा।

'आई एम सॉरी सना मेरी वजह से तुम्हें यह परेशानी झेलनी पड़ रही है। मैंने तुम्हें इतने समय तक धोखे में रखा। लेकिन यह सब करने से मुझे शबाब मिलेगा मेरे लिए जन्नत के दरवाजे खुलेंगे,' उसने आगे कहा,' यह बात जितनी सच है कि मैंने तुम्हें धोखे में रखा उतनी ही यह बात भी सच है कि मैं सच में तुम्हें चाहता हूँ। सब साजिश के बाद भी मैं तुम्हारे लिए दुआएँ पढ़ता था। पता नहीं कैसे तुमने मेरे दिल में एक खास जगह बना ली है।'

मैं उसकी बातों को बहुत ध्यान लगाकर सुनती रही। कुछ देर चुप रहने के बाद वह बोला-

'हम इन दोनों मसलात को अलग रखेंगे जो मैंने किया वह मेरा मजहबी काम था और उसे निभाना मेरा फर्ज था। लेकिन मैं अब तुम्हें कोई तकलीफ नहीं होने दूँगा हमारा प्यार वैसा ही रहेगा जैसा पहले था।'

'क्या एक लड़की की इज्जत से बढ़कर है तुम्हारा मजहबी काम?' मैंने सोचा उससे यह पूछूं लेकिन डर लगा कि फिर

वही जिहादी मानसिकता उसके ऊपर हावी न हो जाए। वह मेरे साथ मारपीट न करने लगे।

मैंने उससे न कुछ पूछा और न उसकी किसी बात का जवाब दिया। वह भी समझ गया था कि इतनी जल्दी मैं उसकी चिकनी चिपुड़ी बातों में आने वाली नहीं हूँ। 'अब तुम सो जाओ सिर को थोड़ा आराम मिलेगा,' उसने कहा और उठ खड़ा हुआ।

उसके कमरे से बाहर जाने के बाद मैं उसी बिस्तर पर लेट गई। और कुछ ही देर में मेरी नींद लग गई। जब मेरी नींद खुली तो कमरे की लाइट चालू थी। मैंने दीवार घड़ी में देखा, उसके कांटे 2 बजा रहे थे। लेकिन मैं समझ नहीं पाई की रात के दो बजे है या दोपहर के। बाजू वाली दीवार के सबसे ऊपरी हिस्से में लगी हुई सीमेंट की खिड़की पर मेरी नजर गई खिड़की के बाहर अंधेरा छाया था। मतलब उस समय रात के दो बज रहे थे। मैंने अपनी आँखें को मला और दीवार से टिककर बैठ गई। अब मेरा सिरदर्द पूरी तरह जा चुका था। मेरी नजर कुर्सियों के पास वाली जगह पर पड़ी वहाँ एक गद्दा बिछा हुआ था। वह गद्दा मेरे सोने के पहले तक नहीं था। गद्दे के ऊपर परवेज़ सो रहा था। मुझे यह सोचकर हैरानी हुई कि वह अलग बिस्तर लगाकर सो रहा था।

2 बजे आँखे खुलने के बाद दोबारा मेरी नींद नहीं लगी। मैं यूँ ही बिस्तर पर लेटे हुए करवटें बदलकर रात गुजार रही थी।

सुबह पाँच बजे परवेज़ अपने बिस्तर से उठ गया। उठते ही वह रूम से बाहर चला गया। उसके रूम से जाने के बाद

मैं उसी तरफ करवट करके लेट गई जहाँ परवेज सो रहा था। मुश्किल से पांच मिनिट बाद परवेज़ वापस कमरे के अन्दर आया। उसने अलमारी में से एक कपड़ा उठाया और जमीन पर बिछा दिया। अपने सिर पर टोपी लगाने के बाद वह उस कपड़े पर बैठ गया। वह नमाज़ पढ़ रहा था। मैं अपनी थोड़ी सी खुली हुई पलकों में से उसकी इस गतिविधि पर नजर रखे हुए थी। नमाज पढ़ने के बाद उसने बहुत आहिस्ता से उस कपड़े को घड़ी किया और उसे वापस अलमारी से रख दिया। साथ ही उसने अपनी टोपी भी उस कपड़े के अन्दर रख दी। नमाज़ पढ़ने के बाद वह वापस नींद के आगोस में चला गया।

मैंने भी अपनी पलकों को पूरी तरह से बंद कर लिया शायद एक बार और नींद आ जाए। लेकिन अब वापस उसी डर ने मुझे घेर लिया कि मेरा क्या होगा मैं इस मुसीबत से बाहर निकलूँगी कैसे? मुझे एक आइडिया आया, क्यूँ न अभी ही इस घर से बाहर निकल जाऊँ एक बार में इस घर से निकल गई तो किसी सेफ जगह पर पहुँच सकती हूँ। पुलिस को अपनी आपबीती सुनाकर उनसे सुरक्षा माँग सकती हूँ। यही ख्याल मेरे दिमाग में घर कर गया मैं तुरन्त बिस्तर से उठी और कमरे के दरवाजे तक गई। मैंने दरवाजे की कुंडी खोली इस दौरान मैंने पूरी कोशिश की कि किसी भी तरह का शोर न हो ताकि परवेज़ की नींद न खुले। दरवाजे को खोलने के बाद मैंने हॉल में देखा वहाँ पर परवेज़ का छोटा भाई सो रहा था। मैंने वहाँ भी अपने कदम बहुत आहिस्ता-आहिस्ता आगे बढ़ाये मैं मैन गेट से पाँच कदम की दूरी तक पहुँच चुकी थी। मैंने दरवाजे को ध्यान से देखा उस पर ताला डला हुआ था। मुझे इस बात

का अंदाजा नहीं था कि वह लोग मैन गेट पर अन्दर से ताला डालकर रखते है।

'क्या हुआ?' मेरे बिल्कुल पीछे वाले कमरे से किसी ने पूछा। अचानक आई इस आवाज़ को सुनकर चौंक गई। मैंने पीछे मुड़कर देखा परवेज़ की माँ खड़ी हुई थीं। उन्हें देखकर मैं सकपका गई। मुझे उनके सवाल का कोई जवाब नहीं सूझ रहा था। मैंने डर के मारे कांपते हुए होंठो से कहा,' मुझे टॉयलेट जाना है।'

'यहाँ जाओ,' उन्होंने मैन गेट के बाजू में इशारा करते हुए कहा। न चाहते हुए मैं उस टायलेट के अन्दर चली गई। बाथरूम से वापस आने तक परवेज़ की माँ वहीं खड़ी रहीं। मैंने उसने नजरें चुराईं और वापस उसी कमरे मे चली गई जिसमें से भागने का इरादा लेकर मैं बाहर आई थी।

वह लोग मुझ पर नजर रखे हुए थे। उन्हें यह डर था कि कहीं मैं मौका देखकर वहाँ से भाग न आऊँ इसलिए उन्होंने दरवाजे पर ताला डालकर रखा था।

❀ ❀ ❀

'मेरा नाम आफरीन है। मैं परवेज़ भाई की बहन हूँ,' एक लड़की ने मुझसे कमरे में आकर कहा। परवेज़ इस समय कमरे में मौजूद नहीं था उसे कमरे से बाहर गए हुए काफी समय गुजर चुका था। मैं अकेली ही उन चार दीवारी के बीच खुद को कैदी की तरह महसूस कर रही थी। उस कैद खाने में यह मेरा दूसरा दिन था। लेकिन हर मिनिट को गुजरने में महीने गुजरने जैसा वक्त लग रहा था। मेरे लिए समय जैसे बिल्कुल थम सा गया था।

'अम्मी आपको बाहर बुला रहीं हैं,' आफरीन ने कहा। न चाहते हुए भी मैं बिस्तर से उठकर खड़ी हुई और आफरीन के साथ रूम से बाहर आ गई। वहाँ परवेज़ की अम्मी पहले से मौजूद थी उनके साथ एक महिला और थी। वह दोनों अलग-अलग कपड़ों पर ठीक उसी तरह बैठी थीं जैसे परवेज़ नमाज़ पढ़ते समय बैठा था। अब आफरीन भी एक कपड़े पर उन दोनों के बगल में बैठ गई। वह कपड़ा पहले से ही बिछा हुआ था। परवेज़ की अम्मी ने मुझे वहीं बैठकर सब कुछ ध्यान से देखन के लिए कहा था।

कुछ ही देर बाद वह तीनों वही क्रियाकलाप करने लगीं जो परवेज़ कर रहा था। वह तीनों भी नमाज पढ़ रहीं थीं। परवेज़ की अम्मी ने मुझे यह सब ध्यान से देखने के लिए कहा था। इस बात से मैं यह समझ गई थी कि अब इन तीनों के बगल में चौथा कपड़ा बिछेगा जिस पर मुझे भी नमाज पढ़ना पढ़ेगी।

'कहाँ की रहने वाली हो तुम?' नमाज खत्म होने के बाद परवेज़ की अम्मी ने मुझसे पूछा।

'रीवा की,' मैंने जबाब दिया।

'यहाँ भोपाल में कब से पढ़ रहीं थीं?'

'तीन साल से।'

'परवेज़ से पहली बार कहाँ मिलीं थीं?'

'नवरात्रि के गरबे में। उसने मुझे तब अपना नाम पुनीत बताया था।'

मैंने इस उम्मीद के साथ यह बात उन्हें बताई कि शायद वह इस सच्चाई को जानने के बाद मेरी कुछ मदद करेंगी।

'पहली बार मिलकर ही तुमने किसी अंजान लड़के से बात कर ली और दोस्ती भी,' उन्होंने कहा। उनकी इस बात का मैंने तुरन्त कोई जवाब नहीं दिया। जब उन्हें लगा कि मैं खामोश हो गई हूँ तो उन्होनें आगे कहा-

'क्या तुम्हारे घरवालों ने तुम्हें इतनी तहजीब नहीं सिखाई कि किसी पराए मर्द से इस तरह बातचीत नहीं करते। और वैसे तो किसी औरत को ऐसे जलसे में ही नहीं जाना चाहिए जहाँ मर्द मौजूद हो और जहाँ मर्द और औरत के बीच कोई पर्दा न हो।'

उनकी बात सुनकर में खामोश ही रही मैंने उनकी बात का कोई जवाब नहीं दिया। उनकी सोच इस लायक थी ही नहीं कि मैं उनसे कुछ कह पाती। और वैसे भी अभी मैं खुद ही इतनी बड़ी मुसीबत में फंसी थी जिससे निकलना मेरे लिए सबसे जरूरी था ना कि इनकी बेतुकी दकियानूसी बातों का जवाब देना।

'क्या आपको परवेज़ ने बताया था कि उसने मुझे पुनीत बनकर दोस्ती की थी,' मैंने अपने मतलब के हिसाब से उनसे यह सवाल पूछा।

'नाम पुनीत हो या परवेज़ इससे क्या फर्क पड़ता है,' उन्होंने कहा,' गलती तो तुम्हारी ही है कि तुमने एक अंजान मर्द से किसी भी तरह का रिश्ता रखा ही क्यों।'

'परवेज़ ने ही मुझसे पहले बात की थी, उसी ने मुझसे फेसबुक पर दोस्ती बढाई थी,' मैंने अपनी सफाई में कहा।

'वो तो लड़का है उसे तो हक है यह बस करने का गलती तुम्हारी है तुम्हें अपनी सीमा में रहना चाहिए। आखिर मर्द और औरत में कोई फर्क है कि नहीं,' उन्होंने कहा,' औरत को अपने जिस्म के साथ-साथ अपने आँखों का भी पर्दा करना चाहिए, कुछ समझी की नहीं।'

उनकी यह बात सुनकर मैं तिलमिला उठी लेकिन मैंने अपने गुस्से को बाहर नहीं आने दिया।

औरत पर पर्दा करने से अच्छा यह है कि मर्द ही अपनी आँखों का पर्दा कर ले। औरत कोई नमूना तो है नहीं जिसे मर्द अपने हिसाब से एडजस्ट करने लगे।

मेरे मन में यह ख्याल आया कि उनसे ऐसा कह दूँ लेकिन मैंने मन की बात को मन में ही रहने दिया।

'मेरी आपसे एक विनती है क्या आप इसे पूरा कर देंगी?' मैंने हाथ जोड़ते हुए उनसे कहा।

'क्या है बोलो,' उन्होंने अपने गुस्सेल चेहरे को थोड़ा नार्मल करते हुए कहा।

'मुझे यहाँ से जाने दीजिए मैं अपने घर जाना चाहती हूँ।'

मेरी यह बात सुनकर वह तीनों एक-दूसरे को तांकने लगी। कुछ देर की खामोशी के बाद परवेज़ की अम्मी ने पूछा।

'क्यों जाना चाहती हो?'

'मुझे अपनी मॉम डैड की याद आ रही है।'

'पिछले 6-7 महीने से तुम परवेज़ के साथ अलग रह रहीं थीं तब तुम्हें उनकी याद नहीं आई,' उन्होंने पान की आखिरी पीक बगल में रखे हुए बर्तन में थूकने के बाद कहा।

नमाज खत्म करने के बाद ही उन्होंने अपने मुँह में एक पान डाल लिया था। बीच-बीच में वह अपनी पीक से उस बर्तन को लाल करती जा रहीं थीं।

'लेकिन तुमने उससे निकाह किया है,' उन्होंने कहा।

'लेकिन उसने मुझे धोखे में रखकर यह सब किया था,' मैंने कहा।

'लेकिन तुमने निकाहनामे पर हस्ताक्षर किए हैं,' उन्होंने कहा,' और तुमने इस्लाम कुबूल करने के कबूलनामे पर भी दस्तखत किए हैं। इस हिसाब से तुम्हारा निकाह जायज है और अब तुम इस्लाम में भी दाखिल हो चुकी हो।'

अब मेरे सब्र का बांध टूट रहा था। वह मेरी किसी बात को समझ ही नहीं पा रही थी कि यह सब मैंने अनजाने में किया था। मैंने उन कागजों को पढ़ा ही नहीं था और उस पर हस्ताक्षर कर दिए थे। यह एक तरह का धोखा था। और वह इस धोखे को सही कैसे ठहरा सकती हैं।

'मैं आपसे पहले भी यह बात कह चुकी हूँ और अब फिर कह रही हूँ मेरे साथ यह सब मुझे धोखे में रखकर किया गया था,' मैंने कहा,' आप चाहें तो नकुल से पूछ सकती है वह इस बात का गवाह है।

'कौन नकुल?'

'आपके बेटे परवेज़ का सबसे करीबी दोस्त।'

'हम किसी नकुल को नहीं जानते जो परवेज़ का करीबी दोस्त हो,' उन्होंने कहा,' और वैसे भी 100 बात की एक बात अब तुम परवेज़ की बीवी हो अब सिर्फ एक ही तरीका है जिससे तुम इस घर से बाहर जा सकती हो।'

मैंने तुरन्त उस तरीके के बारे में उनसे पूछा-

'कौन-सा तरीका है?'

'तलाक, अगर परवेज़ तुम्हें तलाक दे दे तो।'

मैंने बिना कुछ सोचे कहा दिया-

'हाँ मैं इसके लिए भी तैयार हूँ।'

मैं किसी भी तरह से इस चंगुल से बाहर निकलना चाहती थी।

'लेकिन तुम्हारे चाहने से तुम्हें तलाक नहीं मिलेगा,' उन्होंने कहा,' परवेज़ चाहे तो वह तुम्हे तलाक दे सकता है।'

'इसमें भी सिर्फ परवेज़ की मर्जी चलेगी?'

'हाँ, यह हक मर्द को ही है कि वह अपनी औरत को तलाक देना चाहता है या नहीं,' उन्होंने मर्दों के एक और अधिकार के बारे में बताया। मुझे उनसे उम्मीद थी कि शायद वह औरत होने के नाते मेरा दर्द समझेंगी और मुझे इस कैद से बाहर निकालने में मेरी मदद करेंगी लेकिन वो खुद ही पुरुष मानसिकता के समर्थन में थीं। उन्होंने इन सारी समस्याओं के लिए मुझे ही जिम्मेदार ठहरा दिया। अपना पहले से तैयार किया हुआ फैसला सुनाकर परवेज़ की अम्मी

वहाँ से चली गईं। मैं भी वहाँ से उठकर कमरे में चली गई। ऐसे लोगो के साथ रहने से ज़्यादा अच्छा था कि मैं चार दीवारी में खुद को कैद कर लूँ।

पिछले 2 दिनों से जिस बिस्तर पर मेरे दिन-रात कट रहे थे, मैं उस पर बैठे-बैठे पंखे की ऊँचाई का अंदाज़ा लगा रही थी। पंखे की जमीन से इतनी ऊँचाई थी जिस पर लटककर मैं आसानी से अपनी साँसों को रोक सकती थी लेकिन वह काम सोचने में जितना आसान लग रहा था उसे अमल में लाने के लिए उससे कही ज्यादा हिम्मत की जरूरत थी। मेरे सामने अभी यह उम्मीद बाकी थी कि यहाँ से भाग निकलने का कोई और रास्ता भी हो सकता है। पता नहीं क्यों अभी भी मुझमें जिंदा रहने की थोड़ी तड़प बाकी थी। इसलिए मैं पंखे पर झूलने के ख्याल पर पूरी तरह से कायम नहीं हो पा रही थी।

आफरीन मेरे कमरे के अंदर आई, उसके अंदर आने से पहले उसके पाँव की आवाज़ मुझ तक पहुँच चुकी थी। कोने पर डरी सहमी बैठी हुई मैं, वहीं से उसे निहार रही थी। उसके हाथों में एक थाली थी जो एक और थाली से ढकी हुई थी। आफरीन के कदमों का रूख मेरी तरफ हो गया और कुछ ही कदम चलने के बाद वो मुझसे दो फीट की दूरी पर खड़ी हो गई। मैंने अपनी नजरें उसके चेहरे पर जमा ली। मेरी उम्मीद के उलट वह हल्के से मुस्कुराई और नीचे बैठ गई बिल्कुल मेरे बगल में। जाने क्यों ऐसा लगा कि वह मुझसे मेरा दर्द बांटना चाहती थी। जबकि हमारे बीच अभी तक शब्दों ने खामोशी की चादर ओढ़ी हुई थी। ऐसा लग रहा था कि खामोश रहकर भी वह मेरे दर्द में शामिल थी।

'मैं आपके लिए खाना लाई हूँ,' उसने कहा। उसकी बात सुनकर मैं थाली को देखने लगी। और मैंने कहा-

'मुझे भूख नहीं है।'

'आप जब से यहाँ आई है आपने कुछ भी ठीक से नहीं खाया है। अब आपको कुछ खा लेना चाहिए।'

उसकी बातों से ऐसा लगा कि जैसे वह सच में मेरे भूखे रहने से दुःखी हो।

'क्या तुम्हें सच में मेरी हालात पर तरस आ रहा है?'

'मैं आपकी हालत समझ सकती हूँ,' उसने कहा। उसके मुँह से यह शब्द सुनकर कुछ पल के लिए ही सही मुझे बहुत सुकून मिला। मैं उससे कुछ और पूछ पाती इससे पहले ही उसने मेरे कंधे पर अपना हाथ रखकर कहा-

'हम बाकी बातें बाद में कर लेंगे पहले आप खना खा लीजिए।'

दरवाजे से कमरे के अन्दर एक बच्चा हमारी तरफ आने लगा।

'यहाँ आ जाओ,' आफरीन ने अपने दोनों हाथ उस बच्चे की तरफ बढ़ाते हुए कहा। वह बच्चा जब आफरीन के पास गया तो उसने उसको अपनी गोद में बैठा लिया। वह बैठा तो आफरीन की गोद में था लेकिन उसकी आँखे मुझे ही घूरे जा रही थी।

'मेरा बेटा है,' आफरीन ने कहा।

'तुम पर ही गया है,' मैंने कहा।

'आप खाना खाइए,' आफरीन ने कहा। उसका कहा मानकर मैंने थाली को अपने पास खिसकाया। और उसके ऊपर ढकी हुई थाली को अलग किया। उसमें रखी हुई सब्जी को देखते ही मुझे उल्टी सी आ गई मैंने अपना मुँह दूसरी जगह फेर लिया और मुँह पर हाथ रखकर अपनी हिचकी पर काबू किया। आफरीन ने तुरन्त मुझसे पूछा-

'क्या हुआ?'

'यह तो नॉनवेज है।'

'क्या आप यह नहीं खातीं?'

मैंने अपना मुँह सड़ाते हुए अपनी गर्दन दाएं-बाएं हिला दी। मेरा यह रिएक्शन देखकर आफरीन ने खाली थाली से उस थाली को ढक दिया जिसमें खाना रखा हुआ था। और मुझसे बोली-

'आप रूकिए मैं आपके खाने के लिए कुछ और लाती हूँ।'

'रहने दो मैं सिर्फ रोटी ही खा लूँगी,' मैंने कहा।

'सिर्फ रूखी रोटी आप कैसे खा पाऐंगी?'

'जब जिंदगी ही रूखी हो गई है तो रूखी रोटी खाने में क्या दिक्क्त है,' मैंने कहा।

मेरी यह बात सुनकर आफरीन की आँखों में उतना ही दर्द झलक रहा था जितना दर्द मैं अपने अन्दर महसूस कर रही थी। मुझे अभी किसी ऐसे ही हमदर्द की जरूरत थी और

आफरीन जिस तरीके से मेरे साथ व्यवहार कर रही थी उसका वह व्यवहार मुझे बहुत ढाँढस बांध रहा था।

'मैं कुछ और लाती हूँ,' कहते हुए आफरीन उठ खड़ हुई और कमरे से बाहर जाने लगी। उसके साथ उसका बेटा भी कदम ताल करता हुआ उसके साथ चलने लगा।

कुछ देर बाद आफरीन वापस कमरे में आ गई। उसके हाथ में एक कटोरी थी। वह थाली के पास आकर बैठी पहले उसने नॉनवेज सब्जी की कटोरी को उठाकर दूर रख दिया और फिर दूसरी कटोरी थाली में रखते हुए बोली-

'अभी यही है आपके खाने लायक।'

'ठीक है मैं खा लूँगी,' मैंने कहा। वह मेरे लिए नमकीन लाई थी। घर में कोई वेज सब्जी नहीं बनी थी। मुझे नमकीन के साथ ही रोटी खानी पड़ी। हर एक कोर के बाद मुझे पानी पीना पड़ रहा था। मुझे प्यास लग रही थी इसलिए नहीं, बल्कि मुझे पानी की जरूरत इसलिए पड़ रही थी ताकि रूखी रोटी का कोर आसानी से मेरे गले से उतर जाए।

'आपको नॉनवेज खाने की आदत डाल लेनी चाहिए। आफरीन ने तब कहा जब मैं तीन रोटी खा चुकी थी। उसकी बात सुनकर मैंने उसकी तरफ देखा। मैं कुछ कहती इससे पहले ही वह बोली-

'मेरी बात को गलत न समझिऐ। आपको इस तरह नमकीन से रूखी रोटी खाते हुए देखकर ही मुझे बहुत बुरा लग रहा है। आप कितने दिन तक यूँ ही खाना खा पाएँगी। यहाँ तो ज्यादातर नॉनवेज ही पकता है। कभी कभार ही वेज

खाना बनता है। और शायद रोज़-रोज़ आपको यह नमकीन भी नहीं मिल पाएगा।'

उसकी बात खत्म होने के बाद मैंने अपनी नजरें वापस उस नॉनवेज सब्जी की तरफ दौड़ाई जिसे देखकर मुझे उक्के आ गए थे। लेकिन इस बार मुझे ऐसा कुछ नहीं हुआ। शायद मेरा मन भूख से बचने के लिए नॉनवेज खाने के लिए भी तैयार होने लगा था।

'आप हाथ इसी में धो दीजिए,' आफरीन ने कहा। मैं खाना खा चुकी थी थाली में रखी रोटी और कटोरी में रखा हुआ नमकीन पूरी तरह से खत्म हो चुका था। मैं हाथ धोने के लिए बाहर जाना भी नहीं चाहती थी इसलिए मैंने आफरीन की बात मानकर उस थाली में ही हाथ धो लिए। आज से पहले कभी मैंने खाना खाने के बाद अपने हाथों को इस तरह से नहीं धोया था। मेरे हाथ धो लेने के बाद आफरीन ने उस थाली को दूर सिरका दिया। और अपने दुपट्टे का एक सिरा मुझे थमाते हुए बोली-

'हाथ इसी से पोंछ लीजिए।'

हाथ पोंछने से पहले मैंने एक बर उसकी तरफ देखा उसके इस प्यार और केयरिंग नेचर को देखकर मैं अचंभित हो रही थी। एक पल के लिए मैं सोचने लगी कि क्या आफरीन सच मैं मेरी इतनी केयर कर रही है या इसके पीछे भी कोई साजिश ही है। हाथ पोंछने के बाद मैंने अपने मन में दबी हुई बात उससे पूछ ली-

'आफरीन एक बात पूछूँ?'

'हाँ पूछिए।'

'तुम मेरी इतनी केयर क्यूँ कर रही हो जबकि इस घर में किसी को मेरे दर्द का कोई एहसास नहीं है,' मैंने कहा,' क्या तुम्हें सच में मेरे दुःख दर्द का एहसास है या फिर तुम भी अपने भाई की तरह ही मेरे साथ कोई खिलवाड़ कर ही हो?'

मेरे मुँह से यह शब्द सुनकर वह कुछ देर मुझे घूरती रही फिर मुझसे हँसकर बोली-

'आपकी और मेरी हालात में कोई ज्यादा फर्क नहीं है। जिस तरह आपकी जिंदगी और जिस्म को मर्दों की जागीर समझकर कुचला और मसला गया है उसी तरह मेरी जिंदगी भी एक आदमी द्वारा अपने पैरों तले मसली गई और यह बहुत ताज्जुब की बात है कि यह सब मजहब के नाम पर मजहबी बातों का सहारा लेकर किया है। मेरी चाहतों, मेरी पसंद नापसंद, मेरी आबरू इन सबसे ज्यादा अहमियत बेजान किताबों में छपे हुए शब्दों की हो गई थी।'

यह बात कहने के बाद आफरीन की आँखों में ठहरे हुए आँसू अब अपनी सीमाएँ तोड़कर आँखों से टपक पड़ थे। बहते हुए आँसुओं के साथ शब्दों को ठीक से बोल पाना आसान नहीं होता इसलिए वह चुप हो गई और अपने दुपट्टे का एक सिरा अपनी आँखो पर रख लिया। उसकी हालत देखकर कुछ देर के लिए मैं अपना दुःख दर्द भूल गई मेरा पूरा ध्यान पूरी तरह से आफरीन के ऊपर था। मैं उसके बिल्कुल करीब में खिसककर बैठ गई और उसके कंधे पर हाथ रखकर मैंने उसे रोने से मना किया। लेकिन उसने तब तक अपनी आँखों से अपना दुपट्टा नहीं हटाया। जब तक उसकी आँखों का पानी दुपट्टे ने पूरी तरह सोख नहीं लिया।

दुपट्टा हटाने के बाद जब मैंने उसकी आँखों में अपनी आँखे डालकर देखा तो उसकी आँखों का रंग सुर्ख हो गया था।

'ऐसो क्या हुआ था तुम्हारे साथ?'

'यह पूछिए कि क्या नहीं हुआ मेरे साथ। एक वेश्या और मुझमें सिर्फ नाम का फर्क रह गया था। मेरे जिस्म को नोंचा गया मजहबी चादर में ढककर, लेकिन था वह बलात्कार ही। मैं अपने साथ होने वाले घिनोने काम का चाह कर भी विरोध नहीं कर पा रही थी,' उसने कहा। उसकी बात सुनकर ऐसा लग रहा था कि उसके साथ कुछ बहुत बुरा हुआ था शायद उसकी कहानी मुझसे भी ज्यादा दर्दभरी थी। मैं उसके बारे में सबकुछ जानने के लिए बहुत उतावली हो रही थी।

'शुरू से बताओ न क्या हुआ था तुम्हारे साथ?' मैंने उससे पूछा।

आफरीन मुझे अपनी कहानी सुनाना शुरू करने वाली थी लेकिन वह ऐसा नहीं कर पाई क्योंकि परवेज़ कमरे में आ गया था। आफरीन ने अपने होंठ वापस सिल लिए और हम दोनों परवेज़ को देखने लगे।

'क्या गुफ्तगू हो रही है ननद और भाभी में,' परवेज़ ने मुस्कुराते हुए पूछा।

'कुछ नहीं भाई मैं बस भाभी के लिए खाना लेकर आई थी,' आफरीन ने कहा।

'यह तो बहुत अच्छा हुआ कि तुमने अपनी भाभीजान को खाना खिला दिया वरना वह तो अभी मुझसे बहुत नाराज है,'

उसने मेरी तरफ देखकर कहा,' क्यूँ सना मैं ठीक कह रहा हूँ ना।'

मैंने उसकी बात का कोई जवाब नहीं दिया।

'लगता है अभी भी नाराजगी खत्म नहीं हुई है। चलो कोई बात नहीं मैं अपने प्यार से तुम्हारी नफरत को पिघला दूँगा,' उसने आगे कहा,' अरे यह क्या तुमने तो सब्जी खाई ही नहीं।'

मैं अभी भी चुप ही रही। उसे मालूम था कि मैं वेजिटेरियन हूँ।

'ओह सॉरी मैं तो भूल ही गया था कि तुम प्योर वेजिटेरियन हो। खैर तुम फिक्र मत करो अभी तुम्हारे लिए अलग वेज सब्जी बन जाया करेगी,' उसने कहा,' लेकिन नॉनवेज खाने में भी कोई दिक्कत नहीं है तुम्हें इसकी आदत डाल लेनी चाहिए। यह यच में बहुत लजीज लगता है।'

'ठीक है भाभी, अब मैं जा रही हूँ,' आफरीन ने कहा और उठकर खड़ी हो गई। जैसे-जैसे उसके कदम दरवाज़े की तरफ बड़ रहे थे मुझे ऐसा लग रहा था कि कोई हमदर्द मुझसे दूर जा रहा हो। इतने कम समय में मेरा उससे बहुत गहरा रिश्ता जुड़ गया था। शायद इसलिए कि वह भी मेरी तरह हालत की मारी हुई थी। लेकिन मैं फिलहाल उसकी कहानी सुनने से चूक गई। वह परवेज़ के सामने अपनी कहानी मुझे सुनाना नहीं चाहती थी। लेकिन मैं किसी अधूरे पढ़े हुए उपन्यास की तरह उसकी पूरी कहानी जानने के लिए बहुत उत्साहित थी। पता नहीं अब कब मैं आफरीन की आपबीती उसके मुँह से सुन पाउँगी। उसकी कहानी सुनने के लिए तीन चीजों

का एक साथ होना जरूरी था। एक मेरा, दूसरा आफरीन का और तीसरी चीज़ हम दोनों के अलावा किसी तीसरे शख्स की मौजूदगी नहीं होना। लेकिन पता नहीं अब कब यह तीनों चीज एक साथ हो पाएंगी।

❀ ❀ ❀

आफरीन ने मुझे अपनी कहानी सुनना शुरू की

मैं भी कॉलेज में एक लड़के को प्यार करती थी। वह भी मुझे पसंद करता था बहुत जल्द ही हमारी दोस्ती हो गयी, मुझे अच्छी तरह याद है उस दिन हमारी चौथी डेट थी। हम घूमने जा रहे थे और भाईजान ने हमें पकड़ लिया। और मुझे घर ले आए।

'क्या हुआ शादाब तुम इतने गुस्से में क्यों दिख रहे हो?' अम्मी ने भाईजान से पूछा। वह अब्बू के पान के लिए सुपारी काट रहीं थीं। अब्बू सोफे पर बैठे हुए थे। मैंने एक पल के लिए उनसे नजरें मिलाईं और फिर अपनी नजरों को जमीन पर गढ़ाकर जमीन ताकने लगी। अम्मी के साथ अब्बू भी भाईजान के गुस्से की वजह जानना चाहते थे मैं पहले से ही डरी सहमी यह सोचकर कांपने लगी कि जब भाईजान अम्मी अब्बू को उनके गुस्से की वजह बताएँगे तो अम्मी अब्बू मेरे साथ क्या सलूक करेंगे। जितना अम्मी अब्बू को मैं जानती, समझती थी उससे मुझे इतना तो अंदाजा हो गया था कि अब वह मुझे कॉलेज नहीं जाने देंगे। कॉलेज तो दूर की बात है अब तो शायद मेरा एक कदम भी घर के बाहर अम्मी और अब्बू की मर्जी के बिना नहीं निकल पाएगा।

अम्मी के पूछने पर भी भाईजान ने अपने गुस्से की वजह नहीं बताई। उनका गुस्सा इतना तेज था कि अभी भी उनकी सांसे तेजी से आ जा रहीं थीं। भाईजान का जवाब न सुनकर अम्मी ने सुपारी काटना बंद किया और खड़ी होकर भाईजान के पास आकर उनसे दोबारा पूछने लगी-

'शादाब क्या हुआ तू इतना गुस्से में क्यों है? और आफरीन को कहाँ से ला रहा है इस वक्त तो इसे कॉलेज में होना चाहिए?'

'पूछ लो अपनी लाड़ली बेटी से कि मैं गुस्सा क्यूँ हो रहा हूँ और इस वक्त यह कॉलेज में क्यूँ नहीं है,' भाईजान ने कहा।

अब अब्बू भी सोफे पर से उठकर हमारे पास आ गए। वह समझ गए थे कि मामला कुछ ज्यादा ही गंभीर है। अम्मी के बाद जब अब्बू भी मेरे करीब आकर खड़े हो गए तो मेरे शरीर में हो रही कपकपी ने और रफ्तार पकड़ली मेरा शरीर डर के मारे बुरी तरह कांपे जा रहा था।

'आफरीन बताओ क्या बात है आखिर हुआ क्या है?' अब्बू ने थोड़े सख्त लहजे में पूछा। मैं उनकी तरफ देखे बिना ही चुपचाप खड़ी रही।

'ओह हो, कोई तो कुछ बोलो,' अम्मी ने कहा।

'खानदान की नाक कटवा रही आपकी बेटी,' भाईजान ने आखिरकार अपने गुस्से की वजह बता दी।

'क्या किया इसने?'

'गुलछर्रे उड़ाती फिर रही है यह।'

'साफ-साफ बताओ बात क्या है?'

'यह यहाँ से तो कॉलेज पढ़ने के लिए जाती है लेकिन कॉलेज के टाइम में यह पढ़ाई नहीं लड़कों के साथ इश्क फरमाती है, यह जो इसका बैग है न इसमें किताबों के साथ एक चीज और रखी जाती है। जानना चाहती हो क्या है वह चीज,' भाईजान ने कहा। और मेरी पीठ पर टंगा हुआ बैग तेजी से उतार लिया और उसकी चेन खोलकर उसके अंदर रखा हुआ बुर्खा बाहर निकाल लिया। उन्होंने उसे एकदम अम्मी के चेहरे के सामने लहराते हुए कहा-

'इस बुर्खे का इस्तेमाल सिर्फ इस घर से निकलने के बाद तब तक होता है जब तक यह हमारी नजरों से दूर न हो जाए। उसके बाद मौका मिलते ही यह बुर्खा उतारकर बैग में दफन कर लेती है और मार्डन जमाने की लड़की बनकर घूमती रहती है। वह भी लड़कों के साथ बाहों में बाहें डालकर। मैं तो अभी भी शर्म से मरा जा रहा हूँ। यह सोचकर कि कितने वाहियत तरीके से यह उस लड़के के साथ बैठी हुई थी।

'या अल्लाह यह मैं क्या सुन रही हूँ,' अम्मी ने ऊपर देखते हुए कहा।

'सुनने में भले इस बात पर आपको यकीन न हो लेकिन यही सच्चाई है अम्मी। एक पल के लिए तो मुझे भी अपनी आँखों पर बिल्कुल यकीन नहीं हुआ कि मेरी बहन इतना गिरा हुआ काम कर सकती है। लेकिन यह मेरी आँखों का घोखा नहीं सच्चाई थी। इसे उस लड़के के साथ देखकर मेरे

दिल पर क्या गुजरी थी यह सिर्फ मैं ही जानता हूँ,' भाईजान ने कहा। अब उन्होंने बुर्खे को जमीन पर फेंक दिया।

अभी तक सिर्फ भाईजान और अम्मी ही मुझ पर गुस्सा दिखा रहे थे। अब्बू अभी तक खामोश ही खड़े हुए थे, उन्होंने न मुझसे कुछ कहा और न ही कुछ पूछा। मुझे लगा कि शायद वह मुझ पर थोड़ी नरमी दिखा रहे है लेकिन मेरा यह अंदाजा बिल्कुल गलत था। उन्होंने अम्मी और भाईजान से भी बद्तर सलूक मेरे साथ करते हुए मुझे एक तमाचा जड़ा और बोले-

'बेहया, बेशर्म नाक कटवा रही है हमारी।'

मुझे तमाचा खाते हुए देख भाभी जो अभी तक हम चारों से कुछ दूर दर्शक बनकर खड़ी थी वह तेजी से मेरे पास आई और उन्होंने अपने सीने पर मेरा सिर रख लिया। उनके सीने से लगते ही में फूट-फूट कर रोने लगी। अब मेरे लिए अपने आँसूओं को अपनी आँखों में थामे रखना मुमकिन नहीं था। उन्होंने मेरे सिर पर हाथ रखकर मुझे पुचकारा और मुझ पर तरस खाकर अब्बू से बोलीं-

'अब्बू इसे मारिए तो मत।'

'यह इसी लायक है। इसने काम ही ऐसा किया है। कोई जरूरत नहीं है इस पर प्यार जताने और तरस खाने की,' भाईजान ने कहा।

'अब यह बात यहीं खत्म कर दो इसके बारे में किसी और को पता नहीं चलना चाहिए यह बात इसी चार दीवारी में दफन हो जानी चाहिए,' अब्बू ने कहा।

'अब ऐसा नहीं हो सकता अब्बू आफरीन की काली करतूत तो पहले ही हमारे अलावा किसी और को भी पता चल गई है,' भाईजान ने कहा।

'किसे?' अब्बू ने चौंकते हुए पूछा।

'इस्माइल को पता है यह बात।'

'उसे कैसे मालूम चला इस बारे में?'

'वह मेरे साथ ही बाइक पर था। बल्कि मुझसे पहले उसी ने आफरीन को उस लड़के के साथ देखा था,' भाईजान ने आगे कहा,' और ऐसी बातें क्या किसी के पेट में रूकती है। एक से दो, दो से चार लोगों तक फैल ही जाएँगी। और हाँ एक बात और, वह लड़का गैर-मुस्लिम है।

एक पल रूकने के बाद, और गुस्से में अपने दांत मिसमिसाने के बाद अब्बू बोले-

'आज के बाद तुम्हारा कॉलेज-वॉलेज जाना बंद तुम अकेले घर के बाहर एक कदम भी नहीं रखोगी समझी।'

'मैं तो पहले ही आप लोगों से कर रहा था कि इसे कॉलेज पढ़ने मत भेजो। बारहवीं तक पढ़ा दिया बस इतना ही बहुत है आखिर पढ़ाकर करते भी क्या, शादी के बाद घर का काम ही तो संभालना था। कौन-सी कोई नौकरी कराना थी,' भाईजान आगे बोले,' लेकिन आप को ही इस पर बहुत प्यार आ रहा था। कॉलेज पढ़ने की ख्वाहिश पूरी करने का नतीजा देख लिया कॉलेज में क्या सीखा है इसने।'

'लेकिन हमें यह अंदाजा थोड़ी था कि यह हमारी आजादी का इतना गलत फायदा उठाएगी। हमें धोखे में रखेगी। पहले

से हमें मालूम होता तो हम एक कदम भी इसे घर के बाहर नहीं निकलने देते,' अम्मी ने कहा। उन्हें लगा था कि मेरे अन्दर दिल नहीं है मुझे किसी से प्यार, हो ही नहीं सकता है।

'ले जाओ इसे अन्दर बेहया कहीं की,' अब्बू ने कहा। और मैं भाभी के सीने में अपना सिर छिपाए हुए उनके साथ कमरे में चली गई।

❁ ❁ ❁

पाँच दिन बीत चुके घर के बड़े अभी मुझसे सीधे मुँह बात नहीं कर रहे थे। उनका गुस्सा अभी भी सातवें आसमान पर था। सिर्फ भाभी ही मुझसे ठीक से बात कर रहीं थीं। कभी-कभी तो उनकी बातों से लगता था कि जैसे वह कह रहीं हों कि मैंने जो किया उसमें कुछ गलत नहीं था। लेकिन वह मेरी तरफ से यह बात अम्मी, अब्बू और भाईजान से नहीं कह सकती थी। उन्हें घर के मामलों में इतना दखल देने की इजाजत नहीं थी। लेकिन उनके इस सर्पोट से मैं काफी रिलेक्स फील कर रही थी। अब मैं ज्यादा समय उनके साथ ही बिता रही थी। किचन में खाना बनाते समय मैं उनके साथ ही काम में हाथ बटाती थी। और दिन में जब भाईजान काम पर चले जाते थे तो मैं भाभी के कमरे में ही अपना दिन गुजारती थी। अम्मी और अब्बू को देखकर अभी भी मैं कांप उठती थी। इसलिए जितना हो सकता था मैं कोशिश करती थी कि उनकी नजरों से दूर ही रहूँ।

जिस दिन मेरी लव स्टोरी का भांडा फूटा था उसी दिन मेरा मोबाईल घरवालों ने मुझसे छीन लिया था। मैं यह भी नहीं जान पा रही थी कि उस दिन के बाद से गौरव का हाल

कैसा है। कहीं उसे ज्यादा चोट तो नहीं आई थी। पता नहीं अब वह कैसा होगा। मुझे इस बात का भी डर था कि कहीं भाईजान ने उसके बाद गौरव के साथ फिर से तो मारपीट नहीं की। लेकिन उसका हालचाल जानने का मेरे पास कोई भी उपाय नहीं था। मैं पूरी तरह से मजबूर थी। कॉलेज की किसी फ्रेंड ने मेरा घर भी नहीं देखा था जो मेरे घर आकर इतने दिनों से कॉलेज न आने और मोबाईल पर कॉल रिसीव न करने की वजह पूछती और मैं उससे गौरव का हालचाल पूछती।

मेरी सारी किताबे भी अम्मी ने रद्दी में बेच डाली थी। बस एक किताब को छोड़कर जिसे मैंने पेटी में छुपाकर रखा था। वह किताब इतनी कीमती नहीं थी कि उसे पेटी में छुपाकर रखा जाए। लेकिन उस किताब के अन्दर एक ऐसी चीज़ थी जिसे मैंने छुपाकर रखा था। वह एक ग्रुप फोटो थी जिसमें गौरव भी था ठीक मेरे बगल में खड़ा हुआ। वैसे तो यह फोटो पहले मैंने एल्बम में रखी थी लेकिन तीन दिन पहले मैंने इसे एल्बम से निकालकर यहाँ छुपा दिया था मुझे डर था कहीं घरवाले यह फोटो भी फाड़कर न फेंक दें। आज फिर गौरव की यादें मेरे सिर पर सवार हो रही थी। मुझे रह-रहकर उसकी याद आ रही थीं। इसलिए मैंने मौका पाकर पेटी में से वह किताब निकाली और उस फोटो को अपने हाथों मे रखकर निहारने लगी।

मैं जल्दबाजी में दरवाजा बंद करना ही भूल गई थी। मैं गौरव की फोटो को निहारे जा रही थी तभी गेट खुलने की आवाज आई। मुझे समझ नही आया कि मैं उस फोटो को इतनी जल्दी कहाँ छुपाऊँ इसलिए मैंने आनन-फानन में

उसे अपनी कुर्ती के अन्दर सीने के पास रख लिया। किताब को पेटी में रखकर मैं उसे पहले ही बंद कर चुकी थी। मेरा कुर्ती के अन्दर फोटो छिपाना और अम्मी का गेट के अंदर आना लगभग एक ही समय में हुआ था। लेकिन राहत की बात यह थी कि अम्मी वह फोटो नहीं देख पाई थी। अम्मी के कमरे में आने के बाद मैं कमरे से बाहर आ गई। फोटो के नुकीले कोने मेरे सीने में छिद रहे थे। मैं तुरन्त बाथरूम में गई और फोटो को इस तह से एडजस्ट करके रख लिया कि उसके कोने छिदे न। जब तक अम्मी रूम से बाहर नहीं आती, और मुझे फोटो को वापस पेटी के अन्दर रखने का मौका नहीं मिलता तब तक इस फोटो को रखने के लिए यही सबसे सुरक्षित जगह थी। मैं गौरव को न सही कम-से-कम उसकी फोटो तो सीने से लगा ही सकती थी।

उस दिन मुझे इतना मौका ही नहीं मिला कि मैं उस फोटो को वापस पेटी में रख पाती। मौके का इंतजार करते-करते रात हो गई। मैं गौरव की फोटो को अपने सीने से लगाकर ही सो गई।

❁ ❁ ❁

'आफरीन का घर यही है?' गौरव ने पूछा।

'हाँ लेकिन तुम कौन हो और आफरीन को कैसे जानते हो?' अम्मी ने उससे पूछा। गौरव ने अम्मी को बताया कि वह आफरीन का दोस्त है जिसके साथ आफरीन को उसके भाई ने देखा था। इतना सुनते ही अम्मी दौड़ी-दौड़ी अब्बू के पास आईं और उन्हें गौरव के बारे में बताया। अब्बू ने अम्मी की बात सुनने के बाद कहा-

'क्या...वह यहाँ तक आ गया उसकी इतनी हिम्मत।'

'हाँ बाहर खड़ा हुआ है क्या कहूँ उसे?'

'एक काम करो उसे बुलाओ उन्दर हम भी तो देखे इश्क का खुमार कहाँ तक चढ़ा हुआ है,' अब्बू ने कहा। अब्बू की बात मानकर अम्मी वापस दरवाजें पर गई और गौरव को अन्दर आने के लिए कहा। घर के अन्दर आने के बाद गौरव ने दोनों हाथ जोड़कर अब्बू से कहा-

'नमस्ते अंकल जी।'

अब्बू ने गौरव के नमस्ते का जवाब तो नहीं दिया लेकिन उसे बैठने के लिए कहा। गौरव अब्बू के सामने वाली कुर्सी पर बैठ गया। अम्मी अब्बू के बाजू में बैठ गई। भाभी ने एक गिलास पानी लाकर गौरव को दिया। गौरव ने थैंक्यू कहते हुए पानी का गिलास अपने हाथ में ले लिया।

'बताइए क्या पियेंगे आप चाय या कॉफी?' अब्बू ने पूछा।

'नहीं अंकल जी थैंक्स, मैं कुछ नहीं पीयूँगा,' गौरव ने कहा।

'हमने आपको एक मेहमान की हैसियत से घर के अन्दर बुलाया है अब हमारी मेहमान नवाजी तो आपको कुबूल करनी ही पड़ेगी,' अब्बू ने कहा।

'ठीक है आप इतने प्यार से कह रहे है तो मैं चाय पी लूँगा।'

'इनके लिए चाय ले आईए,' अब्बू ने भाभी से कहा। और वह किचन में चली गई।

'अंकल जी मुझे आप लोगो से कुछ बात करनी है,' गौरव ने अपने गले की खराश दूर करने के बाद कहा। गौरव की बात सुनकर अब्बू ने अम्मी की तरफ देखा और फिर बोले-

'अभी आप पहले चाय पी लीजिए फिर बात करते है।'

चाय आने से पहले भाईजान घर के अंदर आ गए। गौरव ने उन्हें देखकर थोड़ा घबराते हुए उनसे नमस्ते कहा। वह बिना कुछ बोले गौरव को घूरते हुए उसी के पास बैठ गए। तभी भाभी एक ट्रे में तीन कप चाय लेकर आ गईं। उनमें से दो कप एक साथ और एक कप थोड़ा अलग रखा हुआ था। भाभी ने ट्रे का वह हिस्सा गौरव के सामने किया जहाँ एक कप रखा था। लेकिन उसने उन दो कपों में से एक कप उठाया जो एक साथ रखे हुए थे। शायद उसे लगा होगा कि कहीं मेरे घर वाले उसे चाय में जहर देकर मारना तो नहीं चाहते है। चाय पीने से पहले गौरव ने भाईजान की तरफ कप बढ़ाते हुए उनसे पूछा-

'आप चाय लेंगे क्या?'

भाईजान ने सिर्फ गर्दन हिलाकर चाय पीने से मना कर दिया। उसके बाद गौरव, अम्मी और अब्बू चुपचाप चाय पीने लगे। चाय खत्म होते होते ही अब्बू ने गौरव से पूछा-

'अब बताइए जनाब कौन सी बात करने आए है आज?' गौरव ने बिना देर किए वह बात कह दी जो कहने के लिए वह आया था। उसने कहा,' मैं आफरीन से प्यार करता हूँ और उससे शादी करना चाहता हूँ।'

उसके मुँह से यह बात सुनकर भाईजान, अम्मी और अब्बू उसे टकटकी लगाकर देखने लगे। भाईजान देख नहीं घूर रहे थे।

'आप हमारी बेटी से प्यार करते है हमारी बेटी भी आपसे प्यार करती है यहाँ तक तो ठीक है। लेकिन आप दोनों की शादी नहीं हो सकती,' अब्बू ने बहुत शांत होकर कहा।

'अंकल जी मैं आफरीन को बहुत खुश रखूँगा,' गौरव ने अब्बू की तरफ देखते हुए कहा।

'बात खुश रखने और खुश न रखने की नहीं है।'

'तो आप ही बताइए क्या दिक्कत है, मैं आपकी हर शर्त मानने को तैयार हूँ।'

'अब बात को यही खत्म कर देना ही ठीक है। क्योंकि तुम्हारी और आफरीन की शादी न होने की बहुत बड़ी वजह है,' अब्बू ने गौरव की तरफ आगे झुकते हुए कहा।

'क्या है वह वजह?'

'मजहब, हम गैर-मुस्लिम लड़के से अपनी बहन की शादी नहीं कर सकते,' भाईजान ने अपनी आवाज को भारी करते हुए कहा।

'शादाब, मेहमान से बात करने का लहजा ठीक रखो,' अब्बू ने कहा और भाईजान अपना गुस्सा पीकर बैठे रहे।

'मैं आफरीन के लिए कोई भी कुर्बानी देने के लिए तैयार हूँ, आप बताइए मुझे क्या करना होगा,' गौरव ने कहा।

'तुम्हें इस्लाम कुबूल करना होगा,' अब्बू ने अपनी शर्त गौरव के सामने रख दी।

'बोलिए जनाब शर्त मंजूर है या नहीं,' जब पहली बार में गौरव ने अब्बू की बात का जवाब नहीं दिया तो उन्होंने दोबारा उससे पूछा। गौरव ने अम्मी, अब्बू और भाईजान तीनों को बारी-बारी से देखा और एक लम्बी गहरी सांस लेने के बाद कहा-

'मुझे इस्लाम कुबूल है।'

गौरव का यह जवाब सुनकर अम्मी, अब्बू और भाईजान उसे नजरें गढ़ाकर देखने लगे। कुछ सेकण्ड बाद अब्बू ने कहा-

'सोच समझकर जवाब दीजिए यह आपकी जिंदगी का फैसला है।'

'यह सारी बातें सोचने के बाद ही मैं यहाँ आया हूँ और वैसे भी मेरी जिंदगी आफरीन के साथ ही जुड़ी हुई है,' गौरव ने कहा।

इसके बाद अब्बू ने गौरव के बीते हुए कल और आने वाले कल के बारे में बहुत सारी बातें की। गौरव का डिसीजन सुनकर भाईजान का गुस्सा किसी कुल्फी की तरह पिघल गया।

'मुझे आफरीन से मिलना है,' गौरव ने कहा। अब्बू ने गौरव की बात सुनकर एक पल के लिए कुछ सोचा फिर आहिस्ता से आँखों से इशारा किया जिसका मतलब था कि वह मुझसे मिल सकता है। सोफे से उठकर मुझ तक आने

से पहले गौरव ने अपने शर्ट की कॉलर को ठीक से एडजस्ट किया और अपने छोटे-छोटे कदमों से हमारे बीच की दूरी को कम करता हुआ मेरे पास आ गया। भाभी मुझे और गौरव को अपने साथ उनके कमरे में ले गईं ताकि हम दोनों आराम से बात कर सकें। उसे इतने करीब पाकर मेरा मन तो कर रहा था कि उसके सीने से लिपट कर उसकी बांहों में खुद को चूर-चूर कर दूँ। लेकिन चाहते हुए भी मैं ऐसा नहीं कर पाई पता नहीं मैंने खुद को कैसे रोक लिया।

गौरव चार कदमों की दूरी पर खड़ा हुआ था। उसके माथे पर चोट लगी थी लेकिन उसके होंठ हमेशा की तरह मुस्कान लिए हुए थे। उसकी आँखों की चमक में मुझसे मिलने की खुशी साफ दिखाई दे रही थी। मुझे उसकी तरह आँखें में पानी और होंठों पर हँसी रखना नहीं आता था। मैं पूरी कोशिश करके अपने आंसुओं को बहने से रोके हुए थी लेकिन मुझे खुद ही पता नहीं था कि मैं ऐसा कब तक कर पाऊँगी।

कुछ देर बाद उसने मेरी तरफ अपने कदमों का रूख मोड़ दिया। उसका हर एक कदम जब मेरी तरफ बढ़ता तो मेरे अंदर एक अजीब सा कंपन होने लगता। अब उसके और मेरे बीच मुश्किल से एक कदम की दूरी थी।

'तुमने क्या सोचा मैं तुम्हारा पीछा इतनी जल्दी छोड़ दूँगा,' उसने कहा,' तुम्हारे लिए मुझे जहन्नुम भी जाना पड़ता तो मैं खुशी-खुशी चला जाता।'

उसकी यह बात सुनते ही मेरी आँखों से धार फूट पड़ी। बिना सोचे कि मेरे आस पास कौन खड़ा है मैं उससे लिपट गई और बोली-

'मैं तुम्हारे बिना जिंदा नहीं रह पाती।'

'तो मुझे कौन सी अमर बूटी मिल जाती मेरा भी हाल वही होता जो तुम्हारा होता,' उसने हँसते हुए कहा।

'रोना बंद करो अब मैं तुम्हे जल्दी ही हमेशा के लिए अपना बना लूँगा,' उसने मुझे अपने सीने से दूर करते हुए कहा।

कुछ दिन बाद हमारे निकाह की तारीख तय कर दी गई। निकाह की तारीख तय होन से निकाह वाले दिन के बीच का समय बहुत मुश्किल से गुजर रहा था। निकाह के बारे मे सोच-सोच कर ही मुझे गुदगुदी हो रही थी।

अचानक गौरव और मेरा मिलना बंद होना। मेरा घर से निकलना और कॉलेज जाना बंद होना। घर वालों का मुझ पर गुस्सा होना। इन सब बातों से लग रहा था कि मैंने गौरव को हमेशा के लिए खो दिया है। अब मैं दोबारा उससे कभी मिल भी नहीं पाऊँगी। लेकिन गौरव का घर आकर अब्बू से निकाह की बात करना और उनकी शर्त मान लेना, यह सब किसी फिल्मी स्टोरी की तरह लग रहा था।

लेकिन बहुत जल्दी ही मेरी जिंदगी में खुशियाँ लौट आईं और फिर वह सुनहरी तारीख भी आ गई जिस दिन हमारा निकाह होना था।

निकाह जल्दबाजी में हो रहा था। तैयारी के लिए घरवालों को ज्यादा वक्त नहीं मिला इसलिए बहुत ही सिंपल तरीके से एक शादी हॉल में हमारा निकाह हो रहा था। हमारे घर के बहुत करीबी रिश्तेदार ही शादी में शामिल हुए थे। गौरव

के घर से कोई नहीं आया था। वह खुद ही दूल्हा और खुद ही बाराती था।

स्टेज के एक तरफ मैं बैठी हुई थी और दूसरी तरफ गौरव। स्टेज को फूलों की झालर से दो भागों में बांट दिया गया था। कुबूल है, कुबूल है, कुबूल है। यह शब्द मैं अपने मन दोहरा रही थी मुझे डर था कहीं मेरी जुबान न लड़खड़ा जाए। ज्यादा खुशी में भी इंसान अपना आपा खो देता है मेरी स्थिति फिलहाल ऐसी ही थी।

सभी तैयारियाँ पूरी होने के बाद काजी साहब जो कि मर्दों की जमात के तरफ बैठे थे उन्होंने अपनी बुलंद आवाज में मेरे और गौरव का निकाह पढ़ते हुए कहा-

'आफरीन खान वल्द इशरार खान आपका निकाह एक लाख रूपये मेहर के साथ गफ्फार के साथ मुकर्रर किया जाता है, क्या आपको यह निकाह कुबूल है।'

'कुबूल है, कुबूल है, कुबूल है,' मैंने मुस्कुराते हुए कहा। जितनी खुशी मुझे हो रही थी उतनी मुस्कुराहट मेरे होंठो पर नहीं थी। मैं अपने होंठो को अपने दांतो से दबाकर उन्हें पूरी तरह से खुलने से रोक रही थी। जब मैंने निकाह कुबूल किया तो वहाँ मौजूद सभी लोग तालियाँ बजाकर मुझे बधाई देने लगे।

अब बारी गफ्फार के निकाह कुबूल करने की थी। काजी साहब ने कहा,' जनाब गफ्फार साहब आपका निकाह आफरीन खान वल्द इशरार खान के साथ मुकर्रर किया जाता है क्या आपको यह निकाह कुबूल है?'

'कुबूल है, कुबूल है, कुबूल है,' गफ्फार ने तुरन्त कहा। मानो यह शब्द उसकी जुबान पर पहले से ही रखा हो।

यह गफ्फार कोई और नहीं गौरव ही है। गौरव का नाम बदल कर गफ्फार हो गया था।

गफ्फार के निकाह कुबूल करते ही वहाँ मौजूद सभी लोगों ने फिर से तालियाँ बजाई। इस बार तालियाँ बजाने का सिलसिला ज्यादा समय तक चलता रहा। निकाह की सभी रस्में पूरी होने के बाद विदाई का समय नजदीक आ गया। गफ्फार यानि की गौरव ने रहने के लिए मेरे मोहल्ले से दूर दो कमरे किराए पर लिए थे। अब मेरा नया ठिकाना वहीं होने वाला था। हमारे एक करीबी रिश्तेदार की कार जो कि अच्छी तरह से फूलों से सजी हुई थी मुझे और गौरव को नये घर में ले जाने के लिए तैयार थी। गौरव ने पहले मुझे ड्रायवर की बगल वाली सीट पर बैठाया और फिर ड्रायवर सीट पर खुद बैठ गया। मैंने कार की विण्डो में से घरवालों को टाटा बाय-बाय कहा, उसके बाद गौरव ने कार आगे बढ़ा दी। लगभग आधे घण्टे से भी कम समय में हम उस घर में पहुँच गए। कमरें में पहुँचने के बाद कोई शब्द निकल नहीं रहे थे सारी बातें बस निगाहों से बहुत ही खामोशी के साथ हो रही थी।

'मैं तो अभी भी यकीन नहीं कर पा रहा हूँ कि हमारी शादी हो गई है,' गौरव ने खमोशी को तोड़ते हुए कहा।

'बात है ही ऐसी कि यकीन करना मुश्किल हो रहा है,' मैंने आगे कहा,' सब कुछ इतने नाटकीय ढंग से बदल जाएगा कभी सोचा ही नहीं था। लेकिन हमारा मिलना शायद ऊपर वाले ने तय कर रखा था।'

'तो फिर अब आगे का क्या प्लान है?' गौरव ने धीरे से मुस्कुराते हुए पूछा।

'किस चीज का प्लान?' मैंने अपनी भौंह उचकाते हुए पूछा।

अब गौरव ने बिना कुछ कहे मेरी आँखों में आँखें डालकर धीरे से अपना हाथ मेरे हाथ के ऊपर रख दिया। मैंने शर्माते हुए उससे नजरें चुरा लीं। फिर गौरव ने अपना हाथ मेरे कंधे पर रख दिया।

तभी अचानक मेरी नींद खुल गई और यह सपना टूट गया। यह सब कुछ हकीकत नहीं सपना था। यह सारी खुशियाँ नींद खुलने के साथ ही खत्म हो गईं।

❀ ❀ ❀

मैं किचन में भाभी के साथ खाना बनाने में उनकी मदद कर रही थी। रात का सपना अभी भी मेरी आँखों में तरो-ताजा था। शायद अब इस तरह सपनों में ही मेरी मुलाकात गौरव से हो सकती है।

'मसाले का डिब्बा उठा दो,' भाभी ने कहा। मसाले का डिब्बा मेरे करीब ही रखा था।

'लीजिए,' मैंने डिब्बा भाभी को देते हुए कहा। डिब्बा देने के बाद मैं आटा गूंदने लगी। तभी परवेज़ ने किचन मे आकर मुझसे पूछा-

'अप्पी कितना टाइम लगेगा रोटी बनाने में?'

अभी तो आटा ही गूंद रही हूँ,' मैंने कहा। परवेज़ और मैं खूब हँसी मजाक करते थे। परवेज़ मेरा छोटा भाई था हम दोनों की खूब पटती थी। बड़े भाईजान से मैं डर के मारे ज्यादा बातचीत ही नहीं करती थी। वह शुरू से ही बहुत स्ट्रिक्ट थे और फिर जिस दिन उन्होंने मुझे गौरव के साथ देखा तब से तो मैं उसने नजरे भी नहीं मिला रही थी।

'मुझे भूख लग रही है, रात की रोटियाँ बची हैं क्या?' परवेज़ ने पूछा।

'इतनी तेज भूख क्यों लग रही है परवेज़? बासी रोटी मत खाओ, तुम पाँच मिनिट रूको मै तुम्हारे लिए फटाफट गरमा-गरम रोटियाँ सेक देती हूँ,' मैंने प्यार से कहा।

'ठीक है अप्पी,' परवेज़ ने कहा। उसी समय परवेज़ का मोबाईल बजने लगा। वह उसका पर्सनल मोबाईल नहीं था घर का मोबाईल वही चलाता रहता था।

'जी अब्बू,' परवेज़ ने कॉल रिसीव करते हुए कहा।

'अभी कराता हूँ,' परवेज़ ने कहा।

'क्या हुआ, अब्बू क्या पूछ रहें हैं?' मैंने पूछा।

'अम्मी से बात कराने का कह रहें हैं,' परवेज़ ने कहा। और किचन से बाहर चला गया। अम्मी से अब्बू की बात कराने।

मैं जल्दी-जल्दी आटा गूँथने लगी ताकि जल्दी से कुछ रोटियाँ सेंककर परवेज़ को दे दूँ। तवा मैंने गैस पर रखकर गैस को फुल पर कर दिया। बगल वाले गैस पर भाभी सब्जी बना रहीं थीं।

'आफरीन,' अम्मी ने किचन के गेट से ही कहा। मैंने मुड़कर उन्हें देखा। उनके हाथ में मोबाईल रखा हुआ।

'जी अम्मी?' मैंने पूछा।

'जल्दी से नहाकर तैयार हो जाओ,' उन्होंने किचन के अंदर आकर मुझसे कहा। एक पल उनकी बात पर गौर करने के बाद मैंने उनसे पूछा-

'क्यों अम्मी क्या हुआ? अचानक आप मुझसे तैयार होने के लिए क्यों कह रहीं हैं। कहाँ चलना है?'

'कहीं नहीं चलना बस तुम अच्छे से तैयार हो जाओ।'

'आखिर बात क्या है बताइए तो सही?'

'तुमसे जितना कह रही हूँ उतना करो ज्यादा सवाल जवाब मत करो,' अम्मी ने थोड़ा सख्त लहजे में कहा। वह अभी भी मुझसे नाराज थीं। अभी भी वह मुझसे ठीक से बात नहीं करती थीं। उनकी यह बात सुनने के बाद मैंने उनसे इस विषय पर और ज्यादा सवाल नहीं किए। बस इतना कहा कि परवेज़ के लिए रोटियाँ बनाने के बाद तैयार हो जाउँगी।

'नहीं रोटियाँ बाद में बन जाएँगी तुम बस तैयार हो जाओ,' अम्मी ने कहा। इसके बाद मैं अपने हाथों में चिपके हुए आंटे को थाली में डालकर किचन के बाहर आ गई। लेकिन अभी भी मुझे अम्मी की बात समझ में नहीं आ रही थी कि वह मुझसे क्या करवाना चाहती हैं?

नहाने के बाद मैं तैयार होने के लिए कमरे में चली गयी। कुछ देर बाद भाभी भी उसी कमरे में आ गईं। उनको देखते ही मैंने उनसे पूछ लिया-

'भाभी अम्मी ने आपको बताया कि बात क्या है?'

वह मेरे करीब आईं और थोड़ा सा मुस्कुराकर मेरे कंधे पर हाथ रखते हुए बोलीं,' तुम्हें लड़के वाले देखने आ रहे है।'

यह खबर सुनते ही मुझे ऐसा लगा जैसे मैंने बिजनी का तार छू लिया हो। मेरे चेहरे की उड़ी हुई हवाईयां देखकर भाभी ने मुस्कुराना बिल्कुल बंद कर दिया। कुछ देर मैं ऐसी स्थिति में खड़ी रही जैसे कोई पत्थर की मूरत हो बिना कोई हलचल के एकदम स्थिर।

'आफरीन कहाँ खो गई?' भाभी ने मेरी आँखों के सामने अपना दायां हाथ हिलाते हुए कहा। उनकी बात का जवाब देने के लिए मुँह से शब्द की जगह आंखों के आंसू आ गए।

'क्या हुआ आफरीन रो क्यूँ रही हो?'

'गौरव,' मैंने कहा और मेरे आंसूओं की गति तेज हो गई।

पागल लड़की रोना बंद कर अम्मी को पता चल गया तो नाराज हो जाएंगी। और क्या तू अभी भी यह उम्मीद पाले हुए है कि तेरी शादी गौरव से हो सकती है। यह नामुमकिन ख्याल अपने जेहन से तुरन्त निकाल दे। जितनी जल्दी तू उसे भुला दे उतना ही अच्छा है। वैसे भी आज नहीं तो कल अम्मी बब्बू तेरी शादी करते ही। अब उन्होंने तुझे बिना बताए जल्दबाजी में यह फैसला ले लिया, वह अभी भी तुम से नाराज है तुम चाहकर भी इस शादी से मना नहीं कर सकती हो। इसलिए मैं कह रही हूँ नदी के बहाव के साथ बहो तो जिंदगी थोड़ी आसन होगी।

हमने अपनी बात अचानक रोक दी क्योंकि अम्मी कमरें में आ गई थीं हम दोनों मुड़कर उनकी तरफ घूम गए। अम्मी हमारे करीब आईं और मुझसे बोली-

'तुम्हें लड़के वाले देखने आ रहे है।'

'लेकिन अम्मी यह सब अचानक क्यों?' मैंने पूछा।

'तो क्या तुमसे पूछकर करते, तुम्हें अभी भी लगता है कि हम तुम पर और भरोसा करेंगे,' अम्मी ने कहा,' एक बार तुम्हें आजादी देकर देख लिया क्या गुल खिलाया है तुमने। सारे मोहल्ले में नाक कटवा दी हमारी, तुम्हारी वाहियात हरकत की खबर आग की तरह फैल गई है। जानती हो अब्बू और हमें कितनी शर्मिंदगी झेलनी पड़ रही है। हम इस शर्मिंदगी का बोझ अपने सिर से जल्द से जल्द उतारना चाहते है इसलिए आनन-फानन में तुम्हारे लिए लड़का देखा है। शुक्र करो की लड़का ठीक घर से है अच्छा कमाता भी है वर्ना तुम्हें तो अब बिरादरी में अच्छा लड़का मिलना भी मुश्किल है।'

मेरी शादी की खबर मुझे देने के बाद अपने अंदर भरा हुआ गुस्सा मेरे ऊपर निकालकर अम्मी भाभी से मुझे ठीक से तैयार करने का कहकर कमरे से चली गई। जाने से पहले वह उस सामान को साथ ले गई जिसे वह लेने आई थी।

'आप जानती हो लड़का कौन है?' मैंने भाभी से पूछा।

'मुझे कैसे पता चलेगा। मुझे तो खुद अम्मी ने अभी बताया है कि लड़के वाले देखने आ रहे है। कौन हैं? कहाँ रहते हैं? कुछ पता नहीं,' भाभी ने कहा।

अब मेरे पास कोई सवाल नहीं थे पूछने के लिए। अगर मेरे पास कुछ बचा था तो बस गौरव की यादें। लेकिन मैं अब उन यादों की कब्र पर मिट्टी डालने की कोशिश कर रही थी।

'आफरीन वक्त का मरहम हर घाव भर देता है। धीरे-धीरे सब ठीक हो जाएगा,' भाभी ने मेरे कान में झुमका पहनाते हुए कहा।

'आप मुझे दिलासा दे रहीं हैं या फिर जिंदगी की सच्चाई बता रही है?' मैंने उनसे आँखें मिलाकर पूछा। उन्होंने तुरन्त जवाब दिया कि तुम्हे जो समझना है वही समझ लो।

'तुम यहीं रूको मैं बाहर हॉल की थोड़ी सफाई करने जा रही हूँ,' भाभी ने कहा और वह भी बाहर चली गईं। मैं कमरे में अकेली थी। पिछले 1 घण्टे से मैं कमरे में बैठी हुई थी। कभी अपने हाथों की उँगलियों में दुपट्टे को लपेटकर, तो कभी कमरे की एक दीवार से दूसरी दीवार तक टहलते हुए मैं समय काट रही थी। मन तो कर रहा था अपना सिर ही दीवार में दे मारूं।

दरवाजे पर अम्मी अब्बू किसी का स्वागत कर रहे थे। उनके साथ और भी लोगों की आवाजें आ रहीं। हँसने मुस्कुराने की आवाज बढ़ती जा रही थी। शायद लड़के वाले आ गए थे। मैं उन्हें देखने कमरे से बाहर नहीं निकली। पहले आप बैठिए, आप भी बैठिए, इस तरह की बातचीत कमरे के बाहर हो रही थी। और कमरे के अन्दर मेरा गला बैठा जा रहा था घबराहट के मारे। अभी मुझे किसी ने बाहर नहीं बुलाया था और ना ही मेरी बाहर जाने की इच्छा थी। लेकिन कुछ देर बाद बुलावा आने पर मुझे उन लोगों के सामने जाना ही था।

भाभी ने कमरे में दस्तक दी मैं समझ गई थी कि वह मुझे बुलाने आईं हैं। मेरी उम्मीद के मुताबिक उन्होंने मुझसे कहा-

'चलो सब तुम्हारा इंतजार कर रहें हैं।'

मैं बिना कुछ बोले खामोशी के साथ बैठी रही। ऐसा लग रहा था कि मेरे शरीर को किसी चीज ने जकड़ लिया हो। वह उस जगह से एक इंच भी हिलना नहीं चाहता था।

'आफरीन सब तुमसे मिलना चाहते हैं चलो,' भाभी ने मेरे सिर पर हाथ फेरते हुए कहा। बहुत भारी मन से मैं खड़ी हो गई। मेरा एक कदम भी आगे बढ़ता इससे पहले भाभी ने दुपट्टे को मेरे सिर पर ठीक से ढक दिया। फिर उन्होंने हाथ के इशारे से मुझे आगे बढ़ने के लिए कहा।

आखिरकार मैंने अपने कदम दरवाजे की तरफ बढ़ा दिए।

कमरे से बाहर निकलते ही सभी लोगों की नजरों का रूख मेरी तरफ हो गया। मेरे पैरों की पायल की आवाज उन सभी के कानो में अच्छी तरह से गूँज रही थी पायल के घुंघरू ज्यादा आवाज कर रहे थे।

'अस्सलाम वालेकुम,' मैंने उन्हें देखकर कहा। वह कुल चार लोग थे।

'बैठो बेटी,' उनमें से एक महिला ने कहा। शायद वह लड़के की अम्मी थी। वह उन चारों मेहमानो में से एकलौती महिला थीं। बाकी तीनों मर्द थे। मैं वहाँ बैठने वाली थी तभी मेरी अम्मी ने उस महिला से कहा-

'पहले आफरीन आप लोगो के लिए चाय बना लाये फिर आप उससे आराम से बात करिएगा।'

'हाँ, यह भी ठीक है, चाय की चुस्कियों के साथ ही बात भी होती रहेगी,' उन्हीं महिला ने कहा।

मैं अपनी नजरें झुकाते हुए छोटे-छोटे कदम नाप कर वहाँ से किचन में चली गई। भाभी भी परछाई की तरह मेरे साथ चलकर किचन में आ गई। किचन में आकर मैं अपने आप को थोड़ा हल्का महसूस कर रही थी। मैं अपने एक हाथ की उँगलियों को दूसरे हाथ में उलझाकर चुपचाप खड़ी हो गई।

'कहाँ खो गई हो?' भाभी ने धीरे से कहा।

'कहीं नही बस कुछ सोच रही थी,' मैंने कहा।

'अब सोचना बंद भी कीजिए मोहतरमा।'

'फिर क्या करूँ?'

'चाय, चाय बनाइए,' भाभी ने हँसते हुए कहा। वह मेरा ध्यान उन बातों से हटाना चाह रहीं थीं जो मेरे दिमाग में चल रही थीं। भाभी ने चाय की केतली गैस पर रख दी और मुझसे चाय बनाने का कहकर किचन से बाहर चली गईं। इससे पहले कि अम्मी किचन में आकर देखती कि मैं चुपचाप पत्थर की मूर्ति की तरह खड़ी हूँ और चाय नहीं बना रही हूँ, मैंने चाय बनाना शुरू कर दिया। शक्कर, पत्ती, दूध डालने के बाद मैं वहीं खड़ी होकर चाय उबलने का इंतजार करने लगी।

भाभी वापस किचन में आ गईं और मेहमानों के लिए नाश्ते की प्लेटें तैयार करने लगीं। उन्होंने मुझसे कोई मदद

नहीं माँगी। वह अकेली ही नमकीन, मिठाई, बिस्किट प्लेट में रख रही थीं। यह सारी चीजे कुछ देर पहले ही बाजार से मँगाई गई थी। घरवाले मेहमानो की खातिरदारी करने में कोई कमी नहीं छोड़ना चाहते थे।

चाय अब उबाल मारने लगी थी। चाय की खुशबू भाभी तक पहुँच गई थी। उन्होंने उसकी खुशबू से चाय के टेस्ट का अंदाजा लगा लिया था। 'तुमने अदरक नहीं डाली क्या?' भाभी ने पूछा।

'नहीं, भूल गई थी,' मैंने कहा।

'डाल दो थोड़ा स्वाद बढ़ जाएगा।'

'हूं...,' मैंने बिना मुँह खोले नाक से आवाज निकालकर कहा। और फ्रिज में से अदकर निकालने लगी। अदरक किसकर डालने के बाद मैंने भाभी की तरफ देखा उन्होंने नाश्ते की छः प्लेट तैयार कर लीं थी।

'आफरीन दो ट्रे उठा देना,' भाभी ने कहा। बर्तन की अलमारी मेरे बाजू में थी मैंने दो ट्रे उठाकर उन्हें दे दिए।

'वाह! अब आयी न चाय की असल खुशबू,' भाभी ने एक लंबी गहरी साँस लेते हुए कहा। उन्होंने दोनों ट्रे में तीन-तीन नाश्ते की प्लेट रख दीं थीं। उनमें से एक ट्रे उठाने के बाद उन्होंने कहा-

'मैं यह देकर आती हूँ, तुम दूसरी ट्रे ले आओगी क्या?'

'नहीं, आप ही ले जाइए प्लीज़, मेरा वहाँ जाने का मन नहीं है,' मैंने कहा।

'ठीक है मैं ही दे आती हूँ, लेकिन चाय लाने का मन बना लेना तब तो तुम्हे वहाँ आना ही पड़ेगा,' इतना कहकर भाभी किचन से चली गईं। एक ट्रे मेहमानों के पास रखकर वह दूसरी ट्रे लेने वापस किचन में आईं। और वापस जाने से पहले मुझसे बोली-

'थोड़ी सी चाय पीकर टेस्ट चेक कर लेना।'

'ठीक है,' मैंने कहा।

चाय अब पूरी तरह से उबल चुकी थी। मैंने एक कप में एक घूंट चाय डालकर उसका स्वाद चखा। मुझे तो वह ठीक लगी। फिर मैंने छ: कप में चाय डालने के बाद उन्हें ट्रे में रख दिया। अब मुझे भी यह चाय लेकर बाहर जाना था। भाभी मेहमानों के पास हीं थीं। मैं चाह रही थी कि किचन से मेहमानों तक की दूरी पूरी करते समय वह मेरे साथ ही रहें। इसलिए मैं कुछ देर इंतजार करती रही।

'चाय ले आओ,' भाभी ने किचन के गेट पर आकर कहा। मैंने उन्हें इशारे से अपने पास आने के लिए कहा।

'क्या हुआ?' उन्होंने मेरे कंधे पर हाथ रखकर कहा।

'मुझे अकेले वहाँ जाने में झिझक हो रही है, आप मेरे साथ चलिए।'

'ओह, बस इतनी सी बात है। चलो मैं तुम्हारे साथ ही चलती हूँ,' भाभी ने कहा। मैंने ट्रे को उठाया और अपने कदम बढ़ा दिए।

हॉल में पहुँचते ही सभी लोगों की नजरों का रूख एक बार फिर से मेरी तरफ हो गया। मैं चाय की ट्रे सबसे पहले

अब्बू के पास बैठे हुए उनके हमउम्र व्यक्ति के सामने ले गई और उनसे कहा-

'चाय लीजिए।'

'शुक्रिया,' उन्होंने चाय का एक कप उठाने के बाद कहा। फिर मैंने चाय की ट्रे अब्बू की तरफ बढ़ा दी। उन्होंने चाय का कप उठाए बिना अम्मी के बगल में बैठी आंटी जी की तरफ इशारा करते हुए मुझसे कहा पहले भाभी जी को चाय दो।

'पहले आप ही लीजिए भाईसाहब,' आंटी जी ने कहा।

'आप लीजिए पहले, मैं बाद में ले लूँगा,' अब्बू ने कहा। उन दोनों के पहले आप पहले आप के कारण में ट्रे को उन दोनों के बीच घुमाती रही। आखिरकार पहले अब्बू को ही चाय का कप उठाना पड़ा। बचे हुए 4 कप में से तीन कप तीन लोगों को देने के बाद मैं उस लड़के से सामने पहुँची जो मुझे देखने आया था। उसके सामने पहुँचने के बाद वह मुझे नजरें चुराकर देख रहा था या टकटकी लगाकर मुझे कुछ खबर नहीं थी क्योंकि मैंने उसकी तरफ देखा ही नहीं था। मेरी नजर तो बस उस फूल पर टिकी हुई थी जो ट्रे के सेंटर में बना हुआ था। जब से वह ट्रे घर में आई है तब से आज पहली बार मैंने उसकी डिजाइन को इतने ध्यान से देखा था।

'बैठिए, आप खड़ी क्यों हैं,' उस लड़के ने कहा। उन सबको चाय सर्व करने के बाद भी मैं खड़ी हुई थी। उस लड़के के कहने के बाद में खाली रखी हुई कुर्सी पर बैठ गई।

'वाह! चाय तो बहुत ही बढ़िया बनाई है आफरीन तुमने,' आंटी जी ने कहा।

'जी शुक्रिया,' मैंने थोड़ा सा मुस्कुराते हुए कहा।

'खाना भी बहुत ही जायकेदार बनाती है ये, इसके हाथ में तो जैसे जादू है,' मेरी अम्मी ने उनसे कहा। वह मेरी झूठी तारीफ कर रहीं थीं। मैं खाना तो बना लेती थी मगर इतना खास नहीं जितनी अम्मी तारीफ कर रही थी। वैसे उनके हिसाब से शादी के बाद मुझे यही सब करना था। उनके हिसाब से किसी लड़की में बस यही खूबीयाँ होनी चाहिए कि वह घरवालों की ठीक से खातिरदारी करती रहे।

चाय की तारीफ करने के बाद किसी ने मुझसे कुछ नहीं पूछा। मैं भी यही चाहती थी।

'अरे आप लोग बिस्किट तो ले ही नहीं रहे, लीजिए न,' अब्बू ने कहा।

'स्वाद ले लिया बस ठीक है,' अब्बू के बगल में बैठे अंकल ने कहा।

'अरे भाईसाहब एक दो में क्या होता है यह सब आपके लिए ही है,' अब्बू ने लड़के की तरफ देखकर कहा,' बेटा शर्माओ मत, इसे अपना ही घर समझो। लीजिए और बिस्किट लीजिए।'

'नहीं अंकल जी शर्मा नहीं रहा हूँ,' उस लड़के ने एक बिस्किट उठाते हुए कहा। उसके बाद बाकी मेहमानों ने चाय में बिस्किट डुबोकर खाना चालू कर दिया।

मैं खामोश अपने आप में सिमटी हुई बैठी रही बाकी सभी लोग अपनी बातों में मशगूल हो गए। उनकी बातें तब तक चलती रही जब तक चाय के कप खाली नहीं हो गए।

जैसे-जैसे चाय के कप खाली होकर टेबल पर रखाते जा रहे थे वैसे-वैसे बातचीत भी कम होती जा रही थी। पता नहीं चाय और बातचीत का आपस में यह कैसा अनोखा संबंध था। जब चाय पर चर्चा बंद हो गई तब आंटी जी ने उस लड़के से कहा-

'असद बेटे आफरीन से कुछ पूछना चाहते हो तो पूछ लो।'

'क्या हम दोनों अकेले में कुछ बाते कर सकते है,' असद ने कहा।

'हाँ, बिल्कुल बेटा क्यूँ नहीं,' अम्मी ने कहा।

'आफरीन असद को अपने साथ छत पर ले आजो,' अम्मी ने मुझसे कहा।

'अब आजकल के बच्चे भी एडवांस हो गए है भाईसाहब। हमारे समय में तो पहली बार चेहरा भी शादी के बाद ही देखना नसीब होता था,' लड़के के अब्बू ने कहा।

'ठीक ही कह रहे है भाईसाहब। मुझे अपनी शादी के दो दिन पहले ही पता चला था कि अब्बू ने मेरी शादी तय कर दी है। अब समय के साथ बहुत कुछ बदल गया है,' अब्बू ने हँसते हुए कहा।

असद अपनी कुर्सी से उठकर खड़ा हो गया। लेकिन मैं अभी बैठी हुई थी। मुझे उससे बात करने में कोई दिलचस्पी नहीं थी। लेकिन मुझे इसका अंदाजा था कि मेरी दिलचस्पी हो या नहीं मुझे उसके साथ जाना ही पड़ेगा।

'आफरीन बेटा जाओ,' अम्मी ने कहा।

'जी,' मैंने धीरे से कहा और खड़ी हो गई। लेकिन मैंने उस लड़के की तरफ नहीं देखा।

'आइए,' मैंने छत के जीने की तरफ इशारा करते हुए कहा। पहले मैंने उस तरफ अपने कदम बढ़ाए। मेरे पीछे असद एक कदम की दूरी पर चल रहा था।

हम दोनों छत पर पहुँच गए। हमारे पीछे परवेज़ भी वहाँ पहुँच गया। वह हमारे बैठने के लिए दो कुर्सियाँ लेकर आया था।

'यह आप दोनों के लिए है बैठ कर आराम से बातें कीजिए,' परवेज़ ने कहा।

'शुक्रिया,' असद ने कहा।

'कोई जरूरत हो तो आवाज दे दीजिएगा।'

'ठीक है वैसे मुझे नहीं लगता कि किसी चीज की जरूरत पड़ेगी।'

असद की यह बात सुनने के बाद परवेज़ वहाँ से चला गया।

असद ने कुर्सियों को आमने-सामने रखने के बाद कहा,' बैठिए।'

'जी, पहले आप बैठिए,' मैंने कहा।

'जैसी आपकी मर्जी।'

उसके बैठने के बाद मैं भी कुर्सी पर बैठ गई। ठण्ड के मौसम में गुनगुनी धूप अच्छी लग रही थी। ऐसी ही

गुनगुनी धूप में गौरव के कंधे पर सिर रखकर मैं इश्क लड़ाती रहती थी। वह सारी तस्वीरें अब भी मेरी यादों में एकदम ताज़ी थीं।

'आपने तो अभी तक एक बार नजर मिलाकर मुझे देखा भी नहीं। फिर हम बातें कैसे कर पाएंगे,' असद ने कहा। उसकी यह बात सुनकर मैंने एक नजर उसे देखा। नजरें मिलते ही वह अपने होंठो को पूरी तरह से फैलाकर मुस्कुराने लगा। मैंने भी झूठ-मूठ का हँस दिया। उसका मन रखने के लिए।

मुझे नहीं लगता कि आप कोई बात शुरू करेंगी। चलिए मैं ही शुरू करता हूँ।

'आप इस शादी से खुश तो होंगी ना?'

मैं उसके सवाल का जवाब क्या दूँ यह सोचने लगी।

'कुछ तो जवाब दीजिए आफरीन जी हाँ या न,' उसने कहा।

'हूँ...,' मैंने नाक से बोलते हुए गर्दन हिला दी।

'ओह हो, लगता है आपको मुझसे बात करना अच्छा नहीं लग रहा है। आप कहे तो हम वापस नीचे चले,' असद ने कहा।

'नहीं ऐसी बात नहीं है मैं बस थोड़ा नर्वस हो रही हूँ,' मैंने उसे रोकते हुए कहा।

'चलिए कम से कम आपकी आवाज तो सुनने मिली। वैसे आपको नर्वस होने की कोई जरूरत नहीं है,' असद ने कहा,'

मैं आपका कोई इंटरव्यू नहीं ले रहा हूँ। आप भी मुझसे जो चाहे पूछ सकतीं हैं, बेझिझक, बेधड़क।'

मैं उसकी तरफ देखकर थोड़ा-सा मुस्कुरा दी। वह इतने में ही खुश हो गया। अब उसने कुर्सी को मेरे और करीब कर लिया।

'आपने पढ़ाई कहाँ तक की है?' उसने पूछा।

'कॉलेज...,' मैंने कहा। मेरी बात पूरी सुने बिना ही वह बीच में बोल पड़ा,' किस स्ट्रीम में ग्रेजुएशन किया है आपने?'

'दरअसल बात यह है कि मैंने कॉलेज सिर्फ सेकण्ड ईयर तक किया है उसके बाद मैंने कॉलेज छोड़ दिया। इसलिए मेरे पास कोई डिग्री नहीं है,' मैंने उसे पूरी बात बताई।

'क्यूँ, कॉलेज कम्प्लीट क्यूँ नही किया आपने?' मुझे जितनी उम्मीद थी उसने उतना ही चौंकते हुए पूछा।

'मुझे मजा नहीं आ रहा था,' मैंने कहा। मेरी कॉलेज छोड़ने की वजह सुनने के बाद वह हँसते हुए बोला-

'कॉलेज मजे के लिए नहीं पढ़ने के लिए जाते है।'

'मेरा मतलब है मेरा मन पढ़ाई में नहीं लग रहा था।'

'चलिए ठीक है कोई बात नही।'

'क्या आप किसी और को पसंद करतीं हैं?' उसने मेरी तरफ झुककर पूछा।

अब मैंने उसकी तरफ देखा, उसके हाव-भाव से एक पल मुझे ऐसा लगा कि वह शायद जानता है मेरे और गौरव के बारे में।

'घबराइए मत मैं किसी से कुछ नही कहूँगा। मैं बस चाहता हूँ कि शादी के पहले हम दोनों एक-दूसरे को अच्छी तरह से जान ले,' उसने आगे कहा,' यह नार्मल है कि कॉलेज में किसी पर दिल आ सकता है। सच कहूँ तो मैं भी एक लड़की को लाइक करता था लेकिन उससे कभी कह नहीं पाया।'

उसकी यह बात सुनकर मुझे एक पल तो ऐसा लगा कि उसे सब सच बता दूँ। लेकिन यह सोचकर नहीं बताया कि वह कोई हीरो तो है नहीं जो मेरी सच्चाई जानकर इस शादी से मना कर देगा और मुझे गौरव से मिलवा देगा। ऐसा तो सिर्फ फिल्मों मे ही होता है।

'नहीं, मैं किसी को लाइक नहीं करती,' मैंने गौरव को याद करते हुए कहा।

'ओके, आपकी हॉबीज क्या है?'

'वही जो लगभग 99 प्रतिशत लड़कियों में सेम रहती है,' मैंने कहा। मेरे मुँह से यह जवाब कैसे निकल गया मुझे खुद पता नहीं था। मेरी यह बात सुनकर वह हँसते हुए बोला-

'मैं कुछ समझा नहीं।'

'सिंगिग, कुकिंग, फिल्में देखना बस यही सब। यह सब लड़कियों की कॉमन हॉबी है,' मैंने भी थोड़ा मुस्कुराते हुए कहा।

'बढ़िया है, लेकिन आप तो मुझसे कुछ पूछ ही नहीं रही है। क्या आपको मेरे बारे में कुछ नहीं जानना,' उसने कहा।

'नहीं, मैंने गर्दन दाएं बाएं करते हुए कहा।'

'ओके, तो फिर हम चले वापस नीचे?' उसने पूछा।

'हाँ चलिए,' मैंने कहा और कुर्सी से उठ गई मेरे साथ ही वह भी उठ गया।

छत से नीचे आने के बाद हम दोनों उसी जगह पर बैठ गए जहाँ पहले बैठे थे।

'असद बेटे हो गई तुम्हारी बातें?' असद की अम्मी ने पूछा।

'जी अम्मी।'

'तो फिर क्या फैसला किया तुमने?'

'मुझे आफरीन पसंद है,' असद ने कहा। यह बात सुनने के बाद मैं वहाँ से उठकर कमरे की तरफ जाने लगी।

'शरमा रही है आफरीन,' असद की अम्मी ने कहा।

'मुबारक हो बेटे,' असद के अब्बू ने कहा।

'शुक्रिया अब्बा,' उसने कहा। इतनी बातें मेरे कमरे में पहुँचने के पहले ही हो चुकी थी।

जब मैं कमरे में पहुँच गई तब मुबाकर हो, शुक्रिया, मुँह मीठा कीजिए, पहले आप कीजिए जैसी बातों से हॉल गूँज रहा था। लड़के के साथ-साथ उसके घरवालों ने भी मुझे पसंद कर लिया था वह शादी के लिए राजी थे। मेरे घरवाले तो पहले से ही यह आशा लगाए बैठे थे कि किसी भी तरफ से यह रिश्ता पक्का हो जाए। और शादी के बाद मेरी इस घर से विदाई हो

जाए ताकि उनके सिर पर जो बदनामी का बोझ है वह कम हो जाए। मेरी पसंद या नापसंद, हाँ या न घरवालों के लिए कोई मायने नहीं रखती थी। अब मैं यह हक भी खो चुकी थी कि अरेंज मैरिज में घर वालों द्वारा पसंद किए लड़के को नापसंद कर सकूँ।

लड़के वालो को भी शादी की जल्दी थी वह जल्द से जल्द कामकाजी, सबका ख्याल रखने वाली, अच्छा लजीज खाना बनाने वाली पति को हर तरह से खुश रखने वाली सुन्दर बहु अपने घर लाना चाहते थे।

लेकिन लड़के वालो से भी ज्यादा जल्दी मेरे घरवालों को थी वह चाहते थे कि मैं जल्द से जल्द इस घर से विदा हो जाऊँ। उन्हें डर था कहीं लड़के वालो को मेरी यह हकीकत पता न चल जाए कि मैं किसी लड़के को पसंद करती हूँ। यह खबर मोहल्ले में फैल गई थी। और यही डर अम्मी अब्बू को था कि कहीं कोई लड़के वालो के कान में यह बात न डाल दे।

एक हफ्ते के अंदर ही मेरी सगाई तय कर दी गई। सगाई का प्रोग्राम लड़के के घर पर ही होना तय किया गया था। हमारे घर से लड़के वालो का घर लगभग 50 किलोमीटर दूर था। यह दूरी मुझे इसलिए मालूम है क्योंकि मैं वहाँ पहले जा चुकी हूँ। लड़के वालो के घर नहीं, वहाँ हमारे एक रिश्तेदार रहते हैं। कभी-कभार हमारा वहाँ जाना होता है। उन्हीं रिश्तेदार ने यह रिश्ता तय कराया था। पता नहीं अब्बू ने उन्हें मेरी उस हरकत के बारे में बताया है कि नहीं जिसकी वजह से वह सोचते है कि उनकी बदनामी हो गई है। उससे बड़ी बात यह है कि उन रिश्तेदार ने लड़के वालो को इस बारे में बताया कि नहीं। वैसे जहाँ तक मेरा मानना

है उन्होंने ऐसा नहीं किया होगा। वरना वह क्यों इस शादी के लिए राजी होते।

सगाई के लिए थोड़ी बहुत खरीददारी भाभी ने मेरे लिए कर ली थी। वह खरीददारी करने मेरे साथ ही गई थी। लेकिन कपड़े, जेवर जो कुछ भी खरीदा उसे मैंने पसंद नही किया। भाभी ने जब भी मुझसे पूछा कि कोई चीज़ मुझे पसंद है या नहीं, तो मैंने पहली बार मैं ही हाँ कर दिया, क्योंकि उन चीजों में मुझे कोई दिलचस्पी ही नहीं थी।

सगाई के दिन सुबह 10 बजे तक घर के सभी लोग तैयार हो गए। मेरे घरवालों के अलावा 8 लोग और थे जो हमारे साथ लड़के वालों के घर जाने वाले थे। वह हमारे बहुत करीबी रिश्तेदार थे। भाईजान ने दो बड़ी फोरव्हिलर गाड़ी हायर कर ली थी। हम उसी से लड़के वालों के घर जाने वाले थे। गाड़ी घर के सामने नहीं आ सकती थी, रोड सकरा होने के कारण, इसलिए हम सभी लोग पैदल मैन रोड तक गए जहाँ दोनों गाड़ियाँ खड़ी हुई थी। सभी के बैठ जाने के बाद भाईजान ड्राइवर सीट पर बैठ गए वही गाड़ी को ड्राइव कर रहे थे।

दूसरी गाड़ी को ड्रायवर चला रहा था।

लड़के वालों का घर एकदम मैन रोड पर ही थी। जब हम वहाँ पहुँचे तो लड़के के अब्बू कुछ और लोगों के साथ खड़े हुए थे। गाड़ी देखकर वह हमारे करीब आ गए। गाड़ी से उतरने के पहले ही उन्होंने अब्बू, अम्मी से सलाम किया। फिर एक-एक करके सभी लोग गाड़ी से उतर गए। मुझे और भाभी को छोड़कर, हम सबसे आखिरी में उतरे।

घर के अंदर पहुँचने के बाद उन्होंने हमारे लिए दो रूम उपलब्ध करा दिए थे। एक रूम में सभी आदमी और एक रूम में सभी औरतें जमा हो गईं। लड़के की अम्मी मुझसे मिलने आई उनके साथ चार महिलाएं और थी उन महिलाओं ने मुझे देखकर मेरी सुन्दरता की खूब तारीफ की। एक महिला ने कहा कि मैं असद की भाभी हूँ। मैंने बिना कुछ कहे उन्हें देखकर गर्दन हिला दी। मेरी तरफ से भाभी ने महिला से बातें की। उन्होंने पूछा-

'आप आफरीन को देखने उस दिन घर क्यूँ नहीं आईं थीं?'

'मेरी बेटी की तबीयत खराब थी इसलिए मैं नहीं आ पाई। चलो कोई बात नहीं अब तो आफरीन यहीं आ रही है मेरी देवरानी बनकर अब आराम से बातें हो जाएँगी। वैसे भी उस दिन तो असद और आफरीन की बातें ही सबसे जरूरी थीं,' उन्होंने कहा।

'हाँ यह तो ठीक कहा आपने,' भाभी ने कहा।

'आफरीन, मैं बहुत स्ट्रिक्ट जेठानी हूँ मेरी सुनकर रहना पड़ेगा तुम्हें, मंजूर है,' असद की भाभी ने कहा।

'मैंने थोड़ा सा मुस्कुराकर कहा,' जी बिल्कुल।'

'अरे मैं तो मजाक कर रही हूँ। अल्लाह मियां का कहर बरसेगा मुझ पर जो इतनी खूबसूरत चाँद जैसी देवरानी को तंग करूँगी तो,' उन्होंने कहा। और हँसने लगी उनके साथ भाभी और मैं भी।

सगाई का प्रोग्राम हमारे पहुँचने के दो घण्टे बाद ही चालू हो गया। लड़के वालो ने सारी तैयारी पहले से ही कर रखी थी। हमें बस उसमें शामिल होना था।

रिंग-सेरेमनी में जाने से पहले भाभी ने एक बार और मेरा थोड़ा सा मेकअप किया, फाइनल टच देने के लिए। जिस जगह पर रिंग-सेरेमनी होनी थी वहाँ लगभग 50-60 लोग थे जिनमें हमारे घरवाले भी शामिल थे। स्टेज पर असद पहले से मौजूद था। मैं भाभी और कुछ अन्य महिलाओं के साथ स्टेज पर पहुँची।

कुछ ही देर बाद असद ने मेरी रिंग-फिंगर में अँगूठी पहना दी। स्टेज के ऊपर खड़े हुए लोगों ने फूल बरसाय। उसके बाद मैंने असद को अँगूठी पहना दी न चाहते हुए भी।

कुछ देर फोटो सेशन चला और लोगों ने हमें बधाई दी उसके बाद हम स्टेज से नीचे उतर आए।

❀ ❀ ❀

शादी के कार्ड बंट चुके थे। तीन दिन की शादी की रस्में दो दिन बाद से चालू होने वाली थी। घर के कमरे और हाल में रिश्तेदार जमा हो गए थे जो शादी की हर रस्म में शामिल होने वाले थे। शादी के लिए जरूरी खरीददारी भी पूरी हो चुकी थी। पास ही के एक गार्डन को बुक कर लिया गया था। हल्दी को पीसकर एकदम तैयार कर लिया गया था बस उसे घोलना बचा था जो कि हल्दी की रस्म के समय तुरन्त ही हो जाता है। घर में सबके चेहरों पर खुशी थी सिर्फ मुझे छोड़कर। लेकिन अब अम्मी और अब्बू की नाराजगी मुझसे

कुछ कम हो गई थी उन्हें मालूम था कि मैं बस कुछ दिन और उनकी नजरों के सामने रहूँगी फिर वह मेरी शक्ल कभी-कभार ही देख पाएंगे। उनके लिए यह बात किसी जंग जीतने से कम नहीं थी कि उन्होंने मेरी शादी बड़ी आसानी से तय करवा दी। सब कुछ ठीक चल रहा था लेकिन आज ही एक ऐसी खबर अब्बू को मिली जिससे शादी की सारी तैयारियाँ धरी की धरी रह गई। घरवालों के हँसते मुस्कुराते हुए चेहरों पर अचानक मोहर्रमी मातम पसर गया। हर कोई खामोश हो गया। सिर्फ बहुत ही जरूरी बातें एक-दूसरे से की जा रहीं थीं वह भी बहुत ही धीमी आवाज़ में। जो खबर सबसे पहले अब्बू को मिली थी, वह खबर अब्बू से अम्मी तक अम्मी से भाईजान तक और फिर घर में मौजूद सभी मेहमानो तक पहुँच गई। जितने मुस्कुराते हुए चेहरे लेकर वह मेरी शादी में शामिल होने आए थे। उतनी ही उदासी के साथ वह वापस अपने-अपने घर जाने की तैयारी करने लगे।

अब न शादी में पहने जाने वाले कपड़ों की जरूरत थी, न गहनों की और न हल्दी की। इन सारी चीजों का अब कोई मतलब नहीं था।

अब्बू को जो खबर मिली थी जिसको सुनकर सभी के चेहरों पर उदासी छा गई, वह खबर लड़के के अब्बू ने मेरे अब्बू को दी थी। वह खबर यह थी कि लड़के वालों ने शादी तोड़ दी। शादी टूटने की खबर सुनकर अब्बू को गुस्सा तो बहुत आया लेकिन वह यह गुस्सा लड़के के घरवालों पर नहीं उतार पाए। क्योंकि इस शादी को तोड़ने की वजह यह थी कि लड़के वालो को उस सच्चाई का पता चल गया था जो अब तक उनसे छिपाकर रखी गई थी। जिसकी वजह से मेरे

घरवाले जल्द से जल्द मेरी शादी करवाना चाहते थे। लड़के वालों को मेरी वह बात पता चल गई थी कि मैं कॉलेज में किसी लड़के के साथ इश्क लड़ा रही थी। और वह ऐसी बेहया बदचलन लड़की को अपने घर की बहु नहीं बनाना चाहते थे। अब यह खबर उन तक कैसे पहुँची, यह राज किसने उनके सामने खोला इसकी पक्की खबर अभी किसी के पास नहीं थी। अगर यह खबर लड़के वालो तक पहुँचाने वाले का पता चल भी जाता तो भी कोई फायदा नहीं था। क्योंकि शादी तो टूट ही चुकी थी।

यह खबर सुनकर मैं खुश होऊँ या दुःख मनाऊँ मुझे कुछ समझ नहीं आ रहा था। मैं इस शादी से खुश नहीं थी इसलिए शादी टूटने की खबर सुनकर मुझे कुछ राहत महसूस हुई। लेकिन मैं यह भी जानती थी कि इस शादी के टूट जाने से यह पक्का नहीं हो जाता कि अब मेरे घरवाले मेरी शादी गौरव से करने के लिए राजी हो जाएँगे। फिर भी शादी टूटने से मुझे काफी सुकून महसूस हो रहा था। वहीं दूसरी तरफ अम्मी, अब्बू और भाईजान के उदासी भरे चेहरे देखकर मुझे रोना भी आ रहा था। उनके चेहरे का दर्द मुझसे देखा नहीं जा रहा था। उनको दुःख पहुँचाने के लिए मैं खुद को जिम्मेदार मानकर बहुत गिल्टी फील कर रही थी। अब गौरव के प्यार पर अम्मी अब्बू का दुःख हावी हो रहा था।

अब वह मुझे डाँट भी नहीं रहे थे। यहाँ तक कि मेरा चेहरा देखना भी पसंद नहीं कर रहे थे। उनका इस तरह से मुझे इग्नोर करना मुझे और भी ज्यादा तकलीफ दे रहा था।

शाम होने तक सभी मेहमान घर से जा चुके थे। मुझे लगा कि मेहमानों के जाने के बाद अम्मी, अब्बू मुझे डाँटेंगे इस सारी पेरशानी का ठीकरा मेरे सिर पर फोड़ेंगे। लेकिन शाम से रात हो गई न तो अम्मी ने और न ही अब्बू ने मुझसे एक लफ्ज कहा। वह गुमसुम चुपचाप बैठकर अपनी किस्मत को रोते रहे।

'अब्बू, अम्मी आप लोग खाना खा लीजिए,' भाभी ने कहा।

उन्होंने अकेले ही खाना तैयार कर लिया था। उन्होंने मुझसे किसी काम के लिए मदद नहीं माँगी।

'भूख नहीं है,' अब्बू ने कहा।

'मुझे भी नहीं खाना है,' अम्मी ने भी खाना खाने से मनाकर दिया।

'थोड़ा बहुत तो खा लीजिए। भूखे रहने से क्या होगा,' भाभी ने कहा। लेकिन उनकी बात का अम्मी, अब्बू पर कोई असर नहीं हुआ उन्होंने खाना खाने से मना कर दिया।

मैं कमरे में बैठी-बैठी यह सारी बातें सुन रही थी। अब्बू, अम्मी के लिए मेरा दिल पसीजता जा रहा था। मैं अपने आप को कोस रही थी कि मैं कैसी औलाद हूँ जिसकी वजह से उसके माँ-बाप को इतनी परेशानी उठानी पड़ रही है कि उनके मुँह से निवाला भी नहीं उतर रहा था। उनकी हालत देखकर मेरा भी गला भर आया था। मैं कमरें से बाहर आई एक नजर अम्मी-अब्बू ने मुझे देखा और फिर बिना कुछ कहे वैसे ही बैठे रहे जैसे वह पहले बैठे थे। मानो मेरे होने या न होने का कोई फर्क ही उन पर न पड़ा हो।

'मुझे माफ कर दीजिए अब्बू-अम्मी मेरी वजह से आप को इतनी तकलीफ उठानी पड़ रही है,' मैंने उनके कदमों में बैठकर उनसे अपने गुनाह की माफी माँगी। लेकिन अभी भी दोनों मुझे इग्नोर कर रहे थे। अब उनकी ओर ज्यादा बेरुखी मुझसे सही नहीं जा सकती थी। जिन आँसुओं को मैं आँखों में दबाकर रखी थी अब वह किसी टूटे हुए बाँध की तरह एकदम से बह निकले। मैं अम्मी के पैरों से लिपट कर रोते हुए बोली-

'अम्मी मैं अपने किए पर शर्मिंदा हूँ। मेरी वजह से आप लोगो को इतना दुःख पहुँच रहा है। मुझे माफ कर दीजिए। माफ कर दीजिए मुझे, आपको अल्लाह का वास्ता।'

सिसकियाँ ले-ले कर आँसुओं से तर हो चुके चेहरे के साथ मैं अम्मी से अपने गुनाहों की माफी माँगती रही। हर माँ कि तरह इस बार उनका भी दिल पसीज गया। उन्हें भी एहसास हो गया कि बच्चों से गलती हो जाए तो भी उनसे सिर्फ नाराज हुआ जा सकता डाँटा जा सकता लेकिन उन्हें दिल से नहीं उतारा जा सकता। आखिरकार अपने शरीर के एक हिस्से से कब तक बेरूखी की जा सकती है।

उन्होंने मेरे सिर पर हाथ फेरकर दुलारा और अपने हाथों का सहारा देकर मुझे अपने पैरों से उठाकर अपने पास बैठाया। अब मेरा सिर उनके पैरों में नहीं उनके सीने से लग गया। लेकिन आँसुओं की रफ्तार अभी भी पहले जैसी ही थी। अम्मी ने अपने दुपट्टे से मेरे आँसूओं को पोंछते हुए कहा-

'बस अब रोना बँद करो।'

यह बात सुनते ही जैसे मेरे आंसुओं का बहना एकाएक रूक सा गया। एक बोझ, अपराध बोध जो मुझे अंदर ही अंदर सताए जा रहा था अब मैं उस बोझ से अपने आप को आजाद महसूस कर रही थी।

'मुझे बहुत अफसोस है कि मेरे कारण आप लोगों को नीचा देखना पड़ रहा है। मैं उस गलती को सही तो नहीं कर सकती लेकिन अब मैं आपकी हर बात को अपने सिर आँखों पर रखूँगी,' मैंने कहा।

'इतनी ही समझदारी अगर पहले दिखाई होती तो आज यह दिन देखना नहीं पड़ता। पता नहीं अब हम लोगों को क्या जबाव देंगे कि यह शादी क्यूँ टूट गई,' अब्बू ने मेरी तरफ देखकर कहा, 'इस शादी के टूटने का अफसोस नहीं है। अफसोस इस बात का है कि अब किसी और के साथ तुम्हारी शादी का रिश्ता लेकर जाएं भी तो इस बात का क्या जबाव देंगे की तुम्हारी पहली शादी होने से पहले ही क्यूँ टूट गई।'

'अब आप ज्यादा चिंता करना बंद कर दीजिए। आप अपनी सेहत का ख्याल रखिए। अल्लाह मियाँ ने जो सोच रखा है वही होगा,' अम्मी ने कहा। उनकी यह बात सुनकर अब्बू चुप हो गए। शायद उन्होंने भी यह मान लिया था कि अल्लाह मियाँ ने जैसा सोच रखा है वैसा ही हो रहा है और आगे भी उनकी मर्जी के हिसाब से ही सबकुछ होगा।

'हाँ अब्बू, अम्मी ठीक कह रहीं हैं जब हालात अपने हाथ में न हो तो सब ऊपर वाले के हवाले छोड़ देना चाहिए वह जो करेगा ठीक ही करेगा,' भाभी ने कहा। अब आप लोग

हाथ मुँह धो लीजिए मैं खाना लगा देती हूँ थोड़ा-थोड़ा खा लीजिए,' भाभी ने कहा।

❀ ❀ ❀

अब्बू मेरे लिए लड़का ढूँढ़ने में कोई कसर नहीं छोड़ रहे थे। लेकिन आसपास के सभी रिश्तेदारों में यह खबर फैल गई थी कि लड़के वालों ने सगाई करने के बाद शादी तोड़ दी। साथ ही शादी टूटने की असल वजह भी उन सभी को पता चल गई थी। सभी लोगों ने यह राय बना ली थी कि मैं एक कैरेक्टरलेस लड़की हूँ। अब कोई शरीफ इंसान किसी कैरेक्टरलेस लड़की को अपने घर की बहू क्यों बनाना चाहेगा। लेकिन कोई यह नहीं देखता कि लड़के का कैरेक्टर कैसा है। सबको सिर्फ और सिर्फ लड़की के कैरेक्टर से मतलब होता है।

लड़का सिगरेट पीता हो चलेगा है लेकिन लड़की ऐसा करे तो वह कैरेक्टरलेस है। लड़का शादी से पहले लड़कियों के साथ रिश्ते रखे तो चलता है, लड़का ही तो है। लेकिन लड़की ऐसा करने का सोच भी ले तो कैरेक्टरलेस हो जाती है। लड़का जितनी चाहे लड़कियों के साथ घूमे चलता है लेकिन लड़की किसी लड़के के कंधे पर सिर रख ले तो वह कैरेक्टर लेस हो जाती है।

इसे मैं अपनी बदकिस्मती कहूँ या जमाने का दोगलापन कि मैं भी इसी तरह की कैरेक्टरलेस लड़की हूँ।

हर माँ-बाप अपनी बेटी के लिए अच्छा सा लड़का अच्छा सा घर-बार ढूँढते है ताकि उनकी बेटी उस घर में खुशी से रह सके। मेरे घरवाले भी मेरे लिए ऐसा ही रिश्ता ढूँढ रहे थे।

लेकिन उनकी हिम्मत जवाब देने लगी थी। लोगों की बातें सुन-सुनकर अब्बू इतने तंग आ एक थे कि अब उन्होंने घर से निकलना भी लगभग बंद कर दिया था। वह सारा दिन घर पर ही चुपचाप समय काटते रहते थे। बढ़ापे में नींद वैसे ही कम आती है ऊपर से मेरी चिंता के कारण उनकी बची-कुची नींद भी उनसे रूठ गई थी।

कई दिनों तक अब्बू न तो मेरे लिए किसी लड़के को कहीं देखने गए और न उस विषय में घर में कोई बात की। न अम्मी से और न भाईजान से। कुछ दिनों तक तो ऐसा लगा कि मेरी शादी का कोई मामला है ही नहीं।

लेकिन आँखें बंदकर लेने से रात थोड़ी न हो जाती है। उसी तरह मेरी शादी न होने की मुश्किल जस की तस बनी हुई थी। घर में सुबह से रात तक खामोशी छाई रहती थी। सभी लोग आपस में बस उतनी ही बाते करते थे जितनी जरूरी होती थी। अब अम्मी, अब्बू ने हालात सच में ऊपर वाले के हाथों में सौंप दिए थे। उन्होंने सोच लिया था कि अब जो होगा उसी की मर्जी से होगा। और तभी होगा जब वह चाहेगा। शायद इसीलिए उन्होंने अपनी कोशिशों पर एकदम विराम लगा दिया।

कुछ दिन बीतने के बाद एक ऐसी खबर आई जिसको सुनकर अम्मी, अब्बू के मुरझाए हुए चेहरे खिल उठे। एक लड़के का रिश्ता मेरे लिए आया था। शायद अल्लाह मियाँ ने हमारी फरियाद सुन ली थी। लड़के की आमदनी भी अच्छी खास थी। सबसे खुशी की बात तो यह थी कि लड़के को मेरी शादी टूटने की वजह मालूम थी उसे उस बात से कोई एतराज नहीं था। यह जानते हुए भी कि मैं कैरेक्टरलेस हूँ वह मुझे

अपनी दुल्हन बनाने के लिए तैयार था। इस खबर ने तो जैसे अब्बू के चेहरे की चमक ही लौटा दी थी। अब उन्हें लड़के से कोई बात नहीं छुपानी पड़ी। हर वक्त उनके अन्दर जो डर बैठा रहता था वह भी अब दूर हो गया।

थोड़ा सोच विचार करने के बाद अब्बू ने इस रिश्ते के लिए हामी भर दी। पहले अब्बू लड़का ढूँढने के लिए मारे-मारे फिर रहे थे। वह चाह रहे थे कि जल्द से जल्द मेरी शादी हो जाए। लेकिन अब उन्हे इस रिश्ते को पक्का करने से पहले थोड़ा सोच-विचार करना पड़ा हालांकि उन्होंने इस रिश्ते के लिए हामी भर दी।

हामी भरने से पहले सोच विचार करने की एक वजह थी। और वह वजह यह थी कि लड़का पहले से शादीशुदा था। उसकी पहली बीवी की मौत किसी बीमारी की वजह से हो गई थी।

बात सिर्फ यहीं तक होती तो भी ठीक था। इसमें कोई ज्यादा सोच-विचार करने की जरूरत नहीं थी। लेकिन एक बात और थी जिस पर गौर किया जाना जरूरी था। उस लड़के की उम्र मेरी उम्र से 18 साल ज्यादा थी। मतलब जब मैं पैदा हुई थी तब वह वयस्क हो गया था।

मेरी और उस लड़के की शादी में यही वह पेंच था जो शादी के बीच अड़चन बन रहा था। लेकिन अब्बू ने इस एज़ फैक्टर को भी इग्नोर कर दिया और उस लड़के के प्रपोजल पर हामी भर दी और मेरी शादी उसके साथ तय कर दी। उन्हें बस इतनी चिन्ता थी कि कैसे भी करके मेरी शादी हो जाए। मेरी शादी उनके लिए हज कर लेने जितनी बड़ी बात

हो गई थी। अम्मी और भाईजान भी इस शादी के लिए राजी हो गए थे।

मैं तो पहले ही अम्मी के कंधे पर सिर रखकर रोते हुए उनसे माफी माँगकर कह चुकी थी कि अब वह जहाँ चाहे मेरी शादी कर दें मैं उनके हर फैसले में दिल से उनके साथ हूँ और अगर यह बात मैं उनसे नहीं कहती तब भी उनके ऊपर कोई फर्क नहीं पड़ने वाला था। वह मुझसे पूछे बिना ही यह शादी तय कर देते।

वह लड़का या यूँ कहूँ कि वह आदमी मुझसे घर मिलने आया था।

वह अकेला ही आया था उसके साथ कोई और नहीं था। उसे चाय देते समय एक नजर मैंने उसे देखा था। हमारी उम्र का अंतर उसके चेहरे की मुरझाई हुई त्वचा पर साफ दिखाई दे रहा था। ट्रिम की हुई दाढ़ी से वह कुछ हद तक अपने चेहरे का आकर्षण बढ़ाने में कामयाब हो गए थे लेकिन ज्यादातर काले बालों के बीच आसानी से दिखाई दे रहे कुछ सफेद बाल इस ओर इशारा कर रहे थे की वह जवानी के अंतिम दौर में दाखिल हो रहे है। सिर के बालों कि सफेदी को किसी तरह रंग रोगन करके उन्होंने छिपा लिया था।

उन्होंने असद की तरह मुझे अकेले में मिलकर बातचीत करने की कोई इच्छा जाहिर नहीं की। सब कुछ तय हो जाने के बाद वह वापस चले गए।

शादी की तारीख तय करने से पहले अम्मी और अब्बू एक बार उनके घर हो आए थें। उनका घर, दुकान सब कुछ देखकर तसल्ली हो जाने के बाद ही अब्बू ने शादी की तारीख

पक्की की थी। तारीख भी बहुत दिनों बाद की तय नहीं की गई थी। क्योंकि मेरे लिए जो खरीददारी करनी थी वह पहले ही हो चुकी थी। अब न कार्ड छपवाने थे और न ही मेहमानों को बुलाना था। सिर्फ काजी साहब को शादी की तारीख बता दी गई थी। एक दिन की शादी का प्रोगाम तय हो गया। न कोई उबटन, न कोई बारात।

तय तारीख को मेरे होने वाले शौहर 5-6 लोगों के साथ मेरे घर आ गये। हमारी तरफ से 20-25 लोग ही शादी में शामिल थे घरवालों को मिलाकर। तय समय पर काज़ी साहब भी घर पर आ गए। शादी मेरे घर पर ही होना तय हुआ था। बिना समय खराब किए काज़ी साहब ने निकाह पढ़ा दिया। अब फाइनली मेरी शादी हो गई थी। अबकी बार यह शादी सच में हुई थी। पिछली बार की तरह इस बार मैं कोई सपना नहीं देख रही थी। सपने में मेरी शादी मेरी मर्जी से गौरव के साथ हुई थी लेकिन हकीकत में मेरी शादी मेरी मर्जी के खिलाफ हुई थी। हालांकि मैंने अपनी यह नापसंदगी किसी के सामने जाहिर नहीं की थी। शादी दोपहर में हो गई थी, शाम तक मेरी विदाई अपने घर से हो गई। आखिरकार अम्मी, अब्बू और भाईजान के सिर पर जो बदनामी का बोझ था मेरी विदाई के साथ ही वह बोझ भी विदा हो गया। एक हम उम्र लड़के से प्यार करने की कीमत मुझे अपने से 18 साल बड़े आदमी से शादी करके चुकानी पड़ी।

फहीम यानी कि मेरे शौहर उसी शहर में रहते थे। अपने घर से उनके घर तक का सफर तय करने में ज्यादा समय नहीं लगा। उनके घर पहुँचने पर घर के दरवाजे पर पहले से

मौजूद महिलाओं ने हमारा स्वागत किया। सभी रस्में पूरी करने के बाद हम घर के अंदर पहुँच गए। यह सारी रस्में सिर्फ मेरे लिए ही नई थी, मेरे शौहर तो एक बार पहले इन सब चीजों से रूबरू हो चुके थे।

घर के अंदर पहुँचने पर जो 4-5 गिनी चुनी महिलाएँ थी उनमें से चार महिलाएँ मुझे अपने साथ ले गईं। उस घर के कमरे मेरे घर के कमरों से काफी बड़े थे, ज़मीन पर बढ़िया सा मार्बल लग हुआ था। फर्नीचर भी बढ़िया था। यह सब चीजें अब्बू पहले देख गए थे, इन्हीं चीजों से उन्होंने अंदाजा लगा लिया होगा कि मैं यहाँ खुश रहूँगी। मुझे किसी चीज की कमी नहीं होगी। इन सब चीजों ने मेरे शौहर की ज्यादा उम्र को नजर अंदाज करने का काम किया था लेकिन शायद अब्बू इस बात का अंदजा नहीं ला पाए कि एक लड़की की खुशी घर, मकान की सुख-सुविधा में नहीं उसकी पसंद के लड़के के साथ शादी में छुपी होती है।

'यह लीजिए मुँह मीठा कीजिए,' एक महिला ने मिठाई का डिब्बा आगे करते हुए कहा।

'शुक्रिया,' मैंने मुस्कुराते हुए एक मिठाई उठाने के बाद कहा। मुझे मिठाई खिलाने के बाद वह महिला मेरे पास ही बैठ गई। मैं मिठाई चबा ही रही थी तभी उन्होंने कहा-

'मैं फहीम भाई की बहन हूँ। मेरा नाम शायरा है।'

'अस्सलाम वालेकुम,' मिठाई को जल्दी से गले के नीचे उतारने के बाद मैंने कहा-

'वालेकुम अस्सालाम।'

'आप रिश्ते में मेरी भाभी हो गई है,' उन्होंने कहा। मेरा मन कर रहा था कि उनसे कह दूँ कि मेरी उम्र आपकी भाभी बनने लायक नहीं है। लेकिन मैं उनसे कह नहीं पाई। मन की बात मन में दबाकर रखने की आदत हो गई थी। 2 घण्टे से ज्यादा समय तक वह बस मुझसे बतियाती रहीं। मैं बस उनके सवालों का जवाब दे रही थी उनकी खिलखिलाती हुई हँसी देखकर मैं भी अपने चेहरे पर आर्टिफीसियल इस्माइल बिखेर लेती थी। मैं अपने दिल का हाल, अपनी मजबूरी, अपनी बदकिस्मती उनके सामने अपने चेहरे के हाव-भाव से दिखना नहीं चाहती थी।

❀ ❀ ❀

शादी के अगले दिन सुबह शायरा ने ही हम सबके लिए चाय नाश्ता बना लिया था। मैं जल्दी उठकर कमरे से बाहर आ गई थी। मेरे शौहर अभी भी सो रहे थे। शायरा ने चाय नाश्ते की प्लेट मेरे सामने रख दी। और वापस किचन में चली गई।

शायरा के जाने के बाद मैंने चाय पी चाय के साथ मैंने एक-दो टोस्ट भी खा लिए हालांकि मेरा पेट आमलेट से ही भर गया था। मुझे चाय के साथ टोस्ट खाने की आदत थी। घर पर मैं यही खाती थी सुबह चाय के साथ।

'अरे भाईजान उठ गए आप,' शायरा ने कहा। उसकी आवाज मुझे डायनिंग रूम तक आ रही थी।

'हाँ, आफरीन कहाँ है?' फहीम ने पूछा।

'वह नाश्ता कर रही है,' शायरा ने कहा।

'अच्छा! कब जाग गई तो?'

'आधा घण्टे पहले। अब आप भी फ्रेश हो जाइए मैं आपके लिए नाश्ता लगा देती हूँ। बस आज और मेरे हाथ का खा लिजिए कल से तो आफरीन ही बनाकर आपको खिलाएगी,' शायरा ने कहा।

'ठीक है मैं आता हूँ,' फहीम ने हँसते हुए कहा।

चाय नाश्ता खत्म करने के बाद मैं वहीं बैठी रही। थोड़ी देर बाद शायरा भी वहीं आ गई। लेकिन वह अभी नाश्ता साथ में नहीं लाई थी। वह अपने भाईजान को एकदम गर्मागरम नाश्ता खिलाना चाहती थी।

'भाईजान भी उठ गए हैं,' शायरा ने कहा।

'हाँ मैंने आप दोनों की बातें सुन ली थी,' मैंने उसकी तरफ मुड़कर कहा।

'आप आज ही वापस चली जाएँगी?' मैंने शायरा से पूछा। उसने मुँह बनाते हुए कहा-

'हाँ मन तो नहीं है लेकिन क्या करूँ जाना पड़ेगा। बच्चों के स्कूल की छुट्टी हो रही है और घर पर बहुत सारा काम भी बाकी है।'

'आते रहिएगा आपसे बात करके अच्छा लग रहा है,' मैंने कहा।

'हाँ-हाँ, क्यूँ नहीं अब तो आना जाना लगा ही रहेगा,' उसने कहा।

'अस्सलाम वालेकुम,' मैंने अपने शौहर को देखकर कहा वह डायनिंग हाल में आ गए थे।

'वालेकुम अस्सलाम,' उन्होंने टॉवल से अपने हाथों को पोंछते हुए कहा। जब वह अंदर आए तो टॉवल उनके गले में लटका हुआ था।

'बैठे रहिए उठने की कोई जरूरत नहीं है,' उन्होंने कहा। मैं उन्हें देखकर उनके लिए अपनी कुर्सी खाली कर रही थी लेकिन उन्होंने मना किया और घूमकर टेबल के दूसरी और मेरे सामने रखी हुई कुर्सी पर बैठ गए।

'लो अथर भी आ गया,' शायरा ने दरवाजे की तरफ देखकर कहा। वहाँ मेरे शौहर का बेटा खड़ा हुआ था। वह अभी-अभी नींद से जागकर आया था।

'अरे अथर बेटा उठ गए तुम?' उन्होंने अथर से पूछा।

अथर मेरे शौहर और उनकी पहली बीवी का बेटा था। अपने शौहर के साथ एक बच्चा भी मुझे एडवांस में मिला था।

'जी अब्बू,' अथर ने जवाब दिया।

'जाओ ब्रश कर लो फिर हम साथ में ही नाश्ता करेंगे,' उन्होंने कहा। और अथर चुपचाप वहाँ से चला गया। उसके जाने के बाद शायरा भी वहाँ से चली गई।

अब हम दोनों अकेले थे। मैं खाली हो चुके चाय के कप में अपनी नजरें डाले हुई थी। क्योंकि मैं उनसे नजरें नहीं मिलाना चाहती थी। मैंने कोई बात उनसे नहीं की कुछ देर

वह भी खामोश रहे लेकिन उनसे ज्यादा देर तक चुप्पी साधी नहीं गई। और उन्होंने मुझसे पूछ लिया।

'आपने नास्ता कर लिया?'

'जी अभी आपके आने से पहले ही किया है,' मैंने कहा।

'ओह! आपने तो पहले दिन ही अकेले-अकेले नाश्ता कर लिया हमसे पूछना भी जरूरी नहीं समझा,' उन्होंने मुस्कुराकर कहा।

'नहीं ऐसी बात नहीं हैं। मैं आपकी नींद खराब नहीं करना चाहती थी इसलिए मैं आपको जगाए बिना ही बाहर आ गई। किचन में शायरा ने मुझे देख लिया और नाश्ता करवा दिया,' मैंने कहा।

'मैं मजाक कर रहा हूँ। अच्छा हुआ आपने मुझे नहीं जगाया मैं थका हुआ था अभी भी मेरी आँखों में नींद भरी है लेकिन जब मैंने देखा की आप जाग गई है तो मैं भी उठकर बाहर आ गया मैं नहीं चाहता था की पहले ही दिन आप मुझे आलसी समझ लें,' उन्होंने कहा।

मैं कुछ कह पाती इतने में शायरा वहाँ आ गई। उसने नाश्ते की ट्रे उनके सामने रख दी। और वापस मेरे बगल में आकर बैठ गई।

'वाह! आधा पेट तो आमलेट की खुशबू सूंघकर ही भर गया,' उन्होंने एक लम्बी गहरी सांस लेने के बाद कहा,' तुम्हें पता है मेरी बहन खाने की हर चीज बहुत स्वादिष्ट बनाती है।'

'हाँ आज मैंने टेस्ट करके देख लिया है,' मैंने कहा।

'आओ अथर यहाँ बैठो,' उन्होंने अथर को अपनी बगल वाली कुर्सी की तरफ इशारा करते हुए बुलाया। वह डायनिंग रूम के गेट पर उँघता हुआ सा खड़ा था। अपने अब्बू की बात सुनकर वो धीरे-धीरे उनके पास चला गया।

'अथर मैं तुम्हारे लिए नाश्ता लाती हूँ,' शायरा ने कहा। और कुर्सी से उठ गई। कुर्सी से उठना, नाश्ता लाना, बैठना फिर उठकर नाश्ता लाने के लिए चले जाना, आज वह यही काम कर रही थी। उसे देखकर लग रहा था कि जितना मजा उसे खाना बनाने में आता है उसे सर्व करने में भी वह उतना ही आनंद ले रही थी।

अथर उबासी लेता हुआ अपने अब्बू के सीने से लिपट गया। उन्होंने उसके गीले बालो पर हाथ फेरते हुए उसे दुलारा और पूछा-

'क्या हुआ अभी नींद पूरी नहीं हुई क्या?'

'नहीं,' उसने कहा।

'फिर उठ क्यों गए अभी और सो जाते।

'मुझे भूख लग रही थी।'

'रात में पेटभर के खाना नहीं खाया था क्या? चलो कोई बात नहीं अभी फूफी नाश्ता ला रहीं हैं फिर पेटभर के खा लेना। तब तक मेरी प्लेट में से आमलेट खालो,' उन्होंने अपनी प्लेट उसकी तरफ खिसकाते हुए कहा। जब उसने दो कोर आमलेट खा लिया तब फहीम ने उससे कहा-

'अथर जानते हो यह कौन है?' उन्होंने मेरी तरफ इशारा करते हुए पूछा। अथर ने एक नजर मेरी तरफ देखकर अपने अब्बू से कहा-

'नहीं जानता कौन हैं यह।'

'अरे हाँ, अभी तुम कैसे पहचान पाओगे अभी तो मैंने तुम्हें इनसे मिलवाया ही नहीं है। यह तुम्हारी नई अम्मी हैं,' फहीम ने कहा।

'उनकी बात सुनकर अथर ने दो सेकण्ड मुझे गौर से देखने के बाद कहा-

'नहीं यह मेरी अम्मी नहीं है।'

'अब यही आपकी नई अम्मी है,' फहीम ने कहा,' मैंने आपसे वादा किया था न कि मैं आपके लिए अम्मी वापस लाऊँगा।'

'लेकिन आप मेरी वह अम्मी वापस नहीं लाए जो मुझे प्यार करतीं थीं,' अथर ने कहा। ऐसी लगा कि वह अपने अब्बू की वादा खिलाफी से नाराज है। फहीम ने उसे समझाने की कोशिश की कि नई अम्मी भी तुम्हें उतना ही प्यार करेंगी जितना तुम्हारी पुरानी अम्मी तुमसे करती थी। लेकिन अथर उनकी एक बात भी सुनने और मानने को राजी नहीं था। वह बस अपनी पुरानी अम्मी की रट लगाए हुए था।

फहीम अथर को समझा रहे थे इसी बीच शायरा के कदम डाईनिंग रूम में पड़ गए। वह अथर के पास गई और नाश्ते की ट्रे उसके सामने रख दी। फिर वह वापस मेरे पास आकर बैठ गई अब अथर अपने प्लेट में से आमलेट खाने

लगा। फहीम ने भी अथर को समझाना बंद कर दिया ताकि वह आराम से नाश्ता करे ले। वैसे भी वह इतनी जल्दी मुझे अम्मी नहीं मानने वाला था। अम्मी कहना और अम्मी मानना इन दोनों बातों में जमीन आसमान का फर्क है। जो बच्चा अपनी अम्मी के प्यार में पूरी तरह से डूबा हो उसे आप डिप्लोमेटिक तरीके से यह नहीं समझा सकते कि कोई और औरत उसे उसकी अम्मी की तरह प्यार कर सकती है। डिप्लोमेटिक रिश्ते समझदार लोग ही निभा सकते हैं, प्यार की भाषा समझने वाले नासमझ नहीं।

'अथर यह है आपकी अम्मी इन्हें सलाम करो,' शायरा ने भी वही बात दोहराई जो फहीम उससे कह चुके थे। उनकी बात सुनकर अथर थोड़ी तेज आवाज में शायरा की तरफ देखकर बोला-

'मैंने बोला ना कि यह मेरी अम्मी नहीं हैं, नहीं हैं, नहीं है।'

उसकी तेज आवाज और गुस्सा देखकर फहीम ने कहा-

'अथर थोड़ा तमीज से बात करो।'

'रहने दीजिए बच्चा है, अभी थोड़ा समय लगेगा रिश्ते को समझने में,' मैंने फहीम से कहा। मैं अथर के दिल का हाल समझ सकती थी। प्यार का एहसास एक ही होता है फिर चाहे रिश्ता कोई भी हो फर्क नहीं पड़ता। मेरा भी हाल अथर के जैसा ही था। हम दोनों को किसी दूसरे शख्स में अपना पहला प्यार ढूँढना पड़ रहा था। उसे मुझमें अपनी अम्मी को ढूँढना पड़ रहा था और मुझे फहीम में गौरव को ढूँढना पड़ रहा था। जो लगभग नामुमकिन सा काम था।

'अच्छा ठीक है अब हम कुछ नहीं कहेंगे तुम आराम से नाश्ता कर सकते हो,' शायरा ने अथर से कहा। उनकी बात सुनकर फहीम ने अथर से फिर कुछ नहीं कहा। अथर भी चुपचाप नाश्ता करने लगा और फहीम अपनी ठण्डी हो चुकी चाय को जल्दी-जल्दी पीने लगे।

15 महीने बाद

शादी के बाद धीरे-धीरे नए घर में नए लोगो के साथ वक्त बीतने लगा। जैसा शायरा ने कहा था कि शादी के बाद घर का काम संभालते-संभालते ही दिन निकल जाता है खुद के लिए टाइम निकालना बहुत ही मुश्किल काम होता है। वैसा ही अब मेरी जिंदगी में हो रहा था। फहीम और अथर के जागने से पहले जाग जाना और फहीम का दिल बहला लेने के बाद सोना इससे कोई फर्क नहीं पड़ता कि मुझे नींद आ रही है या नहीं। मेरी सहमति या असहमति का प्रश्न तो पहली रात को ही खत्म हो गया था। मुझे बस दिनभर एक अच्छी अम्मी होने का फर्ज निभाना पड़ता और रात को एक अच्छी बीवी होने का।

दिनभर मुझे दो बच्चो की देखरेख करनी पड़ती थी। एक अथर की और एक उस बच्चे की जिसको पाँच महीने पहले मैंने जन्म दिया था। मैंने एक बेटे को जन्म दिया था। जिसका नाम सैफ रखा था। जिस उम्र में मेरी सहेलियाँ कॉलेज की पढ़ाई कर रहीं थीं। जॉब के लिए प्लेसमेंट्स और इंटरव्यू की तैयारी में बिजी थी। उस उम्र में मैं एक अच्छी माँ बनने की कोशिश कर रही थी।

डिलीवरी के बाद कुछ दिन शायरा और कुछ दिन मेरी अम्मी मेरे पास आकर रूकीं थीं। उन्होंने घर का काम संभाल लिया था। उनके जाने के एक डेढ़ महीने बाद तक मुझे ज्यादा परेशानी नहीं हुई। क्योंकि अथर के स्कूल की छुट्टियाँ चल रही थी। उसके लिए सुबह जल्दी नहीं उठना पड़ता था। और न सुबह-सुबह उसकी फरमाईश की चीजे बनानी पड़ती थी। लेकिन उसके स्कूल खुलने के बाद मुझ पर काम का बोझ बड़ गया। अब मुझसे काम संभाला नहीं जाता था। अपने बच्चों को अकेला छोड़ो तो वह रोने लगता था। और अथर पर ध्यान न दो तो वह चीखने चिल्लाने लगता था, पानी का गिलास भी उसे उसके हाथ में ही देना पड़ता था और सबसे बड़ी बात तो यह थी कि वह मुझसे गुस्सा ही रहता था। वह मुझमें अपनी अम्मी को नहीं देख पा रहा था।

अगर मैं अथर या सैफ मे से किसी एक पर भी ठीक से ध्यान नहीं दे पाती थी तो फहीम मुझ पर नराज़ होते थे। वैसे उनका ज्यादा झुकाव अथर की तरफ ही था। क्योंकि उसके साथ उन्होंने ज्यादा वक्त गुजारा था। लेकिन सच कहूँ तो मेरा भी ज्यादा लगाव अपने ही बेटे सैफ की तरफ था। आखिर हो भी क्यों न मैंने उसे जन्म दिया था। मगर ऐसा नहीं था कि मैं अथर का ख्याल नहीं रखती थी, हाँ बस इतना जरूर था कि कुछ कहे बिना ही मैं समझ जाती थी कि सैफ को किस चीज की जरूरत है।

फहीम,' अथर और सैफ की जरूरतों को पूरा करते-करते तो कई बार मैं खुद को भूल ही जाती थी। लेकिन जब मुझे खुद का थोड़ा सा भी ख्याल आता था तो मैं चिड़-चिड़ी और गुस्सा हो जाती थी। अक्सर मेरा गुस्सा अथर पर ही

निकलता था। इस बात को लेकर फहीम ने कई बार मुझे समझाया भी और कई बार डांटा भी। उनका कहना था कि मैं अथर के साथ सौतेला व्यवहार करती हूँ।

फहीम की नाराजगी और गुस्सा देखकर कई बार मुझे भी गुस्सा आ जाता था। लेकिन मैं अपने गुस्से को अपने अंदर के किसी कोने में चुपचाप दफन कर देती थी। मुझमें इतनी हिम्मत नहीं थी कि अपना गुस्सा उन्हें दिखा सकूँ। लेकिन आए दिन गुस्सा पीकर मैं पूरी तरह से भरा गई थी।

आखिरकार एक दिन मेरे सब्र का बांध टूट गया। इस बांध के टूटने से जो बाढ़ आई उसकी बहुत भारी किमत मुझे चुकानी पड़ी।

'आफरीन यह मैं क्या सुन रहा हूँ, तुमने आज फिर अथर को डांटा,' फहीम ने गुस्से से भरकर तेज आवाज में कहा।

'चिल्लाऊँ नहीं तो क्या करूँ। सारा दिन अम्मी-अम्मी चीखता फिरता है। अम्मी यह दे दो, वह दे दो, खाना दे दो, पानी दे दो, बैग उठा दो। कुछ काम खुद भी तो कर सकता है न वो। अब इतना भी बच्चा नहीं है कि एक गिलास पानी भी अपने लिए न ले सके,' मैंने तेज आवाज में कहा।

'तुम मुझसे इस तरह से बात कर रही हो, इतनी तेज आवाज में,' फहीम ने कहा। उन्हें यकीन नहीं हो रहा था कि मैं उनसे इस तरह बात कर सकती हूँ।

'तो क्या करूँ मुझे भी गुस्सा आता है। अब और सहन नहीं होता मुझसे, मैं भी इंसान हूँ दिनभर बच्चों का टार्चर सहूं और रात को बिस्तर पर अपका टार्चर सहन करूँ। मशीन

बन गई हूँ मैं इन सबके बीच में,' मैंने अपनी आवाज कम किए बिना कहा। मेरे अन्दर का गुस्सा पूरी तेजी के साथ बाहर निकल रहा था। मैं अभी इसे रोकना भी नहीं चाहती थी। जैसे-जैसे मेरा गुस्सा निकल रहा था वैसे-वैसे मुझे अंदर हल्कापन महसूस हो रहा था।

'क्या कहा तुमने,' मैं तुम्हे टार्चर करता हूँ,' फहीम ने कहा।

'जब मन किया किसी समान की तरह मुझे यूज कर लिया, यह टार्चर नहीं तो और क्या है,' यह बात कहने के बाद मुझे थोड़ा एहसास हुआ कि मैंने कुछ ज्यादा ही बोल दिया, मुझे यह बात उनसे नहीं कहना था। मैंने सोचा कि इस बात के लिए उनसे माफी मांग लूँ मैं उनसे माफी माँगती तब तक बहुत देर हो चुकी थी।

एक जोरदार तमाचा मेरे गाल पर पड़ा जिसकी गूंज मेरे बहुत अंदर तक गूंज गई। कुछ पल सिर्फ सन्नाटा छा गया। फिर फहीम ने मुझसे कहा-

'अगर मैं तुम्हे टार्चर करता हूँ तो जाओ अब तुम आजाद हो, मैं तुम्हें तलाक देता हूँ तलाक, तलाक, तलाक।'

जैसे-जैसे मेरा गुस्सा कम होता जा रहा था वैसे-वैसे मुझे एहसास होने लगा कि मैंने कितनी बड़ी गलती कर दी। मैं किस मुसीबत मैं फँस गई हूँ यह मैं अच्छी तरह से समझ गई थी। सुनने और कहने में सिर्फ यह तीन शब्द थे लेकिन इसका असर मेरी जिंदगी पर क्या होने वाला है यह सिर्फ में ही जानती हूँ।

उन्होंने मुझे इतना भी मौका नहीं दिया कि मैं उनसे माफी माँग सकूँ। वह तलाक, तलाक, तलाक कहने के बाद ही घर से बाहर निकल गए। मैं उनके पीछे-पीछे गई लेकिन कोई फायदा नहीं हुआ उन्होंने अपने कदम घर की दहलीज से पार कर लिए थे।

मेरे पैरों के नीचे की जमीन घूमने लगी मुझे चक्कर आ रहे थे। जैसे-तैसे में अपने आप को संभालती हुई अपने कमरे तक आई और बेड पर लेट गई। मेरा बच्चा पहले से ही रोए जा रहा था। लेकिन मैंने उसकी तरफ कोई ध्यान नहीं दिया। अभी मैं बस खुद को संभालने की कोशिश कर रही थी। अथर मेरे पास आकर ही खड़ा हो गया। मैंने उसकी तरफ देखा और आँख बंद करके लेटी रही।

'क्या हुआ आपको?' अथर ने पूछा।

मैंने अपनी गर्दन दाएं-बायं घुमा दी। लेकिन वह मेरे इशारे को समझ नहीं पाया। इसलिए उसने मुझे हिलाते हुए पूछा-

'बताईए ना क्या हुआ आपको?'

बच्चों की यही अच्छाई उन्हें बड़ो से अलग करती है। जब वह गुस्सा करते है तो सिर्फ गुस्सा करते है पूरी तरह से। और जब वह प्यार करते है तो सिर्फ प्यार करते है पूरी तरह से। वह न तो गुस्से में प्यार की मिलावट करते है और न प्यार में गुस्से की। वह अंदर और बाहर से पूरी तरह से एक ही होते है।

'कुछ नहीं मैं ठीक हूँ,' मैंने अथर के कंधे पर हाथ रखकर कहा।

'मैं आपके लिए पानी लाऊँ?'

'हूँ,' मैंने नाक से आवाज निकाल कर कहा।

अब मेरे चक्कर थोड़े ठीक हो गए थे। मैंने सैफ की तरफ करवट बदली और उसे चुप कराने लगी। लेकिन मेरी इस कोशिश से उसने रोना बंद नहीं किया।

'लीजिए पानी,' अथर ने कहा।

मैं बेड पर उठकर बैठी और अथर के हाथ से गिलास लेकर पानी पीने लगी। फिर मैंने बेड के ऊपर बैठकर सैफ को अपनी गोद में उठा लिया। अब उसका रोना कम हो गया, कुछ ही देर में वह पूरी तरह से चुप हो गया।

'अथर मेरा मोबाईल उठा दो,' मैंने कहा।

'लीजिए,' उसने मुझे मोबाईल देते हुए कहा। मोबाईल बेड के दूसरी तरफ टेबल पर रखा था।

मैंने फहीम को कॉल किया। बेल जा रही थी लेकिन उन्होंने मेरा कॉल रिसीव नहीं किया। फिर मैंने उन्हें दूसरा कॉल किया। तब भी उन्होंने उसे रिसीव नहीं किया। उसके बाद मैंने उन्हें कई बार इसी उम्मीद में कॉल किऐ कि वह कॉल रिसीव करेंगे। लेकिन कोई मतलब नहीं निकला उन्होंने मेरा कॉल रिसीव नहीं किया।

मुझे कुछ समझ नहीं आ रहा था कि मैं क्या करूँ। उन्हें बाहर ढूँढने भी नहीं जा सकती थी और कॉल वह रिसीव

नहीं कर रहे थे। वह तीन शब्द बार-बार मेरे कानों में गूँज रहे थे। मेरा दिमाग मेरे काबू में नहीं था मैं जाने क्या-क्या सोचे जा रही थी।

अब सिर्फ उनका इंतजार करने के अलावा मेरे पास कोई और रास्ता नहीं बचा था। लेकिन यह काम इतना आसान नहीं था हर मिनिट घण्टों की तरह बीत रहा था। सुबह से दोपहर हो गई लेकिन वह घर लौटकर नहीं आए, ना ही कोई कॉल किया और न मेरा कॉल रिसीव किया। अब तो उन्होंने मोबाईल ही स्विच ऑफ कर दिया था। किचन में जाकर मैंने रात का बचा हुआ थोड़ा सा खाना गर्म करके अथर को दे दिया मेरी भूख तो जैसे गायब हो गई थी।

दोपहर का वक्त भी धीरे-धीरे गुजरने लगा। शाम भी हो गई फिर रात ने भी काली चादर ओड़ ली। लेकिन फहीम का कोई अता-पता नहीं था। अब मेरे इंतजार का सब्र टूट रहा था। यह अकेलापन मुझसे बर्दाश्त नहीं हो रहा था। मैंने सोचा कि मैं शायरा को कॉल करके फहीम के बारे में पूछूं, लेकिन उन्हें पूरी बात बतानी पड़ती और अभी उन्हें यह सब बताना मुझे ठीक नहीं लगा। फिर मैंने अपने घर पर कॉल लगाया मैं अम्मी-अब्बू को सब कुछ बता देना चाहती थी।

'आफरीन कैसी हो?' भाभी ने कॉल रिसीव करते ही मेरा हाल-चाल पूछा। उनकी आवाज से ऐसा लग रहा था कि वह मुझसे बात करके बहुत खुश है।

'भाभी अम्मी से बात करा दीजिए,' मैंने रूआंसू होकर कहा।

भाभी मेरी आवाज सुनकर समझ गई थीं कि मैं रो रही हूँ। उन्होंने तुरन्त मुझसे पूछा-

'आफरीन क्या हुआ? तुम रो क्यों रही हो?'

'भाभी आप पहले अम्मी से बात करा दीजिए मुझे उनसे अभी बात करना है,' मैंने अपना रोना कम करते हुए कहा।

रूको एक मिनिट बात कराती हूँ। भाभी ने कहा और अम्मी के हाथ में मोबाईल दे दिया।

'आफरीन बेटी क्या हुआ,' अम्मी ने पूछा। भाभी ने उन्हें बता दिया था कि मैं रो रही हूँ। इसलिए उन्होंने सीधे मुझसे मेरे रोने की वजह पूछी।

'अम, अम, अम्मी,' अम्मी की आवाज सुनकर मैं खूब जोर से रोने लगी। इसलिए अम्मी शब्द मेरे मुँह से रूक रूककर निकल रहा था।

मेरे फफक-फफक कर रोने की आवाज सुनकर अम्मी समझ गई कि मैं किसी बड़ी मुसीबत में हूँ। उन्होंने मुझसे कहा-

'बेटी क्या हुआ इतना रो क्यूँ रही हो बताओ तो बात क्या है।'

मैं अम्मी को पूरा वाक्या शुरू से बताना चाहती थी। लेकिन मेरे मुँह से सीधे यही बात निकली-

'अम्मी उन्होंने मुझे तलाक दे दिया है।'

यह बात सुनकर अम्मी को शायद यकीन नहीं हुआ। उन्होंने मुझे बात को दोहराने के लिए काहा, मैंने फिर वही बात कही-

'उन्होंने मुझे तलाक दे दिया है।'

'या अल्लाह। यह मैं क्या सुन रहीं हूँ।'

'हाँ अम्मी आज सुबह उन्होंने मुझे तीन बार तलाक कहा और घर से चले गए। मैं सुबह से उनका इंतजार कर रही हूँ लेकिन वह घर नहीं लौटे और मेरा कॉल भी नहीं उठा रहे है,' मैंने रोना कम करते हुए कहा।

'लेकिन कोई वजह तो होगी तलाक देने की आखिर फहीम ने ऐसा किया क्यूँ। बेवजह तो उन्होंने तलाक जैसा सख्त फैसला लिया नहीं होगा?' अम्मी ने मुझसे तलाक देने की वजह जानना चाही। पूरी बात मैं उन्हें फोन पर ठीक से समझा नहीं सकती थी। मैं चाहती थी कि जब वह मेरे पास होंगी तो मैं उन्हे पूरी बात शुरू से ठीक से समझा पाऊँगी। और अब मुझे एक अजीब सा डर भी लग रहा था। मैं चाहती थी कि कोई मेरे साथ रहे। इसलिए मैंने अम्मी से कहा-

'वह सब मैं आपको बाद में बता दूँगी। अभी आप मेरे पास आ जाइऐ।

'ठीक है मैं आ रही हूँ तू बस अपना ख्याल रखना।'

'अब्बू को भी साथ ले आना।'

'हाँ, मैं उन्हीं के साथ आ रही हूँ,' अम्मी ने कहा और मोबाईल भाभी को देते हुए कहा। अब्बू को फोन लगाकर जल्दी घर बुलाओ। उनकी यह बातें मुझे भी सुनाई दे रहीं थीं।

❁ ❁ ❁

रात के ठीक 9:30 बजे का समय था। डोरबेल की आवाज घर के अंदर गूँजने लगी। मैं तेजी के साथ दरवाजे पर पहुँची। मैं अंदाजा लगा रही थी कि कौन आया होगा फहीम या अम्मी-अब्बू। मेरा दिल कह रहा था कि फहीम होने चाहिए। इसी कश्मकश में मैंने दरवाजा खोला।

दरवाजा सिर्फ उड़का हुआ था उसकी कुंडी मैंने नहीं लगाई थी। दरवाजे के बाहर अम्मी और अब्बू खड़े हुए थे।

उन्हें देखते ही मैं रो पड़ी। वह घर के अंदर आए और मैं अम्मी के सीने से लिपटकर फफक-फफक अपनी बात उनसे कहने लगी। उन्होंने मुझे अपने सीने से अलग किया और मेरे आंसूओं को अपने दुप्पटे से पोंछते हुए कहा-

'चलो अंदर बैठकर बात करते है।'

हम तीनों हॉल में आकर बैठ गए। न तो मैंने अम्मी-अब्बू से पानी का पूछा और न ही उन्होंने मुझसे पानी या कोई और चीज मांगी। हमारे दिमाग में यह सब चीजे आ ही नहीं रही थी।

'अब बताओ क्या हुआ था। फहीम ने तलाक क्यूँ दिया?' अम्मी ने पूछा।

मैंने अम्मी को पूरी बात शुरू से बताना चालू किया कि कितनी बार फहीम ने अथर की वजह से मेरे ऊपर गुस्सा किया। और गुस्सा होने की वजह भी बताई। मैंने यह भी बताया कि फहीम, अथर और सैफ को संभालते-संभालते में थक गई थी। मैं चिड़चिड़ी हो गई थी अब मुझसे मेरा गुस्सा दबाकर नहीं रखा जा रहा था। फिर आखिरी में मैंने उन्हें वह

बात बताई जिसे सुनकर फहीम ने मुझे तमाचा मारने के बाद तलाक, तलाक, तलाक कह दिया था। मैंने अम्मी-अब्बू को बताया कि मैंने उन्हें गुस्से में वहशी कह दिया था यह बात मैं अम्मी अब्बू को बताने से डर रही थी लेकिन मैंने सोचा की यह बात ज्यादा देर तक छुपेगी नहीं। जब अम्मी अब्बू फहीम से बात करेंगे तो यह सच्चाई सामने आ ही जाएगी इसलिए बेहतर होगा कि मैं ही यह बात अम्मी अब्बू को बता दूँ। ताकि उन्हें पूरी सच्चाई पता रहे और वह फहीम से बात कर सकें। उनसे बात करते समय कोई ऐसी बात न रहे जो अम्मी- अब्बू को पता न हो।

'इस तरीके से बात करता है क्या कोई अपने शौहर से, तुम्हारे यह शब्द सुनकर किसी को भी गुस्सा आ जाएगा। गलती तो तुम्हारी ही है। तुम्हे फहीम से माफी मांगनी चाहिए थी,' अम्मी ने कहा। हर बार की तरह इस बार भी उन्होंने यह साबित कर दिया गलती मेरी ही थी। मैं भी अब हर बात का ठीकरा अपने सिर फोड़ने की आदी हो गई थी। इसलिए मुझे अम्मी की बात पर न गुस्सा आया और न मैंने उन्हें यह समझाने की कोशिश की कि गलती मेरी नहीं थी।

'उन्होंने इतना मौका ही नहीं दिया कि मैं उनसे माफी माँग पाती,' मैंने अम्मी से आगे कहा,' मैं तो उनके पैरों में गिरकर अपनी नाक रगड़ लेती, अपनी खता के लिए वह अगर मुझ पर हाथ उठाकर अपना गुस्सा ठण्डा करना चाहते तो भी मैं उफ तक नहीं करती लेकिन उन्होंने इतना मौका ही मुझे नहीं दिया।'

'बेवकूफ लड़की तुम्हें पता नहीं है तुमने कितनी बड़ी गलती कर दी है,' अब्बू ने कहा।

'जानती हूँ अब्बू लेकिन आप उनसे बात कीजिए कि वह मुझे माफ कर दें,' मैंने कहा।

'मर्द अगर तलाक शब्द कह भी दे तो वह जायज हो जाता है। खुदा जाने आगे क्या होगा,' अब्बू ने अपने हाथ और सिर ऊपर उठाते हुए कहा।

'कुछ भी कीजिए अब्बू आप उनसे बात करके उन्हें मना लीजिए।'

'लेकिन फहीम है कहाँ? उनका मोबाईल भी नहीं लग रहा है उनसे बात हो भी तो कैसे?' अब्बू ने अपने मोबाईल को देखते हुए अपनी बेबसी जाहिर की।

'मैं शायरा को कॉल करके पूछती हूँ शायद उसे कुछ पता हो,' मैंने कहा। अब्बू ने तुरन्त मुझे अपना मोबाईल देते हुए कहा-

'लो बात करो उनसे।'

'नम्बर मेरे मोबाईल में है मैं उसी से लगाती हूँ,' मैंने कहा और अपना मोबाईल उठाने चली गई। शायरा को कॉल लगाते ही उन्होंने दूसरी बेल में मेरा कॉल रिसीव कर लिया।

'आफरीन... कैसी हो?' उन्होंने पूछा। मैंने अपना हालचाल उन्हें बताए बिना उनसे पूछा-

'अथर के अब्बू आपके घर पर हैं क्या?'

'नहीं तो, भाईजान तो यहाँ नहीं है। क्यूँ क्या हुआ?' उन्होंने पूछा।

'वह सुबह से मुझसे गुस्सा होकर घर से निकलें हैं और अभी तक वापस नहीं आऐं हैं। मैंने सोचा की शायद वह आपके घर आए होंगे,' मैंने कहा।

'लेकिन भाईजान इतना गुस्सा हो कैसे गए कि घर ही नहीं आ रहे हैं?'

'गलती मेरी ही है मैंने गुस्से में उनकी बात का जबाब दे दिया था,' मैंने कहा।

मैंने शायरा को यह नहीं बताया कि वह मुझसे क्या कहकर गए हैं।

'उनका कॉल नहीं लग रहा क्या?'

'नहीं सुबह से ही ट्राय कर रही हूँ। सुबह तो वह सिर्फ कॉल रिसीव नहीं कर रहे थे लेकिन अब तो उन्होंने मोबाईल ही स्विच ऑफ कर लिया है।'

'दुकान पर कॉल करके पूछा क्या?'

'दुकान की चाबी घर पर ही है। दुकान खुली ही नहीं होगी, कोई सर्वेन्ट होगा ही नहीं जो लैण्ड लाइन पर कॉल रिसीव करे,' मैंने उन्हें दुकान की पूरी जानकारी दी।

'ओफ हो! पता नहीं भाईजान कहाँ होंगे।'

'आपको पता चले तो मुझे कॉल कर देना ठीक है, मैं फोन रख रही हूँ,' मैंने कहा। और मोबाईल डिसकनेक्ट कर दिया। एक आखिरी उम्मीद थी कि शायद शायरा को उनकी कुछ खबर होगी। लेकिन वहाँ भी फहीम की कोई खोज खबर नहीं थी।

अब कुछ समझ नहीं आ रहा था कि उन्हें कहाँ ढूँढे। वह कहाँ होंगे।

अब्बू ने शादाब भाईजान को अपने पास आने के लिए कहा। और यह भी कहा की वह फहीम की दुकान पर से होते हुए आऐ।

फिर हम तीनों वहीं बैठकर फहीम के आने का इंतजार करते रहे। इसी बीच शायरा का एक बार कॉल आया जिसमें उन्होंने बताया कि एक-दो रिश्तेदार के यहाँ पता किया है लेकिन वहाँ भी भाईजान का कोई पता नहीं है।

लगभग आधे घण्टे इंतजार करने के बाद हमारे सामने वह शख्स था जिसका हम तीनों बड़ी बेसब्री से इंतजार कर रहे थे। फहीम वापस घर आ गए थे। उन्हें देखते ही हम तीनों ऐसे खड़े हो गए जैसे जज के कोर्ट रूम में आते ही सभी लोग सावधान की मुद्रा में आ जाते है।

'बेटे हम तुम्हारा ही इंतजार कर रहे थे,' अब्बू ने कहा।

'अस्सलाम वालेकुम। आप लोग कब आए?' फहीम ने पूछा।

'घण्टे भर पहले ही आए है,' अम्मी ने कहा।

'आओ बेटा बैठो,' अब्बू ने कुर्सी की तरफ इशारा करते हुए कहा। फहीम अब्बू की बताई हुई कुर्सी पर बैठ गए। मैंने उन्हें पानी लाकर दिया। लेकिन उन्होंने पानी पीने से मना कर दिया पता नहीं उन्हें सच में प्यास नहीं थी या वह उस औरत के हाथ का पानी नहीं पीना चाहते थे जिसे उन्होंने तलाक दे दिया है।

'आप लोग यूँ ही मिलने आए हैं या फिर आपकी बेटी ने आपको सब बता दिया है,' फहीम ने कहा। फहीम की यह बात सुनकर अम्मी-अब्बू एक दूसरे का चेहरा ताकने लगे। वह यह सोच रहे थे कि फहीम के इस सवाल का क्या जबाव दें। अम्मी ने फहीम की तरफ झुकते हुए कहा-

'बेटा सच तो यही है कि हमें आफरीन ने फोन करके बुलाया है।'

'फिर तो आपकी बेटी ने यह सब भी बताया होगा कि सुबह क्या-क्या हुआ,' फहीम ने कहा।

'बताया उसने, लेकिन हमने आते ही उसे खूब डांटा,' अब्बू ने कहा,' बेटा उसमें तुम्हारी कोई गलती नहीं है। सारी गलती आफरीन की ही है। क्या कोई औरत अपने शौहर से इस तरह से बात कर सकती है?'

'लेकिन बेटा तुमने भी गुस्से में बहुत बड़ा कदम उठा लिया,' अम्मी ने कहा।

'लेकिन मुझे गुस्सा आपकी बेटी के कारण ही आया था।'

'वह तुम्हारी बीवी है बेटे।'

'है नहीं थी।'

फहीम के मुँह से यह शब्द सुनकर मेरे अंदर की सांस अंदर और बाहर की सांस बाहर ही रह गई। अम्मी और अब्बू का भी वही हाल था। कुछ पल के लिए सभी स्टेच्यू बन गए थे।

'बेटा इतनी सख्त बात न कहो,' अम्मी ने कहा।

'हो सकता है आपको बात सुनने में सख्त लग रही हो लेकिन अब यही सच्चाई है कि आफरीन मेरी बीवी नहीं है, मैं उसे तलाक दे चुका हूँ,' फहीम ने आगे कहा,' मुझे भी इस बात का अफसोस है कि मैंने गुस्से में जो कदम उठा लिया वह मुझे नहीं उठाना चाहिए था। लेकिन अब मेरे शब्द मेरे अफसोस जताने से बदल नहीं जायेंगे। अब आफरीन और मुझे इसका खामियाजा भुगतना ही पड़ेगा।'

'बेटे जब तुम्हें भी अपने कहे पर अफसोस है, आफरीन तो तुमसे माफी माँगना ही चाहती है। फिर इस बात को यहीं खत्म क्यों नहीं कर देते,' अब्बू ने कहा,' इसे आफरीन की पहली और आखिरी गलती समझकर उसे माफ कर दो। और वापस हँसी-खुशी अपने रिश्ते को कायम करो।'

'आपकी बात तो ठीक है अब्बू लेकिन मैं उन तीन शब्दों का क्या करूँ जो गुस्से में ही सही लेकिन मेरे मुँह से निकल गए। जिसकी वजह से मेरा और आफरीन का रिश्ता ख्त्म हो गया।'

'लेकिन यह बात तुम दोनों तक ही तो सीमित है और तुम दोनों को इसका अफसोस भी है। तो जो कुछ भी हुआ था उसे भूल जाओ,' अब्बू ने कहा।

'बात अब हम दोनों तक ही सीमित नहीं है। आप भी इस बात को जान गये हैं। और फिर दो चार लोगों के अलावा बाकी दुनिया से यह बात छुप भी जाए तो क्या फर्क पड़ता है। ऊपर वाला तो देख रहा है ना उससे तो यह बात नहीं छुपी। मैं उसे तो धोखा नहीं दे सकता वह तो सबकुछ जानता है,' फहीम ने कहा।

'तो फिर अब क्या करना चाहते हो, तुम्हारा क्या ख्याल है यह रिश्ता कायम रहना चाहिए या नहीं?' अम्मी ने पूछा।

'मैं इस रिश्ते को वापस कायम करना चाहता हूँ लेकिन आफरीन को वह सारी रस्में निभानी होगी जिसके बाद तलाकशुदा मियां-बीवी वापस साथ रह सकते है,' फहीम ने कहा।

'तुम्हारा मतलब हलाला,' अम्मी ने कहा। यह बात कहते समय उनके चेहरे की हवाईयाँ उड़ी हुई थीं।

'बेटा तुम क्या कह रहे हो, होश में तो हो,' अम्मी ने अपनी त्योरियां चढ़ाकर कहा।

'हाँ मैं पूरी तरह होश में हूँ। आप ही बताइए मैंने क्या गलत कहा है। तलाक के बाद अगर मियां-बीवी फिर से साथ रहना चाहे तो उन्हें हलाला के रिवाज से गुजरना ही पड़ता है। मैं कोई नई बात तो नहीं कर रहा हूँ,' फहीम ने कहा। उनकी यह बात सुनकर अम्मी और अब्बू खामोश हो गए उनके पास कोई जवाब या तर्क नहीं था जिससे वह फहीम को उसका फैसला बदलने के लिए राजी कर सकें।

अब कहने सुनने को कुछ बाकी नहीं रह गया था। सब पत्थर के बुत की तरह बैठे हुए थे। न जाने क्यों अब मेरी आँखों से आँसू नहीं निकले। आँखों का पानी आंखों के अंदर ही जमकर रहा गया। शायद आंसूओं को भी इस बात का अंदाजा हो गया था कि उनके बहने से फहीम अपना फैसला नहीं बदलेंगे। वह अपने फैसले पर एकदम अडिग थे।

शादाब भाईजान घर के अंदर आ गए। गेट खुला ही था, तो न उन्हें डोरबेल बजाने की जरूरत पड़ी और न मुझे दरवाजा खोलने की। उन्हें देखकर हम चारों की नजरें उन पर जाकर रूक गईं लेकिन किसी ने कुछ कहा नहीं। भाईजान हैरत भरी नजरों से यह माजरा देख रहे थे, उनसे ज्यादा देर खामोशी सही नहीं गई।

'क्या हुआ अब्बू,' उन्होंने पूछा। लेकिन अब्बू ने तुरन्त कोई जबाव नहीं दिया।

'अम्मी मैं कुछ पूछ रहा हूँ क्या बात है। आपने मुझे यहाँ क्यों बुलाया है और आप सब लोग मातमी चेहरा बनाकर क्यूँ बैठें हैं,' भाईजान ने पूछा।

'चलो वापस घल चलें,' अब्बू ने अम्मी से कहा और खड़े हो गए। उनके साथ ही अम्मी भी उठ खड़ी हुईं। अब्बू-अम्मी के मुँह से कोई जवाब न सुनकर भाईजान अब्बू के पास आए और उनका कंधा पकड़कर थोड़ी तेज आवाज में बोले,' अब्बू कुछ बताईये तो आखिर माजरा क्या है।'

'चलो घर चलकर बात करते है,' अब्बू ने अपना एक कदम आगे बढ़ाते हुए कहा। 'अम्मी क्या हो गया है कुछ तो बताइए,' भाईजान ने अम्मी के सामने खड़े होकर कहा।

'शादाब मैंने कहा न घर चलकर बात करते हैं चलो घर चलो,' अब्बू ने कहा। अबकी बार भाईजान ने भी अपने कदम दरवाजे की तरफ बढ़ा दिये।

'आफरीन अपना ख्याल रखना,' अम्मी ने मुझसे कहा। मैंने कोई जवाब नहीं दिया। मैं चुपचाप अपने ख्यालों में खोई हुई खड़ी रही।

'ठीक है फहीम बेटे हम चलते है,' अब्बू ने कहा।

'जी अल्लाह हाफ़िज़,' उन्होंने कहा। वह पहले ही अपनी जगह से खड़े हो गए थे। लग रहा था कि उन्हें अम्मी-अब्बू से कोई शिकायत नहीं है सारी शिकायत सिर्फ मुझसे ही थी।

देखते ही देखते अम्मी-अब्बू और भाईजान घर से बाहर निकल गए। मैं उनके पीछे नहीं गई। फहीम जरूर उन्हें बाहर तक छोड़ने गए थे। वापस आने के बाद उन्होंने एक बार मेरी तरफ देखा लेकिन कोई बात नहीं की। वह बेडरूम में नहीं गए उसके बाजू वाले कमरे में चले गए और दरवाजा लगा लिया। मैं वहीं जमीन पर कुछ देर बैठी रही। हलाला शब्द मेरे कानो में अभी भी गूँजे जा रहा था। जाने कैसे-कैसे ख्याल मेरे दिमाग में आ रहे थे। मेरे ख्यालों पर मेरा कोई कण्ट्रोल नहीं रह गया था। वे बस लगातार दौड़े जा रहे थे।

शायद मैं उसी जगह पर बैठे-बैठे रात बिता देती अगर सैफ के रोने की आवाज मुझे नहीं आती तो। वहाँ से उठने की इच्छा तो नहीं हो रही थी लेकिन सैफ के रोने की आवाज ने मुझे वहाँ से उठने पर मजबूर कर दिया।

❀ ❀ ❀

एक बार फिर मुझे अपनी शादी का लाल जोड़ा पहनने का दुर्भाग्य मिला। मुझे अपने शौहर के जिंदा रहते हुए किसी और की बीवी बनने के लिए मजबूर होना पड़ा वह भी सिर्फ एक रात के लिए।

मेरा हलाला होने जा रहा था। रिवाज़ के मुताबिक अगर मियां बीवी तलाक के बाद वापस साथ रहना चाहें तो उसके

लिए बीवी को किसी गैर मर्द से निकाह करना पड़ता है और मियां बीवी जैसे संबंध भी बनाने पड़ते हैं। मेरा निकाह एक दिन के लिए काज़ी साहब के साथ ही कर दिया गया था। मुझे एक दिन के लिए उनकी बीवी बनकर उनके घर पर रहना पड़ा। मुझसे संबंध बनाने के बाद ही हलाला की रस्म पूरी होती। अगर कोई और मर्द नहीं मिलता है तो काज़ी साहब ही निकाह और हलाला कर लेते है।

काजी साहब के घर पर फहीम मुझे खुद छोड़कर आए थे। मैं एक दिन के लिए उनकी बीवी बनी थी। मुझे वहाँ छोड़कर फहीम वापस चले गए। काजी साहब की उम्र मेरी उम्र से लगभग ढाई गुना थी। हम दोनों अब एक ही कमरे में थे। उन्होंने अपने साथ मुझे पलंग पर बैठने के लिए कहा। कुछ देर घूँघट हटाए बिना उन्होंने मुझे अपनी आँखों में भरा फिर वहाँ से उठ खड़े हुए। लेकिन इसका मतलब यह नहीं था कि उन्होंने मुझे बख़्श दिया हो।

वह पलंग से कुछ दूर रखी हुई टेबल के पास गए उसके ऊपर एक तबेली रखी थी उन्होंने उस तबेली में कोई चीज डाली और फिर तबेली के बाजू में रखे हुए गिलास में तबेली का दूध उड़ेल दिया। फिर गिलास का दूध तबेली में, फिर तबेली का दूध गिलास में कुछ देर वह इसी तरह दूध को फेटते रहे और आखिरी में आराम से बैठकर वह पूरा दूध पी गए। वह अपने आप को शारीरिक तौर पर पूरी तरह से फिट कर लेना चाहते थे। उसके बाद वह लगभग आधे घण्टे तक वहीं बैठे रहे मेरे करीब नहीं आए। मैं पलंग पर बैठे-बैठे उनकी सारी हरकतों को देख रही थी।

लगभग आधे घंटे बाद जब वह वापस पलंग पर आए तो आते ही उन्होंने मेरे हाथ पर अपना हाथ रख दिया। उनके छूते ही मुझे अजीब सी घिन लगने लगी।

जब मैंने पहली बार हलाला शब्द सुना था और उसकी हकीकत से रूबरू हुई थी तभी से कई बातें मुझे अंदर ही अंदर कचोटती थीं।

मुझे लगता था यह तो किसी लड़की के साथ अत्याचार की हद है। और उससे भी बड़ी बात यह थी कि समाज इस बात को एक रिवाज़ की तरह निभाता चला जा रहा है। कोई इसके खिलाफ आवाज क्यूँ बुलंद नहीं करता। यह सारी बातें तब से मेरे दिमाग में घूम रहीं थीं जब मेरी शादी नहीं हुई थी। मेरी शादी से 2-3 साल पहले मैंने पहली बार हलाला के बारे में सुना था। तब मैं सोचती थी कि उस औरत पर क्या गुजरती होगी जिसे हलाला के इस घिनौने रिवाज़ से होकर गुजरना पड़ता होगा। मैं खुदा से यही दुआ करती थी कि किसी औरत को दुनिया के सारे गम दे देना लेकिन उसकी जिंदगी में ऐसा दिन न आए कि उसे इस रस्म से गुजरना पड़े।

तब मैंने यह सपने में भी नहीं सोचा था कि एक दिन मुझे ही इस हालात का सामना करना पड़ेगा।

मैं खुदा से तो कोई सवाल जवाब नहीं कर सकती थी लेकिन आज मेरे पास मौका था कि मैं मजहब के ठेकेदारो से यह पूछ सकूँ कि इस रिवाज़ की जरूरत क्यूँ हैं? क्यों इतना बड़ा अत्याचार औरत पर होता है, और पूरा समाज खामोश होकर उस अत्याचार पर अपनी मौन सहमति देता रहता है।

जितने सवाल मेरे सीने में दफन थे उन सबके जबाव जान लेने का आज मेरे पास मौका था। और मैं इस मौके को गवाना नहीं चाहती थी।

'क्या मैं आपसे कुछ पूछ सकती हूँ?' मैंने काज़ी साहब से पूछा।

उन्होंने अपनी झुकी हुई कमर को सीधा किया और बोले-

'हाँ जरूर, पूछिए क्या पूछना चाहतीं हैं आप।'

'झगड़ा मियां बीवी के बीच का है, अगर दोनों वापस अपनी सहमति से साथ रहना चाहते हैं तो फिर इस हलाला की जरूरत क्यों हैं?' मैंने पूछा,' ऐसी क्या वजह है कि औरत को हलाला के लिए मजबूर किया जाता है?'

'देखिए ऐसा है कि निकाह को बहुत पाक रिश्ता माना जाता है, और तलाक देना उस पाक रिश्ते की तौहीन करना है। हलाला उस तौहीन की सजा है,' काजी साहब ने कहा।

'सजा देने के और भी तरीके हो सकते हैं फिर यही तरीका क्यूँ अमल में लाया जाता है?'

'शुरू से यही रिवाज़ चला आ रहा है इसमें कोई नयी बात नहीं हैं।'

'समय के साथ इस रिवाज़ को बदला भी तो जा सकता है। कोई ऐसा नियम भी बनाया जा सकता है जिससे किसी औरत की इज्जत के साथ खिलवाड़ न हो,' मैंने कहा।

'बिल्कुल नहीं, कोई भी इस नियम को बदलने की गुस्ताखी नहीं कर सकता। और वैसे भी यह सजा मियां-बीवी दोनों के लिए है, सिर्फ बीवी के लिए नहीं,' उन्होंने कहा।

'यह कैसी बात कह रहें हैं आप। सिर्फ औरत की इज्जत के साथ खिलवाड़ किया जाता है, फिर इसमें शौहर को क्या सजा मिलती है?' मैंने पूछा,' और वैसे भी गुस्सा तो शौहर को आया है। तलाक शौहर ने दिया है। फिर सजा भी सिर्फ शौहर को मिलनी चाहिए न कि उसकी बेगुनाह बीवी को। अगर सजा देनी ही है तो शौहर को दीजिए जिसने तलाक दिया है। शौहर का हलाला किया जाना चाहिए न कि उसकी बीवी का, बताइए मेरी बात सही है या नहीं?'

'यह कैसी बात कर रहीं हैं आप। मर्द का हलाला कैसे किया जा सकता है। और वैसे भी बीवी का हलाला मर्द के लिए भी सबसे बड़ी सजा है। एक मर्द को जिंदगी भर इस बात का दर्द रहेगा की उसकी बीवी किसी गैर मर्द के साथ रहकर आई है। फिर दोबारा कभी तलाक देने की हिम्मत नहीं करेगा। और उसे देखकर दूसरे लोग भी सबक लेंगे, तलाक देने से पहले सौ बार सोचेंगे,' काजी साहब ने अपने कुतर्कों से इस रिवाज़ को सही ठहराने की भरपूर कोशिश की।

जब मैं उनको कुतर्कों के आगे हार मानने लगी तो मैंने बहुत हिम्मत करके उनसे एक आखिरी सवाल पूछा-

'कहीं ऐसा तो नहीं कि लोग हलाला का लुफ्त उठाने के लिए इस रिवाज को जारी रखना चाहते हों?'

मुझे मालूम था कि इस सवाल से वह गुस्सा होंगे और हुआ भी वैसा ही उन्होंने अपनी आवाज़ तेज करते हुए कहा-

'तुम कहना चाहती हो कि मैं तुम्हारा लुफ्त उठाने के लिए तुम्हारे साथ हलाला कर रहा हूँ। तुम अब हद से ज्यादा

बोल रही हो। अब खामोश रहो। मैं अब तुम्हारे किसी सवाल का जवाब नहीं दूँगा।'

उसके बाद मैंने उनसे कुछ नहीं पूछा और न उन्होंने कुछ कहा। बस वह हलाला की रस्म निभाते हुए मेरे साथ खेलने लगे। मैं बेबस, बेसहारा अपनी इज्जत को लुटते हुए देखती रही।

❀ ❀ ❀

अपनी आप बीती सुनाते हुए आफरीन की आंखें भर आईं थीं। मैं सोच रही थी जो मेरे साथ हुआ है वह किसी लड़की की जिंदगी के साथ सबसे बड़ा खिलवाड़ है लेकिन आफरीन की हलाला वाली बात सुनकर मुझे एहसास हुआ कि मेरे दु:ख के सामने उसका दु:ख बहुत बड़ा है। उसके साथ जो हुआ है वह किसी बलात्कार से कम नहीं है।

'अल्लाह किसी लड़की को ऐसा दिन न दिखाए चाहे उसके बदले जान ही मांग ले,' आफरीन ने अपने आँसुओं को पोंछते हुए कहा। एक बात अभी भी मेरे समझ में नहीं आई थी, जब आफरीन का हलाला हो गया था फिर तो वह अपने शौहर फहीम के साथ वापस रह सकती थी। लेकिन वह तो अपने अम्मी-अब्बू के घर पर ही रह रही थी। जब से मैं इस घर में आई हूँ तब से तो आफरीन को यहीं देख रहीं हूँ। मेरे सामने वह एक बार भी अपने शौहर के घर नहीं गई और न उसका शौहर उससे मिलने के लिए यहां आया। यही बात क्लीयर करने के लिये मैंने आफरीन से पूछा,' हलाला होने के बाद तो मियां बीवी वापस साथ रह सकते है न?'

'हाँ रह सकतें हैं,' आफरीन ने कहा।

'फिर तुम अपने शौहर के साथ क्यों नहीं रहती हो।'

'शायद मेरी किस्मत में सिर्फ अकेले रहना ही लिखा है।'

'मुझे बताओ तो तुम अपने शौहर के पास वापस क्यूँ नहीं गई।'

'गई थी मैं वापस उनके पास। कुछ महीने हम साथ भी रहे लेकिन मैं रोज-रोज उनकी भूख नहीं मिटा पाती थी। इसी बात को लेकर एक दिन उन्होंने कहा कि अगर तुम मेरे काम नहीं आ सकती तो अपने अम्मी- अब्बू के घर जाकर रहो। उसी दिन उन्होंने मुझे अम्मी-अब्बू के पास छोड़ दिया, वह घर के अन्दर भी नहीं आए। उस दिन के बाद से न उनका कोई कॉल आया और न वह खुद मुझे लेने आए।'

❀ ❀ ❀

जैसे-जैसे दिन गुजरने लगे मैं इस हालात को एक्सेप्ट करने लगी। मैंने कई बार वहाँ से भागने का प्लान बनाया फिर यह सोचकर मेरे कदम डगमगा जाते थे कि मैं यहाँ से भागकर जाउँगी भी कहाँ। मेरे मॉम डैड तो अब मेरी शक्ल भी नहीं देखना चाहेंगे। मैं कहाँ रहूँगी, क्या करूँगी।

इस छोटी सी बच्ची को साथ लेकर मैं कहाँ भटकती रहूँगी। मेरी इन मजबूरियों के कारण मुझे हालात को एक्सेप्ट करना पड़ा।

जब मैं परवेज़ के घर आई थी उसके दो महीने बाद ही मैंने एक बेटी को जन्म दिया था उसे सम्भालते हुये

धीरे-धीरे मैं पुरानी बातों को भूलने लगी थी। प्रेगनेंसी रोकने के लिए जो टेबलेट परवेज़ ने मुझे दी थी वह प्रेगनेंसी रोकने की टेबलेट थी ही नहीं। ऐसा परवेज़ ने जानबूझकर किया था। वह चाहता ही था कि मैं प्रेगनेंट हो जाऊँ। एक बार प्रेगनेंट होने के बाद परवेज़ के साथ रहना मेरी मजबूरी हो जाएगी। और हुआ भी ऐसी ही एक बच्चे की माँ बनकर मैं अकेले रह भी नहीं सकती थी। घरवाले तो पहले ही मेरे लिए घर के दरवाजे बंद कर चुके थे।

और फिर कब तक मैं घुट-घुटकर अपनी जिंदगी गुजारती मुझे वापस किसी सहारे की जरूरत महसूस होने लगी थी। इस घर में सिर्फ आफरीन ही मेरी हमदर्द थी, या यूं कहें कि हम दोनों एक दूसरे के हमदर्द थे। लेकिन एक बेटी की माँ बनने के बाद मुझे उसके पिता की जरूरत महसूस हो रही थी। मजबूरी में ही सही लेकिन मुझे परवेज़ को एक्सेप्ट करना पड़ा। वह भी मेरे साथ ठीक-ठाक व्यवहार कर रहा था, बस मजहबी मामलों को छोड़कर।

मैं और परवेज़ रूम में आराम फरमा रहे थे। मैं अपने बिखरे हुए शरीर को समेटकर आलती पालती मारकर बेड पर बैठ गई।

'क्या तुम मुस्लिम हो, मैंने परवेज़ से पूछा। उसने चौंकते हुए मेरी तरफ देखा और बोला-

'तुम होश में तो हो क्या पूछ रही हो?'

'हाँ, मैं बिल्कुल होश में हूँ। बताओ क्या तुम मुस्लिम हो?'

'क्या तुम्हें नहीं मालूम कि मैं कौन हूँ?'

'मालूम है लेकिन मैं तुमसे सुनना चाहती हूँ। बताओ क्या तुम मुस्लिम हो?' मैंने उसकी आँखों में आँखों डालते हुए पूछा।

'हाँ, मैं पक्का मुसलमान हूँ,' उसने मेरे सवाल का जवाब देते हुए कहा। अपने आप को मुसलमान कहते वक्त उसके सीने में थोड़ा खिंचाव आ गया था।

'अच्छा अब यह बताओ कि तुम कब से मुसलमान हो?' मैंने उससे अगला प्रश्न पूछा।

'मैं तो पैदा ही मुसलमान हुआ था।'

'जिस दिन तुम पैदा हुए थे क्या उस दिन तुम्हें मालूम था कि तुम मुसलमान हो?'

'हाँ, मालूम था।'

'पैदा होते ही तुम्हें मालूम चल गया था कि तुम मुसलमान हो?' मैंने थोड़ा सा मुस्कुराते हुए पूछा। वह बात ही ऐसी कर रहा था कि हँसी आ जाए। जब उसे एहसास हुआ कि वह बचकानी बातें कर रहा है तो उसने थोड़ी लड़खड़ाती हुई जुबान में कहा-

'पैदा होते समय तो नहीं मालूम था। लेकिन तब भी मैं मुसलमान ही था।'

'अच्छा यह बताओ तब तुम्हें अपना नाम मालूम था?'

'नहीं।'

'जब तुम पैदा हुए तब तुम्हें अपना नाम नहीं मालूम था, लेकिन तुम्हें यह मालूम था कि तुम मुसलमान हो,'

मैंने उसका मजाक उड़ाते हुए कहा। और उसकी बातों पर हँसने लगी। मैं जानबूझकर उसका मजाक उड़ा रही थी। जब उसे लगा कि वह ठीक से जवाब नहीं दे पा रहा है तो उसने मुझसे पूछा-

'क्या तुम्हें मालूम था तुम क्या थीं जब तुम पैदा हुई थीं?'

'नहीं मुझे तो नहीं मालूम था कि मैं हिंदू थी या नहीं। मुझे तो यह भी नहीं मालूम था कि मैं लड़का हूँ या लड़की,' मैंनें उसकी आँखों में आँखें डालकर कहा,' दुनिया में ऐसा कोई इंसान नहीं है जिसे पैदा होते ही अपने धर्म का पता हो, अपने जेंडर का पता हो।'

मेरी बातें सुनने के बाद वह कुछ सेकण्ड खामोश रहा फिर थोड़ी धीमी आवाज में बोला-

'शायद मुझे नहीं मालूम था कि मैं मुसलमान हूँ।'

'शायद का क्या मतलब है? क्या तुम अभी भी श्योर नहीं हो?'

'हाँ, मुझे नहीं मालूम था कि मैं मुसलमान हूँ। और यह भी नहीं मालूम था कि मैं लड़का था या लड़की,' उसने झुंझलाते हुए कहा।

'फिर तुम्हें कब पता चला कि तुम मुस्लिम हो?'

'यह तो ठीक से याद नहीं है फिर भी 8-10 साल की उम्र में स्कूल, मदरसा जाने लगे तो थोड़ा-थोड़ा मालूम चलने लगा कि मजहब क्या होता है,' परवेज़ ने थोड़ा डीटेल में बताया।

'क्या तुम 8-10 साल की उम्र से ही अपने धर्म को इतना सीरियसली फॉलो करते हो?'

'नहीं, सिर्फ मदरसे में पढ़ाई के समय जितनी बातें होती थीं बस उतना ही। उस समय मेरी अपनी कोई समझ नहीं थी, जैसा मौलवी साहब और घरवाले कहते थे मैं वैसा ही कर लेता था। कुछ चीज़े अपनी इच्छा से और कुछ मजबूरी में,' उसने आगे कहा,' मुझसे रोज़ा भी नहीं रखा जाता था। भूख लगती थी लेकिन सब रखते थे तो मुझे भी रखना पड़ता था।'

'तुम खुद अपनी मर्जी से सोच समझकर कब से अपने मजहब को फॉलो कर रहे हो,' मैंने पूछा। उसने कुछ देर सोचने के बाद जवाब दिया,' 17-18 की उम्र में जब मैं जमातों में जाने लगा वहाँ ज्यादातर मजहबी बातें होती थीं। मजहब को ठीक से फॉलो करने और न करने के क्या परिणाम होते हैं, जब इन सब चीजों को मैंने ठीक से पढ़ा, सुना तो मुझे एहसास हुआ कि मुझे अपने मजहब को पूरी तरह से फॉलो करना चाहिए।'

उसके इस जवाब के बाद कुछ देर मैं चुप रही उससे कुछ नहीं पूछा।

'पूछ लिया जो पूछना था या अब भी कुछ पूछना बाकी है,' उसने कहा।

'कुछ और पूछना है,' मैंने जवाब दिया।

'अब क्या पूछना है? और तुम यह सब क्यूँ पूछ रही हो मुझे कुछ समझ में नहीं आ रहा है।'

'कोई खास वजह नहीं है बस ऐसे ही पूछ रही हूँ। कुछ और भी पूछना है पूछ लूँ?' मैंने कहा।

'पूछ लेना लेकिन पहले चाय पिला दो।'

'क्यों, मेरी बातों से सर चकरा रहा है क्या जो चाय माँग रहे हो।'

'नहीं, बस ऐसे ही मन कर रहा है।'

'ठीक है मैं चाय बनाकर लाती हूँ।'

'हूं,' उसने कहा। और मैं चाय बनाने किचन में चली गई।

मेरा मन भी चाय पीने का कर रहा था इसलिए मैंने दो कप चाय बनाई और वापस रूम में आ गई। परवेज़ बेड पर लेट गया था।

'लो,' मैंने उसकी तरफ चाय का एक कप बढ़ाते हुए कहा। वो बेड से उठा और चाय का कप अपने हाथ में ले लिया। हम दोनों चाय पीने लगे लेकिन मेरे दिमाग में वह प्रश्न घूम रहे थे जो मैं उससे पूछना चाहती थी। लेकिन चाय खत्म होने से पहले मैंने उससे कुछ नहीं पूछा।

'हो गई चाय खत्म?' मैंने उसे पूछा।

'हाँ हो गई, अब पूछो क्या पूछना है,' परवेज़ ने कहा।

'चाय कैसी थी,' मैंने पूछा।

'क्या तुम सिर्फ चाय का स्वाद पूछना चाहती थीं,' उसने कहा।

'नहीं, मैं तो बस ऐसे ही पूछ रही हूँ। बताओ चाय कैसी थी?' मैंने दोबारा पूछा।

'बहुत अच्छी थी,' उसने कहा। अगर तुम गहरी नींद में हो तब अगर मैं तुमसे पूछूँ कि चाय का स्वाद कैसा था, तो क्या तुम बता पाओगे,' मैंने उससे कहा।

'तुम कैसे-कैसे प्रश्न पूछ रही हो मुझे कुछ समझ नहीं आ रहा तुम ठीक तो हो न,' उसने कहा।

'हाँ, मैं बिल्कुल ठीक हूँ। तुम यह बताओ कि नींद में बता सकते हो चाय का स्वाद कैसा है,' मैंने वापस उससे वही सवाल पूछा।

'नींद में नहीं बता सकता। मुझे क्या मालूम कि तुम क्या पूछ रही हो, नींद में पता नहीं चलता कौन क्या कह रहा है,' उसने जवाब दिया।

'चाय तो तुमने ही पी है फिर क्यों नहीं बता सकते?' मैंने पूछा।

'मुझे नहीं पता कि नींद में क्यों नहीं बता सकता तुम ही बता दो,' उसने कहा।

'क्योंकि नींद में हमारा कॉन्शियस माइंड काम नहीं करता है, इसलिए हम रिस्पॉन्ड नहीं कर पाते हैं,' मैंने उससे कहा। वह मेरी बात को ध्यान से सुन रहा था। मैंने उससे आगे कहा,' जिस कॉन्शियस माइंड से हम अच्छा बुरा फील करके रिस्पांड करते हैं, सही या गलत का डिसीजन लेते हैं वह कॉन्शियस माइंड नींद में काम नहीं करता है।'

मेरी बात सुनने के बाद वह बोला,' हाँ ठीक है ऐसा ही होता होगा लेकिन यह सारी फिलॉसफी तुम मुझे क्यों बता रही हो।'

मैंने उसके इस सवाल का कोई जवाब दिए बिना उससे कहा-

'तुम बहुत कमीने मक्कार किस्म के लड़के हो।'

'तुम पागल वागल हो गई हो क्या, मैं कुछ बोल नहीं रहा हूँ तो सिर पर ही चढ़े जा रही हो,' उसने झुंझलाते हुए कहा। मुझे पहले से मालूम था कि वह ऐसे ही रिएक्ट करेगा, मैंने उससे जानबूझकर ऐसी बात कही थी।

'अरे तुम इतना गुस्सा क्यों कर रहे हो,' मैंने कहा।

'तुम बातें ही ऐसी कर रही हो,' उसने कहा।

'लेकिन जब तुम सो रहे थे तब भी मैंने तुमसे ऐसी बातें कही थी, तब तो तुमने मुझसे कुछ नहीं कहा,' मैंने उससे कहा।

'क्योंकि तब मेरा कॉन्शियस माइंड काम नहीं कर रहा था इसलिए नहीं बोला,' वह थोड़ा शांत होते हुए बोला। यह बात मैं उसी के मुँह कहलवाना चाहती थी इसलिए मैं उससे ऐसी बातें कह रही थी।

'यह जन्नत वन्नत, खुदा वुदा कुछ नहीं होता सब फालतू की बातें हैं,' मैंने अब परवेज़ से वह बात बोली जिसका मुझे अंदाजा नहीं था कि उसका रिएक्शन क्या होगा।

'तुम अब अपनी लिमिट क्रॉस कर रही हो समझी, जरा अपनी हद में रहो,' उसने तेज़ आवाज में मुझे बुरी तरह से घूरते हुए कहा।

'क्या तुम्हें बुरा लगा मेरी बात का?'

'क्या तुम्हें लगता है कि तुम कॉमेडी कर रही हो जो मुझे हँसी आएगी। तुम्हारी यह फिलॉसफी गई भाड़ में मजहब के बारे में मैं एक लफ्ज भी बर्दास्त नहीं करूँगा,' उसने अपने गुस्से को थोड़ा कम करते हुए कहा।

'लेकिन यही बात मैंनें तुमसे तब भी कही थी जब तुम सो रहे थे तब तो तुम्हें बुरा नहीं लगा,' मैंनें उससे यह झूठी बात कही थी। मैंने उससे नींद में ऐसा कुछ नहीं कहा था।

मेरी बात को सच मानते हुए वह मुझसे बोला,' क्योंकि नींद मे मेरा कॉन्शियस माइंड काम नहीं कर रहा होगा यह नॉलेज तुमसे मैंनें अभी-अभी सीखा है, लेकिन अब यह ड्रामा बंद करो।'

'ठीक है अब कुछ नहीं बोलूँगी, मैं तो बस यह जानना चाहती थी कि तुम 24 घंटे अपने मजहब को फॉलो करते हो या नहीं।'

'मैं क्या किसी को भी नींद में उसके मजहब के बारे में कुछ भी कहो वह रिस्पांड नहीं करेगा। क्योंकि रिस्पांड करने के लिए माइंड भी तो काम करना चाहिए ना,' उसने कहा।

'जब तुम रिस्पांड करते हो तब तुम कैसे पता लगाते हो कि कोई सही कह रहा है या गलत?' मैंने पूछा।

'इतना तो मुझे मालूम है कि क्या सही है और क्या गलत।'

'तुम्हें कैसे पता, तुम पैदा हुए तब तो तुम्हें कुछ भी नहीं मालूम था, तुम्ही ऐसा कह रहे थे।'

'घरवालों ने बताया, मदरसे में मौलवी साहब ने बताया कि क्या मजहब के बारे में सही है और क्या नहीं। मजहब में क्या-क्या चीजें फॉलो करने से बरकत मिलती है,' उसने कहा। आखिरकार मैंने परवेज़ के मुँह से वह बात कहलवा दी जिसके लिए मैं इतनी देर से उसके साथ बहस कर रही थी।

'मतलब तुम अपने मजहब के लिए जो कुछ भी कर रहे हो वह सब इसलिए कर रहे हो कि मौलवी साहब ने या घरवालों तुम्हें ऐसा करने के लिए बताया है,' मैंने उससे आगे कहा,' उनकी बातों को सुनकर तुम्हें लगता है कि ऐसा करना सही है।'

'हाँ, ऐसा ही है,' उसने थोड़ा झिझकते हुए मेरे सवाल का जवाब दिया।

'इस तरह से तो अगर तुम किसी हिंदू फैमिली के घर में पैदा होते तो तुम हिंदू धर्म को फॉलो करते पंडित, पुजारी जो बातें तुम्हें बताते वही तुम्हें सही लगती?' मैंने उससे पूछा।

'लेकिन मेरे खुदा को मुझे मुस्लिम ही बनाना था इसलिए उन्होंने मुझे मुस्लिम घर में ही पैदा किया,' अब वह अपनी ही बातों में उलझकर उल्टे सीधे जवाब दे रहा था। उसे लगने लगा था कि वह ठीक से मेरे सवालों का जवाब नहीं दे पा

रहा है। उसका लो कॉन्फिडेंस उसके चेहरे के हाव-भाव से साफ झलक रहा था।

'हिंदू भी यही कहता है कि वह भगवान की इच्छा से ही हिंदू घर में पैदा हुआ, सिक्ख भी, ईसाई भी सभी यही कहते हैं,' मैंने उससे मजाक में आगे कहा,' लेकिन सच बात यह है कि हम जिस घर में पैदा होते हैं हमारे पैरेंट्स की मर्जी से होते हैं। अगर वह रोमांस नहीं करते तो न कोई हिंदू पैदा होता न मुस्लिम।'

मेरी यह बात सुनकर वह मुस्कुराया नहीं या यह भी हो सकता है कि उसने अपनी हँसी को रोक लिया हो। उसे लग रहा होगा कि इतने सीरियस मुद्दे के बीच में वह हँसेगा तो थोड़ा कम मजहबी इंसान लगेगा।

'सोच समझकर बताओ तुम्हें ऊपर वाले ने मुस्लिम बनाया या मजहबी तालीम ने,' मैंने उससे पूछा।

'मजहबी तालीम ने,' उसने जवाब दिया। मुझे यह यकीन नहीं था कि वह इतनी जल्दी सच कबूल कर लेगा।

'अगर तुम्हें मजहबी तालीम न मिली होती तो तुम अपने मजहब को फॉलो नहीं करते, क्या मैं सही कह रही हूँ?' मैंने उससे पूछा।

'हाँ, जाहिर सी बात है मुझे कोई मजहब के बारे में बताता ही नहीं तो मुझे कैसे पता चलता कि क्या करना चाहिए और क्या नहीं,' उसने आगे कहा,' अब तुम्हारी इंवेस्टिगेशन खत्म हो गई हो तो मैं जाऊँ, मुझे कुछ काम हैं।'

'मैं तुम्हारे मजहब को फॉलो करने के लिए तुमसे तालीम लेना चाह रही हूँ और तुम्हें काम की पड़ी है। बैठो अभी, मजहब की तालीम बड़ी या तुम्हारा काम,' मैंने उससे कहा। मेरी बात सुनकर वह बेड से उठा नहीं वहीं बैठा रहा।

'तुम दरगाह पर जाते हो चादर चढ़ाने?'

'नहीं, वहाँ नहीं जाते।'

'क्यों, मुस्लिम तो जाते हैं न दरगाह पर?'

'वहाँ शिया मुस्लिम जाते हैं।'

'तुम कौन से मुस्लिम हो?'

'हम सुन्नी मुस्लिम हैं।'

'शिया और सुन्नी दोनों ही मुस्लिम हैं फिर शिया दरगाह पर जाते हैं सुन्नी नहीं जाते हैं, अब दोनों में से सही कौन है,' मैंने उससे पूछा। मैंने शिया, सुन्नी समुदाय की अलग-अलग मान्यताओं की जानकारी जुटा ली थी पहले ही लेकिन मैं परवेज़ के सामने ऐसा बिहेव कर रही थी जैसे मुझे कुछ मालूम ही न हो।

'सुन्नी मुस्लिम सही है,' परवेज़ ने तुरंत जवाब दिया।

'यह तो तुम इसलिए कह रहे हो क्योंकि तुम सुन्नी समुदाय को फॉलो करते हो। ऐसे ही शिया भी अपने आप को सही और सुन्नी को गलत कहते होंगे।'

'लेकिन इस्लाम में दरगाह पर जाना हराम है। मैं तो यही मानता हूँ।'

'तुम यह सब इसलिए सही मानते हो क्योंकि तुम्हें ऐसा पढ़ाया, सिखाया गया है। अगर तुम शिया फैमिली में पैदा होते तो तुम्हें दरगाह पर जाना हराम नहीं लगता,' मैंने उससे आगे कहा,' देखो पहले तुम्हें मुस्लिम मजहब अच्छा लगता था, अब मुस्लिम मजहब में से सुन्नी मुस्लिम सही लगते हैं और शिया मुस्लिम गलत। यह सारी बातें तुम्हें तुम्हारे घरवालों, मौलवी और मौलाना ने बताई हैं। मुझे तो तुम कन्फ्यूज लगते हो तुम्हारी खुद की कोई समझ नहीं है। कौन सही और कौन गलत है यह डिसाइड कैसे होगा कुछ पता ही नहीं है।'

मेरा यह बात सुनने के बाद वह कुछ देर चुपचाप रहा। शायद वह मेरी बात का जवाब खोज रहा था। वह कुछ कह पाता इससे पहले ही मैंनें उससे पूछा-

'अब सुन्नी मुस्लिमों में तो कोई अलग-अलग मान्यता नहीं है न?'

उसने अपनी नजरें मेरी तरफ उठाईं और बिल्कुल थोड़ा सा मुस्कुराते हुए बोला-

'हाँ, सुन्नी मुस्लिम के अंदर भी अलग-अलग समुदाय हैं। जैसे- देवबंदी, बरेलवी, हनफी, वहाबी।'

'या अल्लाह यह सिलसिला कहाँ जाकर रुकेगा,' मैंने हँसते हुए कहा। मैं जानबूझकर मुस्कुरा रही थी, मैं चाहती थी कि परवेज़ को थोड़ा हल्के फुल्के मूड में रखकर उससे बात करूँ। मेरी यह बात सुनकर परवेज़ खुद को हँसने से रोक नहीं पाया। इंसान जब अच्छे मूड में होता है तो वह दूसरों की बातों को मान लेता है। उस समय व्यक्ति का अहंकार

थोड़ा कम हो जाता है। यह ट्रिक घर में पत्नियाँ अपने पति पर आजमाती हैं और बच्चे अपने पैरेंट्स पर, जब उन्हें कुछ महंगी चीज़ माँगना होती है तो वह देखते हैं कि सामने वाले का मूड अच्छा है या नहीं।

'तुम खुद पर बम बांधकर फट सकते हो?' मैंने पूछा। मेरा यह सवाल सुनकर तो परवेज़ की हवाईयाँ उड़ गईं। उसे यकीन ही नहीं हो रहा था कि मैं उससे मरने का बोल रही हूँ।

'क्या कह रही हो तुम।'

'बस ऐसे ही मन में सवाल आया तो पूछ रही हूँ। बोलो फट सकते हो?'

'नहीं, बिलकुल नहीं।'

'क्यों, तुम इस्लाम को फॉलो नहीं करते क्या?'

'करता तो हूँ।'

'तो फिर तुम फट क्यों नहीं सकते हो?'

'इस्लाम फॉलो करता हूँ तो इसका मतलब यह थोड़ी है कि बम बांध कर फट जाऊँ,' परवेज़ ने कहा। दरअसल वह यह कहना चाह रहा था कि बम बांधकर फटने की हिम्मत उसमे नहीं है।

'लेकिन जो लोग अल्लाह हू अकबर बोलकर फट जाते हैं क्या वह इस्लाम फॉलो नहीं करते? वह तो यही कहते हैं कि वह सच्चे मुस्लिम हैं,' मैंने उससे आगे कहा,' वह यही कहते हैं कि ऐसा करने से उन्हें जन्नत मिलेगी, शबाब मिलेगा।'

'मुझे ऐसा लगता है कि वह गलत करते हैं, जिहाद के नाम पर ऐसा करना ठीक नहीं है,' उसने तुरंत कहा।

'तुम्हें गलत लगता है तो इसका मतलब यह तो नहीं कि वह लोग गलत हों,' मैंने उससे आगे कहा,' अब जैसे तुमने मेरे साथ लव जिहाद किया वो तुम्हें लगता है कि तुमने सही किया लेकिन मुझे लगता है कि तुमने मेरे साथ गलत किया। अब या तो तुम दोनों गलत हो या फिर दोनों सही।'

वह मेरी बातों में पूरी तरह से उलझ चुका था। लेकिन जो बात मैं उसके मुँह से कहलवाना चाहती थी उसके लिए मुझे अभी और बहस करना पड़ रही थी।

'बोलो, बम बांधकर फटना और लव जिहाद करना दोनों एक जैसे काम है क्या? क्या ऐसा करना सही है?' मैंने उससे पूछा।

'बम बांधकर फटना गलत है।'

'और लव जिहाद करना?' मैंने तुरंत पूछा। आखिरकार वह प्रश्न पूछने की स्विचुएशन आ ही गई जिसे पूछने के लिए मुझे उसके साथ इतने सवाल जवाब करने पड़े।

मेरा यह सवाल सुनकर उसने अपनी नजरें झुका लीं और चुपचाप बैठा रहा जैसे कि उसने मेरा सवाल सुना ही नहीं हों। जब मुझे लगने लगा कि हम दोनों के बीच की खामोशी को बहुत ज्यादा वक्त हो गया तो मैंने खामोशी का यह सिलसिला तोड़ते हुए उससे दोबारा पूछा-

'बोलिए जनाब, लव जिहाद करना सही है या गलत?'

अबकी बार वह चुप नहीं रह पाया और मेरी तरफ देखते हुए बोला-

'लव जिहाद भी गलत है।'

जवाब देने के बाद उसने अपनी नजरें वापस झुका ली।

'क्या हुआ परवेज़ तुम मुझसे नजरें क्यों नहीं मिला रहे हो,' मैंने उसे और गिल्टी फील कराते हुए कहा।

'मुझे माफ कर दो सौम्या,' उसने मुझे मेरे पुराने नाम से पुकारते हुए कहा। लेकिन वह अभी भी मुझसे नजरें नहीं मिला रहा था।

'किस बात की माफी मांग रहे हो परवेज़? तुमने जो कुछ भी मेरे साथ किया वह सब तो तुमने इसलिए किया था न कि तुम्हें शबाब मिलेगा, जन्नत में हूरें मिलेंगी,' मैंनें उसे वह बातें याद दिलाते हुए कहा जो उसने मुझसे कहीं थीं।

'अब और कितना जलील करोगी मुझे, मैं मान तो रहा हूँ कि मैंनें जो कुछ तुम्हारे साथ किया वह गलत था। उस बात के लिए ही तो तुमसे माफी मांग रहा हूँ,' अबकी बार उसने मुझसे नजरें मिलाते हुए कहा।

'तुम्हारी माफी से क्या वह सब बदल सकता है जो तुमने मेरे साथ किया, मैंने और मेरी फैमिली ने जो दर्द झेला है क्या वह सब ठीक हो सकता है,' मैंने उससे आगे पूछा,' क्या तुम एक लड़की की इज्जत वापस लौटा सकते हो।'

'नहीं, मैं जानता हूँ कि मुझसे बहुत बड़ी गलती हो गई मेरी माफी से कुछ भी नहीं हो सकता है,' उसने आगे

कहा,' अब बस एक ही काम हो सकता है कि तुम मुझे जो चाहे वह सजा दे सकती हो मैं हर सजा भुगतने के लिए तैयार हूँ।'

अब उसकी आँखें खारे पानी से भर गईं थीं लेकिन उसके आँसू उसकी आँखों से बाहर नहीं आए। अब मुझे लगने लगा था कि उसे उसकी गलती का एहसास हो चुका है। मैं उसे सजा देती भी तो क्या सजा देती और फिर सजा देने से होता भी क्या।

मैंने उसका हाथ पकड़ते हुए उससे कहा,' मुझे तुम्हें कोई सजा नहीं देना है तुम्हें अपनी गलती का एहसास हो गया है मेरे लिए इतना ही बहुत है। गलतियाँ इंसान से होती हैं तुम भी अगर किसी के बहकावे में आकर कोई गलत काम कर बैठो तो इसमें कोई बड़ी बात नहीं है। अगर हर इंसान को अपनी इच्छा से मजहब चुनने की आजादी दी जाए तो कोई भी इंसान हिंसा, कट्टरता नहीं चुनेगा। जब इंसान अकेला होता है तो वह हिंसक नहीं होता, जब भीड़ उस पर अपने विचार थोपती है, उसे उकसाती है तब वह मजहब के लिए खुद भी मर सकता है और दूसरे को भी मार सकता है।'

मेरी इतनी लंबी चौड़ी बात गौर से सुनने के बाद उसने कहा-

'तुम बिल्कुल ठीक कह रही हो सौम्या।'

'क्या तुम मुझसे एक वादा कर सकते हो,' मैंने उसका हाथ जोर से थामते हुए कहा।

'हाँ बिल्कुल, बोलो क्या करना है।'

'जो मेरे साथ मजहब के नाम पर हुआ वह किसी और लड़की के साथ न हो। तुम अगर एक लड़की को भी इस जाल में फंसने से बचा लोगे तो ऊपर वाला तुम्हें तुम्हारी गलती के लिए माफ कर देगा,' मैंने उससे यह बात इसलिए कही क्योंकि अब मुझे उम्मीद थी कि वह ऐसा कर सकता है।

'मैं पूरी कोशिश करूँगा,' उसने मेरी हथेलियों को थामते हुए कहा। फिर मेरे कंधे पर अपना सिर रखकर कुछ देर चुपचाप बैठा रहा।

अरे एक बात तो मैं पूछना भूल ही गई। मैं उसके मजे लेने के लिए उससे यह बात पूछने वाली थी मुझे लगभग मालूम था कि वह इसका जवाब क्या देगा।

'तुमने मुझे कागज पर तो मुस्लिम बना दिया है लेकिन अगर मुझे खुद से मुस्लिम बनना हो तो शिया मुस्लिम बनूं या सुन्नी मुस्लिम,' मैंने आगे कहा,' शिया मुस्लिम के अंदर इस्माइली बनूं, जैदी बनूं या फिर इस्ना अशअरी बनूं। और अगर सुन्नी मुस्लिम बनना हो तो सुन्नी में किसे फॉलो करूं। देवबंदी, बरेलवी, अहलेहदीस, सलफी या फिर वहाबी विचारधारा को।'

इस्लाम के बारे में मेरी इतनी जानकारी सुनकर वह मुझे बहुत गौर से देख रहा था, शायद वह यह सोच रहा होगा कि मुझे यह सब कैसे पता चला लेकिन उसने मुझसे इस बारे में पूछना जरूरी नहीं समझा।

उसने मुझसे सिर्फ इतना कहा-

'तुम न शिया मुसलमान बनो न सुन्नी मुसलमान बनो, तुम बस अच्छा इंसान बनो, यही सबसे बढ़िया धर्म है।'

'क्या तुम कहना चाहते हो कि मैं अभी अच्छी इंसान नहीं हूँ,' मैंने मुस्कुराते हुए उससे कहा।

'अरे यार अब तुम मुझे अपनी बातों में और मत उलझाओ मैं तुमसे नहीं जीत सकता,' उसने कहा और हंसते हुए बेड पर से उठ गया।

'अब मैं जा सकता हूँ क्या आपकी इजाजत हो तो?' उसने दोनों हाथ जोड़ते हुए पूछा।

'परमीशन ग्रांटेड,' मैंने हंसते हुए कहा। फिर परवेज़ रूम से बाहर चला गया और मैं बेड पर सुकून से लेट गई। आज कई महीनों बाद मैं अपने आप को बहुत रिलेक्स महसूस कर रही थी।

❀ ❀ ❀

रविवार का दिन था सभी लोग घर पर थे। मैं, आफरीन और भाभी किचन में खाना बनाने की तैयारी कर रहे थे।

'अरे आप,' अब्बू ने यह शब्द किसी से कहे उनकी आवाज हम तक भी पहुंच गई थी।

'अस्सलाम वालेकुम,' किसी ने कहा। मैंने यह आवाज पहली बार सुनी थी।

'वालेकुम अस्सलाम। आईए बैठिए,' अब्बू ने कहा।

आफरीन और भाभी एक दूसरे को देखने लगीं। मैं उन दोनों को देख रही थी।

'कौन है?' मैंने पूछा। मुझे लगा शायद आफरीन और भाभी उस शख्स को जानती हैं जो घर पर आया है। लेकिन न तो आफरीन ने और न ही भाभी ने मेरी बात का जबाब दिया। भाभी सब्जी काट रहीं थीं उन्होंने सब्जी काटना बंद किया और उठकर किचन से बाहर चली गईं। उस मेहमान को देखने के तुरन्त बाद ही वह वापस किचन में आ गईं और आफरीन के बिल्कुल करीब बैठ गईं, और आफरीन की तरफ देखकर अपनी गर्दन ऊपर नीचा हिला दी। यह देखकर आफरीन ने कसकर भाभी का हाथ पकड़ लिया उसके चेहरे को देखकर ऐसा लग रहा था जैसे वह बहुत डर रही है। लेकिन भाभी और आफरीन के बीच की इस सिम्बोलिक बातचीत को मैं बिल्कुल भी नहीं समझ पा रही थी। अब मुझसे रहा नहीं जा रहा था। मैं उठकर आफरीन और भाभी के पास जाकर बैठ गई और उनसे पूछा-

'क्या हुआ कौन आया है?'

'फहीम आये हैं,' भाभी ने कहा।

यह नाम सुनते ही मुझे फहीम और आफरीन की तलाक वाली कहानी याद आ गई। फहीम का नाम सुनकर ही आफरीन डर रही थी। शायद उसके तलाक और हलाला के जख्म एक ही पल में फिर से हरे हो गए थे।

'पानी ले आना,' अब्बू ने कहा।

आफरीन तो अभी फहीम के लिए पानी ले जाना ही नहीं चाहती थी इसलिए भाभी एक गिलास पानी लेकर फहीम

को देने चली गईं। कुछ देर वहीं रूकने के बाद भाभी वापस किचन में आ गईं। और चाय की तबेली उठाकर गैस पर रखने लगी।

'अब क्यूँ आये हैं आप यहाँ?' परवेज़ ने तेज आवाज में फहीम से पूछा।

'परवेज़ जुबान संभालकर बात करो। यह क्या तरीका है मेहमान से बात करने का,' अब्बू ने परवेज़ को डाँटते हुए कहा। उनकी आवाज सुनकर मैं, भाभी और आफरीन किचन के दरवाजे से सटकर खड़े हो गए। भाभी अपनी आधी गर्दन गेट के बाहर निकाकर अब्बू और परवेज़ की नोक-झोंक को देख रहीं थीं।

'होश में तो हो परवेज़ मेहमान से इस तरह बात करना तुमने कहाँ से सीखा,' परवेज़ के बड़े भाई ने भी परवेज़ को डाँटते हुए कहा।

'पूरी तरह होश में हूँ मैं। यह मेहमान नहीं मेरे दूल्हेभाई हैं। वही दूल्हेभाई जिन्होंने मेरी बहन को तलाक दिया और उसका हलाला करवाया,' परवेज़ ने कहा।

'तुम चुप होते हो या मैं तुम्हें घर से बाहर करूँ,' अब्बू ने कहा।

'परवेज़ चुप बिल्कुल चुप,' अम्मी ने परवेज़ के पास जाकर कहा। उनकी बात सुनकर परवेज़ चुप हो गया।

'परवेज़ की तरफ से मैं मांफी माँगता हूँ,' अब्बू ने फहीम के सामने हाथ जोड़ते हुए कहा।

'आप शर्मिंदा मत होइए। नया खून है अभी उसे रिश्ते की समझ नहीं है,' फहीम ने परवेज़ की तरफ अपनी गर्दन घुमाते हुए कहा। कुछ पल परवेज़ और फहीम एक-दूसरे को घूरते रहे।

'आप बताइए कैसे आना हुआ,' अब्बू ने फहीम से पूछा।

'दरअसल बात यह है कि मैं आफरीन को वापस ले जाना चाहता हूँ। उसके बिना घर बहुत सूना-सूना लगता है,' फहीम ने थोड़ा झिझकते हुए कहा। इसके पहले कि अब्बू फहीम की बात का कोई जवाब दे पाते परवेज़ बीच में बोल पड़ा,' कोई जरूरत नहीं है अब्बू, आफरीन अप्पी को इनके साथ भेजने की। हम उनकी देखरेख कर लेंगे। इनके साथ जाकर वह फिर इनके गुस्से का शिकार होगीं। क्या भरोसा यह फिर उसे तलाक और हलाला करवाने पर मजबूर कर दें। वह मेरी बहन है कोई खिलौना नहीं जिसके साथ यह जब चाहें जैसे चाहें खेलते रहें।'

'आप कुछ ज्यादा ही बोल रहें हैं परवेज़ मियां,' फहीम ने कहा।

'जी नहीं, जो आपने मेरी बहन के साथ किया है उसके हिसाब से मैं कुछ भी ज्यादा नहीं बोल रहा हूँ,' परवेज़ ने तुरन्त कहा। जैसे कि जवाब उसके मुँह पर ही रखा हो। परवेज़ की यह बात सुनकर तो अब्बू अपना आपा ही खो बैठे वह परवेज़ की ऊपर हाथ उठाने ही वाले थे तभी फहीम ने उन्हें रोकते हुए कहा-

'रहने दीजिए अब्बू मैं नहीं चाहता कि मेरी वजह से बाप और बेटे के बीच दरार आये। लगता है मैं गलत समय पर

यहाँ आया हूँ। जब परवेज़ का गुस्सा ठंडा हो जाए तो मुझे बता देना मैं आफरीन को लेने आ जाऊंगा। अभी के लिए खुदा हाफिज।

फहीम की यह बात सुनकर किसी ने भी उन्हें रोकने की कोशिश नहीं की। वह जिस खामोशी के साथ आये थे उसी खामोशी के साथ वापस चले गए।

फहीम के जाने के बाद अब्बू ने परवेज़ को दो तमाचे जड़ दिये। अम्मी ने उन्हें रोका और परवेज़ से दूर कराया। अब्बू के साथ भाईजान और अम्मी भी परवेज़ से गुस्सा थे लेकिन इतने नहीं कि उस पर हाथ उठाने लगे।

'नालायक तेरी वजह से फहीम को यहाँ से बेइज्जत होकर जाना पड़ा,' अब्बू ने परवेज़ से कहा।

'ठीक ही हुआ जो चले गए। आप लोग अभी भी उस आदमी की इतनी इज्जत क्यूँ करते हो जिसने आपकी बेटी के साथ इतना बुरा व्यवहार किया,' परवेज़ ने कहा।

'वह वापस आफरीन को लेने आये थे परवेज़, तुम्हारी वजह से वह वापस चले गए पता नहीं अब वह आफरीन का लेने आएंगे या नहीं,' अम्मी ने कहा।

'मत आने दीजिए उन्हें वापस।'

'शादी के बाद भी बेटी घर पर ही रहे इसकी तकलीफ क्या होती है जानता है तू,' अब्बू ने कहा। परवेज़ ने तुरन्त उनकी बात का जवाब दिया,' उसके घर रहकर आपकी बेटी ने जो जिल्लत झेली है उसकी तकलीफ नहीं होती क्या आपको।'

'तो क्या आफरीन को जिंदगी भर यहीं रखें। उसका और उसके बेटे का खर्चा जिंदगी भर कौन उठाएगा। हमारे मरने के बाद कौन उसका ख्याल रखेगा, बोल है कोई जबाब तेरे पास,' अब्बू ने कहा।

'मैं रख लूँगा आपकी बेटी का ख्याल थोड़ी और मेहनत करके उसके खर्चे भी उठा लूँगा लेकिन उस आदमी के पास नहीं जाने दूँगा जिसने मेरी बहन का हलाला करवाया,' परवेज़ ने कहा।

'बेशर्म, बाप से जुबान लड़ा हरा है मुझे सही और गलत सिखा रहा है,' अब्बू ने फिर से परवेज़ पर हाथ उठाते हुए कहा। अम्मी ने फिर उन्हें अलग कराया और परवेज़ को अपने कमरे में जाने के लिए कहा। परवेज़ बिना कुछ कहे चुपचाप अपने कमरे में चला गया। लेकिन अब्बू अभी भी चुप नहीं हो रहे थे उन्होंने जोर से कहा,' अगर फहीम आफरीन को लेने वापस नहीं आए तो तू इस घर से निकल जाना और दोबारा अपनी शक्ल मत दिखना।'

कुछ देर बाद मैं भी कमरे में चली गई। कमरे में परवेज़ कुर्सी पर बैठा हुआ था मैं भी बगल में रखी हुई कुर्सी पर बैठ गई।

'मुझे अच्छा लगा यह देखकर कि तुम अपनी बहन से इतना प्यार करते हो उनकी इतनी केयर करते हो,' मैंने परवेज़ से कहा।

'उनके साथ बहुत बुरा किया है फहीम ने,' उसने बात को आगे बढ़ाते हुए कहा,' अब अपनी बहन की तकलीफ देखकर भाई होने के नाते मुझे भी बुरा तो लगेगा न।'

'मैं भी किसी की बहन थी,' मैंने कहा। उसने मेरी तरफ देखा और एक पल रूकने के बाद बोला-

'उस बात के लिए मैं तुमसे माफी माँग चुका हूँ।'

'मैं तुमसे माफी का नहीं कह रही हूँ वो तो यह बात निकल आई इसलिए मैंने ऐसा कह दिया,' मैंने उसकी उंगलियों में अपनी उंगलियों को उलझाते हुए कहा।

'अरे तुम्हारे पास रूपाली का नंबर है?'

'क्यों, क्या हुआ?' मैंने अपने मोबाईल को बेड पर टटोलते हुए पूछा।

'उसे कॉल लगाकर कह दो कि जो लड़का तुमसे दोस्ती बढ़ाने की कोशिश कर रहा है उसका असली नाम नकुल नहीं नासिर है,' परवेज़ ने यह बताया कि नासिर रूपाली को नकुल बनकर उसी जाल में फंसाने की कोशिश कर रहा है।

कुछ देर बाद परवेज़ कुर्सी से उठकर बेड पर लेट गया। उसने अपने दाएं हाथ को अपनी आँखों पर रखकर उन्हें बंद कर लिया। पता नहीं वह सोना चाह रहा था या कुछ सोच विचार कर रहा था।

फहीम दोबारा आफरीन को लेने के लिए घर पर नहीं आए। इस बात को लेकर अब्बू रोज परवेज़ पर गुस्सा करते थे। परवेज़ ने भी अलग रहने का फैसला कर लिया था। उसने मुझे बताया कि उसने दो कमरों का फ्लेट किराये पर ले लिया है कुछ दिन बाद हम वहीं शिफ्ट हो जाएंगे।

एक हफ्ते बाद हम उस फ्लेट में शिफ्ट हो गए। वहाँ सिर्फ मैं और परवेज़ नहीं गए थे। आफरीन भी हमारे साथ आ गई थी। अब्बू की बात परवेज़ ने दिल पर ले ली थी। इसलिए वह आफरीन को भी अपने साथ रहने के लिए ले आया था।

खर्च सच में ज्यादा हो गए थे परवेज़ की कमाई से घर चलाने में दिक्कत हो रही थी। इसलिए मैंने भी जॉब करने का फैसला किया।

परवेज़ भी मेरे फैसले से खुश था। मेरी क्वालीफिकेशन के हिसाब से मुझे जॉब ढूँढने में ज्यादा मुश्किल नहीं हुई। तीन जगह एप्लाई करने के बाद एक जगह पर मुझे जॉब ज्वाईन करने का ऑफर आ गया।

मैं और परवेज़ जॉब करते थे और आफरीन घर पर रहकर अपने बेटे और मेरी बेटी को संभालती थी। जब मेरी सैलरी आना चालू हुई तो वह खर्चे जिन्हे परवेज़ की सैलरी से पूरा करने में दिक्कत होती थी वह अब मैनेज होने लगे थे। मैं अपनी सैलरी से कुछ सेविंग भी करने लगी थी। मेरी जॉब भी बढ़िया थी और वहाँ का स्टॉफ भी। मुझे काम करने में मजा आता था। बिना किसी बोझ के घर और जॉब दोनों का काम मैं मैनेज कर लेती थी।

मुझे जॉब करते हुए 3 महीने बीत चुके थे। ऑफिस में सर और बाकी का स्टॉफ भी मेरी वर्किंग से काफी खुश था। 3 महीने के अंदर ही मेरे काम से खुश होकर सर ने मेरी पेमेंट में एक इंक्रीमेंट बढ़ाने का डिसिजन ले लिया था।

❀ ❀ ❀

'वर यहाँ आकर बैठे और वधु को इस तरफ बिठाइए,' पंडित जी ने हाथ से इशारा करते हुए कहा। उनकी बताई हुई जगह पर गौरव सर और आफरीन बैठ गए। पंडित जी ने मंत्रों का उच्चारण करते हुए उनसे कुछ पूजा पाठ करवाया।

'जो कन्यादान करेंगे वह यहाँ पर आकर बैठ जाएं,' पंडित जी ने कहा।

गौरव सर के साथ जो लोग आए हुए थे उनमें से एक व्यक्ति उस जगह पर जाकर बैठ गया। आफरीन के अब्बू को तो कन्यादान करने के लिए बुला नहीं सकते थे।

पंडित जी ने उन अंकलजी से कन्यादान की रस्म पूरी करवाई। इसके बाद फेरों की रस्म शुरू की गई।

फेरों के वक्त वहाँ मौजूद सभी लोग गौरव और आफरीन पर फूल बरसा रहे थे। मैं एक हाथ से फूल बरसा रही थी और दूसरे हाथ से गोदी में अपनी बेटी को संभाले हुए थी। परवेज़ मेरे बगल में खड़े होकर फूल बरसा रहा था।

'वर अब वधू की मांग में सिंदूर भरे,' पंडित जी ने फेरों की रस्म खत्म होने के बाद कहा।

गौरव सर ने आफरीन की मांग में सिंदूर भरकर शादी की सभी रस्मों को पूरा कर दिया।

'अब लड़का और लड़की पति-पत्नी हो गए हैं। मेरा आशीर्वाद है कि दोनों हमेशा खुश रहें,' पंडित जी ने कहा।

शादी की सभी रस्में पूरी हो जाने के बाद गौरव सर और आफरीन मंडप से बाहर निकलकर हम सबके बीच में आ गए।

'बधाई हो आफरीन,' मैंनें उससे कहा।

'आपका बहुत-बहुत शुक्रिया,' उसने मेरा हाथ थामते हुए कहा। परवेज़ के पास जाकर आफरीन ने उसका हाथ नहीं थामा, परवेज़ और आफरीन गले लग गए। दोनों भाई बहन बहुत खुश थे।

'बधाई हो सर,' मैंने गौरव सर से हाथ मिलाते हुए कहा।

'थैंक यू सो मच सौम्या,' सर ने मुझसे कहा। वह सिर्फ इसलिए मुझसे थैंक्स नहीं कह रहे थे क्योंकि मैंने उन्हें बधाई दी है बल्कि वह इसलिए थैंक्स कह रहे थे क्योंकि मेरी वजह से ही वह आफरीन से मिल पाए।

'थैंक्स की कोई जरूरत नहीं है सर,' मैंने कहा।

आखिरकार इस तरह गौरव सर और आफरीन की शादी हो ही गई।

आप लोग यह सोच रहे होंगे कि कहानी के बीच में अचानक गौरव सर और आफरीन की शादी कैसे हो गई। कहीं आफरीन फिर से तो कोई सपना नहीं देख रही है।

नहीं, आफरीन इस बार कोई सपना नहीं देख रही है। अब सच में उसकी शादी गौरव सर से हो गई है।

शादी कैसे हुई? गौरव सर आफरीन को कैसे मिले? कहाँ मिले? आपके इन सवालों का जवाब मैं बताती हूँ।

10 दिन पहले

विपिन का बर्थडे था और उसने ऑफिस के स्टाफ को ट्रीट दी थी। हम पिछले एक घण्टे से विपिन की दी हुई ट्रीट को एंजाए कर रहे थे। पार्टी का मजा तब और बड़ गया जब विपिन ने बताया कि कुछ दिन बाद उसकी शादी है। हम उसे उसके बर्थडे की शुभकामनाएँ पहले ही दे चुके थे अब हमने उसे उसकी शादी की शुभकामनाएँ दी एडवांस में। पूरे स्टाफ में सिर्फ दो ही लोग थे जिनकी शादी नहीं हुई थी एक विपिन था और दूसरे थे गौरव सर। विपिन की शादी तो कुछ दिन बाद होने वाली थी लेकिन सर की शादी का अभी कोई अता-पता नहीं था जबकि वह उम्र में हमसे काफी बड़े थे। पता नहीं क्यों अचानक ही मेरे मन में ख्याल आया और मैंने सर से पूछ लिया-

'सर आप शादी कब करोगे?'

मेरे सवाल का जवाब देने से पहले वह कुछ पल के लिए किसी ख्वाब में डूब गए और फिर एक हल्की सी मुस्कुराहट अपने चेहरे पर बिखेरते हुए बोले-

'अब शायद मैं शादी ही न करूँ।'

उनका जवाब सुनकर मैंने पिज्जा को मुँह में डालने से पहले ही रोक दिया। मेरे साथ बाकी के लोग भी सर की यह बात सुनकर भौंचक्के रह गए।

'क्यूँ सर ऐसा क्यूँ?' मैंने पिज्जा को हाथ में पकड़े हुए ही पूछा।

'कहानी थोड़ी लम्बी है फिर किसी दिन बताऊँगा,' सर ने बात को टालते हुए कहा।

'नहीं सर, बताना तो आज ही पड़ेगा,' विपिन ने कहा,' आखिर हम उस वजह को जानने के लिए एक्साइटेड हो रहे है कि आप शादी क्यों नहीं करना चाहते।'

'छोड़ो यार फिर किसी दिन बताऊँगा।'

'नहीं सर आज ही बताइए प्लीज,' मैंने कहा। सर खामोश होकर हमारी तरफ देखने लगे और फिर शर्माते हुए बोले-

'अब तुम लोग इतनी जिद कर रहे हो तो बताता हूँ।'

मैंने अपना पिज्जा टेबल पर रख दिया मेरा ध्यान अब पिज्जा खाने पर नहीं सर की बात सुनने पर था। मेरे साथ बाकी के लोग भी सर की तरफ नजरें जमाकर बैठ गए उनके शादी न करने का रहस्य जानने के लिए।

सर ने ख्यालों में खोकर अपनी कहानी बताना शुरू किया-

मेरी भी एक प्रेम कहानी थी जितना मैं उसका दीवाना था उतनी वो मेरी दीवानी थी। बात उन दिनों की है जब मेरा कॉलेज का पहला दिन था और पहले दिन ही मेरी नजर एक लड़की पर पड़ी। उसे एक नजर देखते ही उसने नजरों से मेरे दिल तक का सफर तय कर लिया। उसे पहली बार देखते ही ऐसा लगा कि मैं उसे सदियों से जानता हूँ। उसे देखते ही दिल की धड़कनो की रफ्तार बदल गई थी। एक अजीब सी गुदगुदी हो रही थी, न जाने क्यों। मैंने उसे कॉलेज के लॉन में देखा था वह अपनी सहेलियों के साथ बतिया रही थी। मैं उससे अभी इसी वक्त बात करना चाहता था। मैंने एक कदम उसकी तरफ बढ़ाया भी लेकिन एक अनजाने से डर ने मेरे बड़े हुए कदमो को वहीं थाम दिया। मैंने फिर हिम्मत

की उसकी तरफ अपने कदम बढ़ाने की लेकिन मैं कदम नहीं बड़ा पाया। मेरा दिल चीख-चीख कर कह रहा था कि मैं उससे बात करूँ लेकिन दिमाग मुझे ऐसा करने से रोक रहा था। मैं अपने दिल और दिमाग के झगड़े में उलझा रहा। तभी उसने मेरी तरफ कदमों बड़ा दिए उसके साथ उसकी सहेलियाँ भी मेरी तरफ आने लगीं। यह नजारा देखकर ऐसा लग रहा था कि अब मेरा दिल निकलकर बाहर ही आ जाएगा, वह इतनी तेजी से धड़क रहा था। वह मुश्किल से 10-12 कदम की दूरी तय करके मेरे करीब आई और अपनी सहेलियों के साथ मेरे बाजू से निकल गई बिना मेरी तरफ देखे। वह पता नहीं कहाँ जा रहीं थीं। मैं यह गलत फहमी पाले हुए था कि वह मुझसे बात करने मेरे पास आ रही है। मैंने पीछे मुड़कर उसे देखा और तब तक देखता रहा जब तक वह मेरी नजरों से ओझल नहीं हो गई।

वह भी इसी कॉलेज की थी लेकिन पता नहीं किस सब्जेक्ट और किस ईयर की स्टूडेंट थी। बहुत कम समय में अपने खुराफाती दिमाग में बहुत सारी खिचड़ी पकाकर मैं भी अपनी क्लास की तरफ चल दिया।

क्लास में पहुँचकर मैं सबसे आगे की बेंच पर बैठ गया क्लास लगभग पूरी भर चुकी थी लेकिन आगे की कुछ बेंचेस अभी भी खाली थी। बच्चे आगे की जगह पिछली बेंचो पर बैठने का आनंद उठा रहे थे। मुझे ऐसा लगा कि मैं अपने आप को इतना पढ़ाकू समझकर क्लास के बाकी लौंडो के बीच अपनी इमेज क्यों गिरा रहा हूँ इसलिए मैं भी पीछे खाली पड़ी हुई बेंच पर बैठने के लिए खड़ा हो गया। तभी मेरा ध्यान बाजू वाली बेंच पर गया और मैं वापस बैठ गया मैंने पीछे

की बेंच पर बैठने का प्लान कैन्सिल कर दिया क्योंकि बाजू वाली बेंच पर वही लड़की बैठी थी जो मुझे बाहर मिली थी। वह मेरी क्लास मेट थी। मैं उसे वहाँ देखकर खुशी के मारे फूला जा रहा था। मैं आगे की तरफ मुँह करके कनखियों से उसे देख रहा था लेकिन उसका ध्यान मेरी तरफ नहीं आ रहा था। फिर मैं लगभग 50-60 डिग्री पर अपनी गर्दन घुमाकर उसे देखने लगा। दो-तीन बार ऐसा करने के बाद वह समझ गई कि मैं उसे देख रहा हूँ। मेरे लिए खुशी की बात यह थी कि वह भी मुझे रिस्पांस दे रही थी। उस क्लास में हम दोनों के नैन-मटक्का चलते रहे। क्लास खत्म होने के बाद मैं उसके पास गया, मैंने उसे हाय बोलते हुए अपना नाम बताया और उसका नाम पूछ लिया। उसके अलावा मैंने बाकी की लड़कियों से भी बात की जो उसके साथ थीं।

अगले ही दिन हम दोनों ने अपने नंबर भी एक्सचेंज कर लिए। बिना किसी फिल्मी ड्रामें के बहुत जल्दी हम दोनों फ्रेंड से क्लोज़ फ्रेंड हो गए। मुझे सब कुछ सपने के सच होने जैसा लग रहा था। सब कुछ ठीक चल रहा था। एक महीने बाद ही मौका देखकर मैंने उससे कह दिया-

'आई लव यू।'

उसने अपने होंठो को तो खामोश ही रखा लेकिन अपनी आँखों से सब बोल दिया। उसकी शर्माती हुई आँखें और मुस्कुराते हुए होंठ देखकर मैंने अंदाज लगा लिया कि उसका जवाब क्या है। मेरा अंदाजा सही निकला उसने मेरा प्रपोजल एक्सेप्ट कर लिया था।

सब कुछ इतनी जल्दी मेरे मन मुताबिक हुआ कि मुझे यकीन करना मुश्किल हो रहा था कि सच में उसने मेरा

प्रपोजल एक्सेप्ट कर लिया है, लेकिन हकीकत यही थी। जल्दी ही हमने साथ जीने मरने की कसमें खा लीं। जब रात को मोबाईल पर बातें करते-करते बातें खत्म होने लगती थी तो हम फैमिली प्लानिंग के टॉपिक पर चर्चा करने लगते थे। कुछ महीनों में हम कई बार कॉलेज से बाहर घूमने भी जा चुके थे। वह बाहर घूमने जाने में बहुत डरती थी लेकिन मैं उसे मना लेता था।

लेकिन फिर एक दिन अचानक वह हुआ जिसकी हमने उम्मीद भी नहीं की थी। मुझे अच्छी तरह याद है वह हमारी चौथी डेट थी। मैं और आफरीन लांग ड्राइव पर निकल गए। वो मुझसे एक दम चिपकर बैठी थी और मुझे अपनी मुलायम बाहों से जकड़ी हुई थी। जब भी मैं ब्रेक लगाता तो उसके होंठ मेरे कानों को छू लेते थे।

'रूको रूको,' आफरीन ने अचानक मुझसे कहा।

'क्यों क्या हुआ?' मैंने डिस्क ब्रेक लगाने के बाद पूछा।

'शायद भाईजान ने मुझे तुम्हारे साथ देख लिया है।'

'कब देखा?'

'अभी जो स्कॉर्पियो गाड़ी यहाँ से गुज़री है शायद उसमें भाईजान ही बैठे थे।'

'तुम कह रही हो शायद बैठे थे, शायद वो कोई और हों,' मैंने शायद शब्द पर जोर डालते हुए कहा।

'लेकिन वो भाईजान जैसे ही लग रहे थे।'

'अच्छा वो स्कॉर्पियो उन्हीं की है क्या?'

'नहीं।'

'तो फिर तुम बेवजह डर रही हो वो कोई और ही होगा, चलो हम चलें,' मैंने कहा।

'हाँ ऐसा हो सकता है, लेकिन फिर भी हम अब आगे नहीं कहीं और चलते हैं,' आफरीन ने कहा।

'ओके, जैसा तुम ठीक समझो,' मैंने कहा और बाइक को मोड़ लिया। फिर हम दोनों लवर्स प्वाइंट पर चले गये। मैंने आफरीन को एक पेड़ के चारो तरफ बने हुए चबूतरे पर बैठाया और वहाँ से कुछ दूर खाने की चीजें लेने चला गया। आफरीन के पास वापस आकर मैंने उससे कहा-

'यह लीजिए आपकी पसंदीदा आईसक्रीम।'

'ओह! थैंक्स, लेकिन तुम अपने लिए कोई आईसक्रीम नहीं लाए,' आफरीन ने आईसक्रीम को अपने हाथ में लेने के बाद कहा।

'क्योंकि हम दोनों एक ही आईसक्रीम को खाएंगे, एक तरफ से तुम और एक तरफ से मैं।'

'उंहूं... बिल्कुल नहीं, रहो साथ-साथ खाओ पियो अपना-अपना,' उसने कहा और हंसने लगी।

'यह कौन सी फिल्म का डॉयलाग है आफरीन जी?'

'यह डॉयलाग आफरीन यानि की मेरा है,' उसने कहा और आईसक्रीम की एक बाइट खाली।

'अच्छा चलो ठीक है एक साथ नहीं तो बारी-बारी से एक-एक बाइट खाते हैं।'

'हाँ चलो ठीक है तुम्हारी इतनी माँग पूरी की जाती है,' आफरीन ने कहा और आईसक्रीम का कोन मुझे थमा दिया। दो-तीन बार एक-दूसरे को आईसक्रीम कोन देने के बाद हमने ऐसा करना बंद कर दिया, कोन आफरीन के हाथ में था और हम दोनों एक साथ उसे बहुत धीरे-धीरे खाने लगे। जैसे-जैसे आईसक्रीम खत्म होती जा रही हम दोनों के होंठ और नाक करीब आते जा रहे थे। पूरी आईसक्रीम खत्म होने के बाद हम दोनों की नाक एक दूसरे से टकरा गई। मैं और आफरीन खामोश होकर एक दूसरे की आंखों में झांकने लगे। अब थोड़ी सी आईसक्रीम सिर्फ मेरे और उसके के होंठो पर लगी हुई थी। हम दोनों एक दूसरे की गर्म सांसों को महसूस कर रहे थे। मैं आफरीन के होंठो पर लगी आईसक्रीम को अपने होंठो से साफ करना चाह रहा था।

थोड़ी हिम्मत करके मैंने एक गहरी सांस ली और अपने होंठो से उसके के होंठो को छूने ही वाला था कि हर बार की तरह इस बार भी उसने अपने आप पर कंट्रोल करके अपने होंठो को दूर कर लिया। फिर मैंने भी अपनी गर्दन सामने की तरफ कर ली।

'हम अपनी जीभ से भी अपने होंठो की आईसक्रीम साफ कर सकते है,' आफरीन ने बिना मुझसे नज़रे मिलाए कहा और अपनी जीभ से अपने होंठो को साफ करने लगी।

'फिर तो हम टिशू पेपर से भी ऐसा कर सकते हैं,' मैंने गुस्से में कहा और टिशू पेपर से अपने होंठ साफ करने लगा।

'मेला बाबू नाराज़ हो गया है,' आफरीन ने तुतलाती हुई ज़ुबान में मेरा गाल मरोड़ते हुए कहा।

'छोड़ो, वैसे भी मेरे नाराज़ होने से तुम्हें क्या फर्क पड़ता है।'

'ऐसा नहीं है मेले बेबी,' उसने फिर से तुतलाते हुए कहा।

'कितना टाईम हो चुका है हमारे रिलेशन को, हर बार तुम मुँह क्यों फेर लेती हो, क्या तुम मुझे अपना बॉयफ्रेंड नहीं मानती? क्या तुम मुझसे लव नहीं करती?' मैंने उसकी तरफ देखते हुए पूछा।

'नहीं ऐसा नहीं है, तुम ही मेरे बॉयफ्रेंड हो और मैं तुमसे खूब सारा लव करती हूँ।'

'तो फिर हमारे बीच एक किस तो हो सकता है ना?'

'नहीं हो सकता।'

'क्यों नहीं हो सकता?'

'क्योंकि हमारा लव वर्जिन लव है।'

'क्या... वर्जिन लव, ये क्या होता है?' मैंने पूछा।

'मतलब जब तक हमारी शादी नहीं होती तब तक हमारा लव वर्जिन रहेगा, पूरी तरह से,' उसने मेरे कंधे पर अपना सिर रखकर कहा। उसकी यह शर्त सुनकर मैंने उससे कहा-

'और अगर हमारी शादी नहीं हो पाई तो?' मेरी यह बात सुनकर वह जोर से मेरे गले लग गई और बोली-

'ऐसा मत कहो, मैं तुमसे अलग होकर नहीं रह सकती हूँ।'

'और मैं भी,' मैंने कहा और उतनी ही तेजी से उसको जकड़ लिया जितनी तेजी से वह मुझे जकड़ी हुई थी। कुछ

देर बाद हम दोनों एक दूसरे से अलग होकर बैठ गए और डूबते हुए सूरज की सुन्दरता को निहारने लगे।

कुछ देर बाद मैंने डूबते हुए सूरज से नज़रें हटाईं और आफरीन की लालिमा को निहारने लगा। तभी किसी ने पीछे से मुझे इतनी तेज लात मारी कि मैं ज़मीन पर गिर गया। मैं ज़मीन से उठ पाता इससे पहले ही दो लोग मेरे पास आए और हाथ पैरों से मेरी जोरदार पिटाई करने लगे। आफरीन उन दोनों से मुझे बचाने लगी। तभी तीसरा आदमी मेरे पास आया और आफरीन का हाथ पकड़ कर उसे मुझसे दूर ले गया और मुझसे बोला-

'आज के बाद आफरीन के आस-पास भी दिखाई दिया तो तेरे हाथ-पैर तोड़ डालूँगा।'

वो आदमी कोई और नहीं आफरीन के भाईजान थे। वो उसका हाथ पकड़े हुए थे और आफरीन उनसे रो-रो कर कह रही थी-

'भाईजान प्लीज़ उसे छोड़ दो, उसे मत मारो, उसकी कोई गलती नहीं है प्लीज़ भाईजान उसे छोड़ दो।'

'छोड़ दो उसे,' आफरीन के भाईजान ने कहा। और उन्होंने मुझे पीटना बन्द कर दिया।

'यह पहली और आखिरी बार समझा रहा हूँ,' आफरीन के भाईजान ने कहा और आफरीन को लेकर वहाँ से चले गए। जाते-जाते आफरीन रोते हुए मुझे तब तक देखती रही जब तक वो मेरी नज़रों से ओझल नहीं हो गई।

उनके चले जाने के बाद आस-पास मौजूद कपल्स मेरे पास आए, उन्होंने मुझे बैठाया, उनमें से एक लड़के ने मुझसे पूछा-

'भाई कौन थे ये गुण्डे?'

'एक तो मेरी फ्रेंड के भाईजान थे और बाकी को वो किराए पर लाए थे, मुझे धोने के लिए,' मैंने कहा। मेरी बात सुनकर वहाँ मौजूद कपल्स हँसने लगे। उनमें से एक लड़की ने कहा-

'इतना पिटने के बाद भी आप मजाक कर रहे हैं।'

'मैं और कुछ कर भी नहीं सकता हूँ, अब मेरी लव स्टोरी में फिल्मी क्लाइमेक्स आ गया है। मैं गदर का सनी भी नहीं हूँ जो पाकिस्तान में घुसकर अपनी सक्कू को ले आऊं,' मैंने थोड़ा-थोड़ा हँसते हुए कहा, ताकि मेरी हँसी में वो लोग मेरी इज्जत की फजीहत को भूल जाएं।

'हम तुम्हें तुम्हारे घर तक छोड़ दें क्या?' एक लड़के ने पूछा।

'नहीं भाई मैं ठीक हूँ चला जाऊँगा बस थोड़ा सा पानी पिला दो,' मैंने कहा। फिर एक लड़की ने मुझे पानी की बोतल दे दी। मैंने पानी पीने के बाद बोतल वापस उस लड़की को दे दी और सभी से कहा,' थैंक्स, आप लोग जा सकते है मैं ठीक हूँ।'

उसके बाद सभी लोग चले गये और कुछ देर बाद मैं भी अपने रूम जाने के लिए बाइक के पास चला गया। बाइक स्टार्ट करने से पहले मैंने रूमाल अपने चेहरे पर बांध लिया

ताकि चेहरे पर लगी चोट को छुपा सकूँ। कुछ देर पहले तक जो होंठ आफरीन के होंठो पर लगी हुई आईसक्रीम को खाना चाहते थे अब वह सूज कर दर्द से कराह रहे थे।

सर ने शादी न करने की वजह हम सबको बताई। सर की कहानी को मैं बहुत गौर से सुन रही थी क्योंकि उनकी कहानी में आफरीन का नाम आ रहा था। शुरू में जब उन्होंने आफरीन का नाम लिया तो मुझे लगा कि यह इत्तेफाक होगा कि सर की गलफ्रेंड का नाम आफरीन है। लेकिन जब उन्होंने बताया कि आफरीन के भाई ने उन्हें पकड़ लिया था और उसके साथ मारपीट की। तब मुझे लगा कि यह इत्तेफाक नहीं हो सकता। क्योंकि आफरीन और गौरव सर की कहानी मिलती जुलती ही थी। मुझे पक्का यकीन हो गया था कि गौरव सर ही वह व्यक्ति है जो आफरीन के बॉयफ्रेंड थे। लेकिन फिर भी मैं एक बार गौरव सर से आफरीन के बारे में कंफर्म करना चाहती थी।

पार्टी खत्म होने के बाद हम सब वापस ऑफिस चले गए। पार्टी लंच टाइम पर थी इसलिए अभी हमें कुछ घण्टे और काम करना था। लेकिन में अपनी टेबल पर नहीं गई क्योंकि मुझे गौरव सर से बात करना थी। उनके केबिन में इंटर होने के बाद मैंने उनसे कहा-

'सर मुझे आपसे कुछ पूछना हैं।'

'हाँ पूछो क्या पूछना है,' उन्होंने कहा। मैंने अपने मोबाईल में आफरीन की फोटो निकाली और मोबाईल उनके सामने करते हुए उनसे पूछा,' क्या यही आपकी आफरीन है?'

आफरीन की फोटो देखकर तो वह बहुत चौंक गए। मेरे हाथ से मोबाईल लेकर वह फोटो को पास करके देखने लगे। कुछ देर तक फोटो देखने के बाद वह मुस्कुराते हुए मुझसे बोले,' हाँ यही मेरी आफरीन है। लेकिन तुम इसे कैसे जानती हो।'

'आफरीन मेरी ननद है और वह हमारे साथ ही रहती है,' मैंने कहा।

'क्या उसकी शादी हो गई,' सर ने पूछा। और खुद ही जवाब देते हुए बोले,' हाँ शादी तो हो ही गई होगी उसकी।'

'हाँ सर आफरीन के हालात ऐसे नहीं थे कि वह आपकी तरह आपका इंतजार करती हालातों पर उसका कोई जोर नहीं चला और घरवालों ने उसकी शादी कर दी,' मैंने सर से कहा। इससे पहले कि सर और कुछ आफरीन के बारे में पूछते मैंने उनसे पूछ लिया-

'सर अगर किस्मत आपको आफरीन से शादी करने का मौका दे तो क्या आप उससे शादी करना चाहेंगे?'

'मैं बेवकूफ नहीं हूँ जो ऐसा मौका छोड़ूँगा। लेकिन उसके तलाक का केस तुम लड़ोगी क्या?' सर ने मजाक करते हुए कहा।

'उसका केस लड़ने की जरूरत नहीं है।'

'क्यूँ?'

'क्यूँकि वह पहले से तलाकशुदा है।'

'व्हाट,' सर ने अपनी कुर्सी से उछलते हुए कहा। उनका पैर टेबल से टकरा गया, वह इतनी तेज टकराया था कि गिलास का थोड़ा-सा पानी बाहर झलक गया। लेकिन सर को अभी अपने पैर की चिंता नहीं थी। इस खबर ने उनके अंदर इतनी खलबली मचा दी थी जिससे उन्हें उनकी चोट का एहसास ही नहीं हआ।

'यस सर, आफरीन तलाकशुदा है।'

'मुझे यकीन नहीं हो रहा जो कुछ मैं सुन रहा हूँ। कहीं मैं सपना तो नहीं देख रहा हूँ,' सर ने अपने आपको छूते हुए कहा। मैंने उनकी तरफ देखकर थोड़ी तेज आवाज में कहा-

'सर जो कुछ आपने सुना है वह सच है।'

मेरे मुँह से दोबारा यह बात सुनकर वह अजीब से एक्सप्रेशन बनाने लगे। कभी वह हँसते तो कभी सीरियस हो जाते। उनकी यह हालत देखकर एक पल तो मैं डर गई, मुझे लगा कहीं सर का दिमाग तो नहीं फिर गया। मैंने उनसे पूछा-

'सर आप ठीक तो हैं न?'

'हाँ हाँ, मैं बिल्कुल ठीक हूँ लेकिन मुझे समझ नहीं आ रहा कि इस बात पर खुशी मनाऊँ या दुःख,' सर ने कहा और कुर्सी पर बैठ गए। अब वह अपने पैर को मलने लगे जो टेबल से टकराया था।

'सर लगे हाथ एक बात और बता देती हूँ,' मैंने कहा। सर ने मुझे घूरा और अपने हाथ जोड़ते हुए बोले-

'देवीजी अब और क्या बाकी रह गया है बताने को, पिछली खबर सुनकर मेरा बी.पी. वैसे ही बढ़ा हुआ है। अब क्या मेरा हृदय असफल करवा कर ही दम लोगी,' सर ने मजाक में कहा।

'हृदय असफल... मैं कुछ समझी नहीं?'

'अरे हार्ट फेल यार। अब बताओ क्या बताना है।'

'सर आफरीन का एक बेटा भी है।'

'अब यार शादी को इतने साल हो गए तो बच्चे तो होंगे ही न। उसके हसबैंड ने राखी बंधवाने के लिए शादी थोड़ी न की होगी,' सर ने इस बात को बहुत हल्के में टाल दिया। उन्होंने कुछ देर बाद कहा,' अब और कुछ तो बताना नहीं रहा गया हैं न?'

'नहीं सर आफरीन के बारे में मैं सब कुछ बता चुकी हूँ,' मैंने कहा।

'तो फिर कब मिलवा रही हो मुझे आफरीन से,' सर ने पूछा।

'बहुत जल्द,' मैंने कहा।

❀ ❀ ❀

घर पहुँचकर मैंने वह सारी बातें आफरीन को बता दी जो गौरव सर से हुई थी। वह इस बात को लेकर काफी खुश थी कि कल वह गौरव से मिल सकेगी। आफरीन ने बताया कि वह कल नया सूट पहनेगी जो काफी दिनों से अलमारी की

शोभा बढ़ा रहा है। यह मैंने उसे उसके बर्थडे पर गिफ्ट किया था। वह सज-संवरकर गौरव से मिलना चाहती थी। मैं कल आफरीन को अपने साथ ही ले जाने वाली थी। हम तीनों एक कैफे में मिलने वाले थे।

परवेज़ का इंतजार करते-करते रात के 11 बज गए। उसने बताया था कि वह घर थोड़ा लेट आएगा। लेकिन वह कुछ ज्यादा ही लेट हो गया। हमें भूख लग रही थी इसलिए आफरीन और मैंने परवेज़ के आने के पहले ही अपनी पेट पूजा कर ली। पता नहीं परवेज़ को आने में अभी और कितना टाइम लगता। मैंने उसे कॉल किया लेकिन उसने रिसीव नहीं किया। मुझे उबासियाँ आने लगीं, लेकिन मैं परवेज़ के आने से पहले सो नहीं सकती थी। अभी मुझे गौरव और आफरीन की मुलाकात के बारे में उसे बताना था।

'मैं अपने रूम में जा रही हूँ तुम सो जाओ,' मैंने आफरीन से कहा। आफरीन ने मेरी तरफ देखकर मुस्कुराते हुए कहा,' आज मुझे नींद कैसे आ सकती है मेरे लिए तो आज चाँदरात है और कल ईद।'

'क्या बात कह दी छोरी, तूने तो दिल जीत लिया,' मैंने उसे छेड़ते हुए कहा। और उसे वहीं छोड़कर अपने रूम में चली गई। वहाँ मैं बेड पर लेट गई अगर मैं अपनी आँखें बंद कर लेती तो तुरन्त ही सो जाती लेकिन मुझे खुद को जगाकर रखना था परवेज़ के आने तक। मैं फेसबुक चलाकर नींद को अपने आप से दूर रखने की कोशिश करने लगी। मैंने काफी दिनों से फेसबुक चलाई भी नहीं थी।

फेसबुक पर लाइक, कमेन्ट और शेयर करते-करते आधा घण्टा बीत चुका था। टाइम का पता ही नहीं चला और मेरी नींद भी ब्लाक हो गई थी। नींद भी अजीब चीज है किताब हाथ में लो तो आ जाती है और मोबाईल हाथ में लो तो चली जाती है।

परवेज़ ने दरवाजा खोला और अंदर आ गया। दरवाजा सिर्फ उड़का हुआ था। परवेज़ के अंदर आते ही मैंने उससे पूछ लिया-

'आज इतनी देर क्यों हो गई?'

'दो लोग छुट्टी पर गए हैं तो काम बढ़ गया है,' उसने अपनी शर्ट उतारकर हैंगर पर टांगते हुए कहा, जो ठीक दरवाजे के बगल में लगा था।

'तो क्या उन दो लोगो के काम की जिम्मेदारी सिर्फ तुम्हारे ऊपर है?'

'अरे नहीं यार और भी स्टाफ साथ में था,' परवेज़ ने कहा। और कुर्सी पर बैठकर आराम फरमाने लगा। उसके चेहरे पर थकावट साफ दिखाई दे रही थी।

'तुम मुँह हाथ धो लो मैं खाना ला रही हूँ,' मैंने कहा।

'नहीं खाना मत लाओ।'

'क्यों, भूखे ही सोओगे क्या?'

'नहीं, तुम्हें लगता है कि मैं भूखा सो सकता हूँ?'

'तो फिर आज खाने का मना क्यों कर रहे हो?'

'क्योंकि मैं ऑफिस से ही खाना खाकर आया हूँ,' परवेज़ ने कुर्सी से उठने के बाद कहा।

फिर वह बेड पर आकर ऐसे पसर गया जैसे बस सोने ही वाला हो।

'अभी सोना मत,' मैंने उसके पास जाकर कहा। उसने मेरी तरफ करवट बदल कर पूछा-

'क्यों क्या हुआ?'

'मुझे कुछ जरूरी बात करनी है,' मैंने कहा।

'सुबह कर लेना मुझे अभी बहुत नींद आ रही है।'

'नहीं अभी ही करना है।'

'यार अब ऐसी कौन सी जरूरी बात है जो बिल्कुल अभी ही करना है?' उसने पूछा। और अपने सिर को हाथ का सहारा देकर लेट गया। 'बताती हूँ पहले तुम उठकर बैठो तो सही,' मैंने कहा। वह उठकर बैठ गया और मेरी तरफ घूरते हुए बोला,' बताओ कौन से खजाने का राज़ तुम मुझे बताना चाहती हो।'

कुछ पल रूकने के बाद मैंने उसे शुरू से पूरी बात बताना चालू किया कि कैसे उसकी मुलाकात उस लड़के से हुई जो आफरीन को चाहता था। मैंने उसे यह भी बताया कि गौरव अभी भी आफरीन को चाहता है। और वह एक बार आफरीन से मिलना चाहता है। आफरीन भी उससे मिलना चाहती है अगर तुम्हें कोई दिक्कत न हो तो कल आफरीन और गौरव एक-दूसरे से मिल सकते हैं।

मेरी बात परवेज़ बहुत खामोशी से सुनता रहा। मेरी बात खत्म होने के बाद भी वह एक शब्द बोले बिना ही चुपचाप बैठा रहा।

'परवेज़ कुछ बोलो क्या तुम्हें आफरीन और गौरव की मुलाकात ठीक लग रही है?' मैंने पूछा। फिर भी उसे कुछ समझ नहीं आ रहा था कि वह क्या बोले। उसने कभी सोचा नहीं होगा कि अचानक उसे ऐसी बात पता चलेगी।

'कुछ भी डिसीज़न लेने से पहले यह सोच लेना कि किस्मत ने आफरीन को एक और मौका दिया है अपनी खुशियाँ वापस पाने के लिए। अभी तक उसकी जिंदगी किसी जहन्नुम से कम नहीं गुजरी है,' मैंने आगे कहा,' वह फिर से अपनी जिंदगी उस शख़्स के साथ शुरू कर सकती है जिसके साथ उसने जीने मरने की कसमें खाई थीं। और फिर कब तक वह इस तरह अकेले अपनी जिंदगी गुजारेगी। हम सिर्फ उसे रहना, खाना और कपड़े दे सकते हैं, लेकिन इन जरूरतों से जिंदगी सिर्फ कटती है, जिंदगी जीने के लिए हमसफर की जरूरत होती है और किस्मत आफरीन को अपना हमसफर चुनने का मौका दे रही है।'

'तुम्हारी बात तो सही है लेकिन अम्मी, अब्बू और भाईजान को पता चलेगा तो वह क्या कहेंगे,' परवेज़ ने अपनी खामोशी तोड़ते हुए कहा,' क्या हमें इतना बड़ा फैसला लेने से पहले उन्हें इस बारे में बताना नहीं चाहिए?'

'आज आफरीन की जो हालत है वह अम्मी, अब्बू, और भाईजान के लिए गए फैसलों के कारण ही है,' मैंने आगे कहा,' आफरीन ने ऐसा कौन-सा गुनाह किया है जिसकी सजा

उसे जिंदगीभर भुगतनी पड़ेगी। क्या उसे अपनी जिंदगी का फैसला करने का हक कभी नहीं मिल पाएगा।'

मेरी दलीलों पर मंथन करने के बाद परवेज़ मेरी बात से पूरी तरह सहमत हो गया, जो थोड़ा बहुत कन्फ्यूज़न था वह भी दूर हो गया। एक लंबी गहरी सांस लेने के बाद वह बोला-

'तुम जो कह रही हो वही ठीक है।'

❀ ❀ ❀

'अब चलें?' मैंने आफरीन से पूछा।

'बस दो मिनिट और,' उसने कहा और एक बार फिर से खुद को आईने के सामने ले गई।

पिछले आधे घण्टे में वह ऐसा तीन-चार बार कर चुकी थी। उसने फिर से खुद को निहारा और अपने आपको देखकर होंठो को दांतों से दबाते हुए मंद-मंद मुस्कुराने लगी। उसकी यह अठखेलियाँ मुझे दिखाई दे रहीं थीं। मैं उसके पास गई और उसके गाल मरोड़ते हुए बोली-

'अब बस करो तुम्हें देखकर गौरव के होश वैसे ही उड़ जाएँगे, अब और सँवरने की जरूरत नहीं है।'

'सच्ची?'

'मुच्ची।'

'चलिए चलते हैं,' आफरीन ने खुद को आईने से दूर करते हुए कहा। हम दोनों घर से बाहर आ गए हैं। आफरीन के बेटे

और मेरी बेटी को हमने घर पर ही छोड़ दिया था। वह अकेले नहीं थे उनके साथ परवेज़ था।

'डिलाइट कैफे चलना है,' मैंने रिक्शा वाले से कहा।

'डिलाइट कैफे,' वह उस जगह को याद करते हुए बोला। मैंने उसे कैफे का एड्रेस बताते हुए कहा,' सेंचुरी प्लाजा के पास।'

'हाँ ठीक है याद आ गया बैठिए,' उसने हमें बैठने का इशारा करते हुए कहा। बैठने से पहले ही मैंने उससे पूछ लिया,' कितने पैसे?'

'80 रुपये।'

'ठीक है,' मैंने कहा। पहले आफरीन उसके बाद मैं रिक्शा में बैठ गई। उसने ठीक ठाक किराया बताया था इसलिए मैंने उससे और बहस नहीं की। जिस जगह हम गौरव से मिलने वाले थे वह जगह हमारे फ्लेट से लगभग 5-6 किमी. दूर थी। वैसे तो यह दूरी ज्यादा नहीं थी लेकिन ट्रेफिक की वजह से हमें वहाँ पहुँचने में 30 मिनिट लग गए। रिक्शा में से उतरने से पहले ही मैंने ड्रायवर को गांधी जी की एक फोटो दे दी। उसने 80 रूपये काटकर एक बीस का नोट मुझे थमा दिया। फिर रिक्शा के एक तरफ से आफरीन और दूसरी तरफ से मैं बाहर आ गई। रिक्शा वाले ने हमें ठीक डिलाइट कैफे के सामने ही उतारा था।

कैफे के अंदर पहुँकर हम दोनों एक टेबल पर बैठ गए। ज्यादातर टेबल बुक थीं सिर्फ गिनती की दो टेबल ही खाली थीं। कुर्सी पर बैठने के बाद आफरीन की नजरें कैफे के गेट

पर टिकी हुई थी। मुझे मालूम था कि वह गौरव के आने का इंतजार कर रहीं है।

'गौरव सर जल्दी आ जाएंगे थोड़ा इंतजार करो, हम ही टाइम से पहले आ गए हैं,' मैंने आफरीन को चिढ़ाते हुए कहा। वह शरमाते हुए मुझसे बोली-

'नहीं, मैं तो बस ऐसे ही देख रही हूँ।'

'हूं.. सब समझती हूँ मैं।'

अब आफरीन ने कोई जवाब नहीं दिया सिर्फ होंठो के किनारों से मुस्कुराते हुए चुपचाप बैठी रही।

लगभग 10 मिनिट बाद गौरव सर गेट पर दिखाई दिए। उन्हें देखते ही आफरीन ने उन पर आंखे गढ़ा ली, लेकिन 10-15 लोगों के बीच में उनकी नजरें हमें खोज रहीं थीं। मैंने अपना हाथ उठाकर उन्हें इशारा किया, मेरा इशारा देखकर वह लगभग 10-12 कदम चलकर हमारी टेबल के पास आ गए।

आफरीन गौरव सर को और गौरव सर आफरीन को पलकें झपकाए बिना टकटकी लगाकर देखे जा रहे थे। जब उन्हें एहसास हुआ कि उन दोनों के अलावा मैं भी वहाँ मौजूद हूँ तब गौरव सर ने अपना हाथ आफरीन की तरफ बढ़ाते हुए कहा-

'हाय।'

आफरीन ने सर के हाय का जवाब हैलो से दिया हाथ मिलाते हुए। जिस टेबल पर हम बैठे हुए थे वहाँ सिर्फ दो

कुर्सियाँ हीं थीं जिस पर पहले से आफरीन और मैं बैठे हुए थे। सर ने बगल वाली टेबल से एक कुर्सी खींचकर आफरीन के बाजू में लगा ली और बैठ गए।

'क्या हालचाल हैं तुम्हारे मेडम जी,' सर ने कुर्सी पर बैठने के बाद आफरीन से पूछा।

'तुमसे मिलने के बाद बढ़िया हैं,' आफरीन ने जवाब दिया।

'तुम कैसे हो?'

'मैं भी ठीक हूँ बस थोड़ा सा मुटिया गया हूँ,' सर ने अपनी पेट की चर्बी को पकड़ते हुए कहा।

'वैसे कुछ ज्यादा मोटे नहीं हुए हो अभी भी।'

'लेकिन तुम तो गोलू मोलू टाइप हो गई हो।'

'कॉलेज में तुम्हारे साथ घूमकर खाना पचा लेती थी। अब घर से बाहर जाना नहीं होता,' आफरीन ने मजाक करते हुए कहा।

'उस दिन घूमने के चक्कर में तुम्हारे भाईजान ने इतना मारा था कि 5 दिन तक ठीक से सो नहीं पाया था,' सर ने पिटाई के बाद के हालात आफरीन को बताए।

'पिटी तो मैं भी थी लेकिन बस दो-तीन तमाचे पड़े थे।'

'मेरे तो होंठ सूजकर फुटबॉल बन गए थे।'

दोनों हँसी मजाक करते हुए आखिरी डेट को याद कर रहे थे।

'बातें तो होती रहेंगी कुछ खाने-पीने के लिए आर्डर कर दें, नहीं तो कैफे का मैनेजर हमें फोकटिया समझेगा,' मैंने उन दोनों की बातों के बीच में कहा।

'हाँ तुम सही कह रही हो,' गौरव सर ने कहा और वेटर को आवाज देकर अपने पास बुला लिया। हमने तीन कॉफी, दो पेटीस और एक समोसा आर्डर किया।

5 मिनट के अंदर ही हमारा आर्डर हमारी टेबल पर था। मैंने एक कप कॉफी और समोसा उठाकर अपने पास रख लिया। गौरव सर और आफरीन ने कॉफी और पेटीस आर्डर किए थे।

'इतने सालों में तुम्हें मेरी याद नहीं आई,' सर ने कॉफी का दूसरा घूंट पीने के बाद आफरीन से पूछा।

'वक्त ने इतना मजबूर कर दिया था कि तुम्हारी यादों को भुलाने की कोशिश करनी पड़ी,' आफरीन ने आगे कहा,' लेकिन तुम याद आ ही जाते थे क्योंकि भुलाने के लिए भी पहले याद तो करना ही पड़ता है न।'

आफरीन ने बहुत ही शायराना शब्दों में गौरव सर को जवाब दिया। उसकी बात को समझने के लिए बहुत गौर से सुनना पड़ा।

'तुम तो नहीं भूले थे मुझे?' आफरीन ने पूछा।

'भूल जाता तो मेरे घर पर भी चुन्नू-मुन्नू खेल रहे होते,' सर ने कहा। और जोर हँसने लगे उनकी बात सुनकर हम दोनों भी हँसने लगे। जब हम सबकी हँसी बंद हो गई तब आफरीन ने सर से कहा-

'वैसे तुम्हें भी शादी कर लेना चाहिए थी।'

'अच्छा हुआ नहीं की, कर लेता तो किस्मत ने तुमसे शादी करने का अभी जो मौका दिया है उससे चूक जाता,' सर ने आगे कहा,' तुम्हारे हसबैंड ने तो तुम्हें तलाक दे दिया मैं अपनी वाइफ का क्या करता। मैं दो-दो बॉस को एक साथ मैनेज नहीं कर पाता।'

सर ने जब हँसी मजाक करना बंद कर दिया तब आफरीन ने सर से कहा-

'गौरव तुम यह तो जानते हो कि मेरा तलाक हो चुका है लेकिन मुझे तुम्हें कुछ और भी बताना है, इससे पहले कि तुम मेरे बारे में कोई डिसीजन लो पहले वह बात जान लो जो तुम्हें अभी नहीं मालूम है।'

'कौन सी बात?' सर ने पूछा

'आप दोनों आराम से खुलकर बातें करो मैं बाजू वाली टेबल पर बैठी हूँ,' मैंने कहा। कॉफी का कप और आधा बचा हुआ समोसा उठाकर मैं बाजू वाली कुर्सी पर बैठ गई।

आफरीन गौरव सर को हलाला वाली बात बताना चाहती थी। वह उनसे कुछ भी छुपाना नहीं चाहती थी जो सही भी था, गौरव सर को पहले ही सब कुछ बताना जरूरी था। आफरीन चाहती तो यह बात सर से छुपा सकती थी लेकिन वह उन्हें अधूरा सच बताकर शादी नहीं करना चाहती थी।

कॉफी और समोसा खत्म होने के बाद मेरे पास करने के लिए कुछ काम नहीं था। सर और आफरीन की बातें अभी

भी चल रहीं थीं। मेरे साथ बातें करने के लिए कोई नहीं था तो मैं मोबाईल चलाकर समय काटने लगी।

लगभग 30 मिनट बाद दोनों की बातें खत्म हुई तब मैं वापस जाकर उसी टेबल पर बैठ गई। टेबल पर ही हमने वेटर को बिल के पैसे दिए और कैफे से बाहर आ गए। हम दोनों आए तो रिक्शा से थे लेकिन जाते वक्त हम सर की कार से फ्लेट पर गए थे। वह भी हमारे साथ फ्लेट पर आए हुए थे। परवेज़ पहले से ही फ्लेट पर था।

फ्लेट पर पहुँचने के बाद सर और परवेज़ की मुलाकात हुई फिर हम चारों ने एक साथ बैठकर एक बार और सारे मसले पर बात की। फाइनली गौरव सर और आफरीन एक-दूसरे से शादी करना चाहते थे। शादी कब और कहाँ से करना है यह भी डिसाइड कर लिया।

हमने पहले कोर्ट मैरिज करने का सोचा था लेकिन अगर हम कोर्ट मैरिज के लिए अप्लाई करते तो पहले गौरव सर और आफरीन के घर पर भी नोटिस जाता कि यह दोनों इंटर रिलिजियस कोर्ट मैरिज कर रहे हैं दोनों के घरवालों को सूचित करने के लिए। गौरव सर के घर पर तो कोई दिक्कत नहीं थी लेकिन परवेज़ को छोड़कर बाकी घरवालों को यह मंजूर नहीं होता और वह यह शादी नहीं होने देते। इसलिए हमने आर्य समाज मंदिर से शादी करने का फैसला कर लिया। वहाँ से शादी के सबूत के तौर पर वहाँ का सर्टिफिकेट भी मिलता है। जिससे शादी को कानूनी तौर पर भी मान्यता मिल जाती है।

गौरव सर को यह बात अपने घर पर बतानी थी उनके घरवाले इस बात से बिलकुल अंजान थे। गौरव सर 8-10

दिन बाद शादी करने का बोल रहे थे। इस बीच उन्होंने अपने लिए और आफरीन के लिए थोड़ी बहुत खरीददारी की थी उन दोनों के साथ में भी खरीददारी करने जाती थी। उन्होंने अपने लिए कम और आफरीन के लिए ज्यादा खरीददारी की।

10 दिन बाद हम चारों आर्य समाज मंदिर पहुँच गए। हमारे अलावा गौरव सर के घरवाले और उनके कुछ दोस्त भी वहाँ आए हुए थे। वहाँ पहुँचने के आधे घंटे बाद पंडित जी ने शादी करवाना शुरू कर दिया।

इस तरह गौरव सर और आफरीन की शादी हुई थी।